KB152075

자신이 사랑하는 사람과
자신과 피를 나눈 오빠가
같은 목적을 위하여 행동한다.
더는 오빠를
적대시하지 않아도 되는 것이다.
오빠 앞에서
소마를 연모해도 되는 것이다.

로로아
Roroa Amidonia

「이 광경은 틀림없는 현실이에요. 로로아 님.」

「……그러네, 이건 틀림없이 지금 여기에 있는 현실이네.」

마왕령

노룬
용기사
왕국

라스타니아
왕국

동방 제국(諸國) 연합

그란 케이오스 제국
(흰 선은 속국을 포함한 영토)

성룡 산맥

프리도니아 왕국

용병 국가
제므

톨기스
공화국

구두룡
제도 연합

성룡 산맥

동방 제국 연합

붉은 용 성읍

라군 시티

항모 [히류]
도크

랜들

파르남

반

아미도니아
지방

우르술라 산맥

베네티노바

신호의 숲

용병 국가
제므

네르바

아르토믈라

톨기스
공화국

엘프리덴 지방

구두룡
제도 연합

현실주의 용사의
왕국 재건기

Re:CONSTRUCTION
THE ELFRIEDEN KINGDOM
TALES OF
REALISTIC BRAVE

도조마루
일러스트 ✦ 후유유키

하쿠야 쿠온민
Hakuya Kwonmin

프리도니아 왕국의 [검은 옷의 재상]. 여러 학문에 정통하여 전략, 정략, 외교를 담당한다.

토모에 이누이
Tomoe Inui

요랑족 소녀. 동물의 말을 알아듣는 재능으로 발탁되어 리시아의 의동생이 된다.

할버트 마그나
Halbert Magna

프리도니아 왕국 국방군 유일의 용기사이자 정예부대 [드라트루퍼]의 대장. 통칭 할.

폰초 이시즈카 파나코타
Poncho Ishizuka Panacotta

프리도니아 왕국의 농림대신. 음식을 찾아 전 세계를 돌아다니며 얻은 지식으로 백성을 구한 [음식의 신].

루비
Ruby

성룡 산맥 출신의 레드 드래곤 소녀. 할과 용기사의 계약을 맺고 두 번째 약혼자가 된다.

카에데 폭시아
Kaede Foxia

프리도니아 왕국 국방군에 소속된 마도사로 루드윈의 부관. 할의 약혼자.

코마인
Komain

마왕령 확대로 고향에서 쫓겨난 난민단의 소녀. 프리도니아 왕국 귀화 후에는 폰초를 모신다.

쿠 타이세
Kuu Taisei

톨기스 공화국 원수의 아들. 맹우 소마 곁에 손님으로 머물며 그의 통치를 배운다.

율리우스 아미도니아
Julius Amidonia

전 아미도니아 공국 공태자. 소마와의 전쟁에 패배하고, 여동생 로로아에게 나라에서 쫓겨난다.

루드윈 아크스
Ludwin Arcs

전 엘프리덴 왕국 근위기사단장. 현재는 프리도니아 왕국 국방군 No.2인 영걸.

아이샤 우드가드
Aisha Udgard

다크 엘프 여전사. 왕국 제일의 무용을 자랑하는 소마의 제2정실 후보 겸 호위.

주나 도마
Juna Doma

프리도니아 왕국에서 으뜸가는 노랫소리를 가진 [프리마 로렐라이]. 소마의 제1측실 후보.

로로아 아미도니아
Roroa Amidonia

전 아미도니아 공국 공녀. 희대의 경제 센스로 소마를 재정적으로 돕는 제3정실 후보.

소마 카즈야
Souma Kazuya

이세계에서 소환된 청년. 갑작스럽게 왕위를 물려받아 프리도니아 왕국을 통치한다.

나덴 데랄
Naden Delal

성룡 산맥 출신의 흑룡 소녀. 소마와 용기사 계약을 맺고 제2측실 후보가 된다.

리시아 엘프리덴
Liscia Elfrieden

전 엘프리덴 왕국 공주. 소마의 자질을 깨닫고 제1정실로서 함께할 것을 결의.

Contents

005 프롤로그   북방의 매와 늑대

023 제1장   북으로 가는 길

042 제2장   미래를 위하여

058 제3장   인원 배치

088 제4장   라스타 성벽 공방

114 제5장   원수와의 재회

147 제6장   지금 여기에 있는 현실

175 제7장   맛있게 구웠습니다

189 제8장   라스타 해방전

217 제9장   조력자 내습

234 제10장   각자의 결전 전야

258 제11장   다비콘 강, 불타다

293 제12장   승리의 연회

317 에필로그   프리도니아 왕국군, 동쪽으로

Re:CONSTRUCTION
THE ELFRIEDEN KINGDOM
TALES OF
REALISTIC BRAVE

VIII

♟ 프롤로그 ✦ 북방의 매와 늑대

란디아 대륙 북쪽에 펼쳐진 마왕령.

어느 날 갑자기 대량으로 출현한 몬스터들 때문에 인류가 상실한 땅이다. 이제는 몬스터가 자기 집 앞마당처럼 활보하고, 그 내부에는 마족이나 마왕이 존재한다는 소문이 있다. 하지만 소문은 모두 추측일 뿐, 실제로는 하나도 알 수 없다.

그런 곳이 마왕령인데, '마왕령'이라고 불러도 명확한 국경이 있는 것은 아니다.

그란 케이오스 제국이 주도한 인류 연합군이 패배한 뒤, 쳐들어온 몬스터를 미처 막아내지 못하고 거주를 포기한 땅이 그대로 마왕령이라 불리고 있다.

현재는 마왕령이 급속히 넓어지면서 넘어오는 몬스터의 숫자가 분산돼, 각국의 군대로 대처할 수 있는 수준까지 진정되면서 추가 확대는 멈췄다.

그런 마왕령과 인접한 나라들 입장에서 몬스터와의 싸움은 일상다반사였다.

마왕령 확대를 억누르고 있기는 하지만 국경선에서는 매일같이 인류와 북쪽에서 찾아오는 몬스터의 싸움이 벌어지고 있다.

몬스터는 단독으로 올 때도 있고 십여 마리 정도의 무리로 쳐들어올 때도 있다.

극히 드물기는 하지만 백 마리가 넘는 대군이 되어 쳐들어오는 경우도 있어, 이럴 때는 동방 제국 연합의 소국이 단독으로 대처할 수 없기에 인근 여러 나라와 연계해 맞선다.

그렇게 마왕령과 접하고 있는 나라 중 하나이자 동방 제국 연합에 소속되어 있는 소규모 국가 [라스타니아 왕국]에서는, 이날도 마왕령 국경 근처에서 전투가 벌어지고 있었다.

최근에는 별로 없는 일이지만 몬스터들이 스무 마리 정도 라스타니아 왕국 근처에 나타난 것이었다. 몬스터의 종류에 통일감은 없이 종족도 제각각, 좀비 같은 것부터 무어라 형용하면 좋을지 알 수 없는 '날개 달린 뱀'이나 '머리 둘 달린 흑표범'처럼 이상하게 생긴 짐승들도 있었다.

몬스터들의 공통점은 상대를 포식하겠노라고 날카롭게 번득이는 눈빛뿐이었다.

인구가 2만 명 정도인 라스타니아 왕국에는 순수한 병사가 500명 정도밖에 없다. 게다가 곧바로 움직일 수 있는 자는 그중 백 명 정도였기에 결코 만만한 숫자가 아니었다. 여차하면 시민들도 무기를 들어야 할 테지만 이번에는 그렇게까지 되지는 않았다.

"막아, 막아라!"

"옆 사람과 확실하게 연대해라! 틈을 줬다가는 파고든다!"

전장에서는 방패를 든 병사들이 좀비 고블린의 맹공을 막아내고 있었다.

좀비 고블린의 전투 방식은 전술이 없이 그저 돌진하는 것이었기에, 방패로 막아내며 그 틈새로 창을 찔러 하나하나 처리하는 것이었다.

그렇게 방패를 든 병사들 가운데 갑옷을 입고 한층 더 큰 방패를 든 인물이 소리를 질렀다.

"궁병은 날아다니는 걸 우선적으로 쏴라! 한 마리라도 돌파를 허락했다간 우리 가족이 놈들의 먹이가 된다!"

용맹한 말이었지만 목소리 톤은 높았다. 큰 방패를 든 사람은 여성이었던 것이다.

나이는 23세. 키는 180센티미터 정도로 크고 체격도 탄탄했지만 얼굴에는 소녀의 인상이 남아 있었다.

그녀가 바로 젊은 나이임에도 라스타니아 왕국의 병사장을 맡고 있는 로렌이었다.

병사장이라고는 하지만, 애당초 병사의 숫자가 적은 라스타니아 왕국에서는 나라의 모든 병력을 감독하는 위치였다. 로렌의 구령에 석궁을 든 부대가 상공을 통과하려는 '날개 달린 뱀'에게 화살의 비를 퍼부어 격추했다.

그러자 이번에는 방패를 들고 있던 병사들 사이에서 비명이 터졌다.

"병사장님! 오거입니다!"

그 말에 시선을 향하자 살점이 문드러져서 좀비처럼 변한, 3미터가 넘는 오거 한 마리가 좀비 고블린과 마찬가지로 방패를 든 병사들을 향해 돌진했다. 썩어도 준치……가 아니라 오거. 그 압력은 엄청나서 방패를 든 병사 넷을 한꺼번에 튕겨냈다.

"큭! 밀집해서 녀석의 돌격을 막아라! 저런 걸 도시로 들여선 안 된다!"

로렌은 구령을 내리고는 자신도 큰 방패를 들고 좀비 오거 앞을 막아섰다.

"병사장님! 이봐, 병사장님을 도와드리자고!"

"예비병은 병사장님 곁으로 모여라!"

로렌을 포함한 방패병 여덟 명이 붙어서 간신히 전진을 막아 낼 수 있었다. 밀려나면서도 아슬아슬한 지점에서 좀비 오거의 다리가 멈췄다.

"창병, 궁병, 우리가 막고 있는 동안에 저 녀석들의 숨통을 끊어라!"

"옛! 궁병대, 발사!"

"냉큼 쓰러져라, 덩치만 큰 녀석 같으니!"

좀비 오거의 부패한 살점에 창과 화살이 박혔다.

그러나 몸에 무수한 화살이 박히고 몇 번이나 창에 찔렸음에도 불구하고, 좀비 오거는 좀처럼 숨이 끊기지 않았다. 통나무만큼 두꺼운 팔을 휘두를 때마다 병사가 하나, 또 하나 얻어맞고 날아갔다. 방어가 비는 곳으로는 금세 대신할 병사가 들어와서 막아 내고 있지만, 병사들의 대열이 점점 흐트러지고 말았다.

[[그가아!]]

"으악…… 어흑."

그 틈을 파고들 듯이 쌍두 흑표범이 방패병들 사이를 돌파, 후방에 있던 석궁병 하나의 목을 양쪽에서 물어뜯었다. 머리 두 개가 좌우에서 목을 찢어발기자 석궁병은 선혈과 함께 쓰러졌다. 먹잇감을 처리한 쌍두 흑표범은 목표를 바꾸어, 좀비 오거를 막기 위해 등을 드러낸 꼴이 된 로렌 쪽을 노렸다.

"젠장, 배후를 빼앗기다니……."

[[그르르르……!]]

쌍두 흑표범이 로렌의 등 뒤에서 덮쳐들려고 했다.

"어딜!"

로렌과 쌍두 흑표범 사이로 들어오는 인물이 있었다.

아메리카 원주민 같은 복장을 입고 양손에 쿠크리를 든 억센 남자가 로렌을 지키듯 버티고 선 것이었다. 남자는 오른손의 쿠크리로 엄니 공격을 받아내고, 왼손의 쿠크리를 역수로 들고 머리 하나의 정수리를 찍었다.

그리고 휘청대는 흑표범의 숨통을 끊겠다는 듯 남은 머리의 목덜미를 찔렀다.

쌍두 흑표범은 힘없이 풀썩 쓰러졌다. 완전히 상대가 침묵한 것을 확인하고 남자는 찔러 넣은 쿠크리를 뽑더니 로렌 곁으로 달려왔다.

"무사하십니까! 로렌 님!"

"지르코마 님! 와 주었군요!"

든든한 원군의 등장에 로렌의 얼굴에 희색이 떠올랐다……

만, 얼른 마음을 다잡고는 막고 있는 좀비 오거를 경계하며 물었다.

"그대가 이곳에 있다는 건, 의용군도 온다는 말입니까?"

"예. 하지만 저만 먼저 왔습니다. 잠시만 더 버티면……."

지르코마가 말하던 도중에, 갑자기 몬스터 너머에서 함성이 터졌다.

돌연 이 전투에 난입한 쉰 명 정도의 무장 집단이 몬스터들의 뒤를 찌른 것이었다.

그 집단 가운데 말을 몰며 지휘를 하는 청년의 모습이 있었다. 귀공자 같은 기풍을 지닌 그 청년은 예리한 눈매로 전장을 둘러보고 전투 집단에 명령했다.

"지혜 없는 몬스터들은 앞만 본다. 배후, 좌우에서 총공세로 농락하라!"

청년의 이름은 율리우스 아미도니아. 원래는 아미도니아 공국의 후계자였던 남자다.

지금 그가 지휘하는 무리는 마왕령이 된 고향으로 돌아가기를 희망하는 난민들로 결성된 의용군이었다. 본래라면 의용군의 지휘는 리더이기도 한 지르코마가 맡아야 하겠지만, 일개 전사로 싸우는 것을 선호하는 지르코마는 대부분의 경우에 지휘를 라스타니아 왕국의 객장인 율리우스에게 맡겼다.

"음. 역시 율리우스 님의 지휘는 적절하군요. 안심하고 볼 수 있습니다."

로렌은 감탄한 듯 그렇게 혼잣말했다. 지르코마도 동의했다.

"그렇군요. 병력 지휘에는 저 따위보다 훨씬 뛰어납니다. '어째서 매번 내가 네놈의 뒤를 닦아 줘야 하는 거냐.' 며 불평하긴 합니다만."

"율리우스 님은 믿음직스러우니까요. 그만 의지하고 마는 것도 이해가 됩니다."

두 사람이 그런 대화를 나누는 사이, 율리우스가 이끄는 의용군의 돌격을 당한 몬스터들은 대열이 흐트러지기 시작했다. 앞에서 밀려드는 압력이 줄어든 이 기회를 놓치지 않겠다며 방패부대는 전진, 좀비 오거를 다른 몬스터까지 한꺼번에 쓰러뜨렸다.

뒤로 쓰러진 좀비 오거에게 창병들이 몰려들어 몇 번이고 계속 창을 찔렀다.

궁병들도 멀리서 활을 쏘아 오거의 몸이 이윽고 화살과 창의 침봉처럼 변했을 때, 간신히 좀비 오거는 꿈쩍도 않게 되었다.

상대의 숨통이 끊어진 것을 확인한 병사가 소리를 질렀다.

"쓰, 쓰러뜨렸다! 쓰러뜨렸다고!"

"우리 힘으로 저 덩치를 쓰러뜨렸어!"

"""와아아아아아!!"""

강적을 물리치고 병사들의 사기가 올라갔다.

이렇게 되면 이제는 남은 몬스터를 차례차례 섬멸하는 것뿐인 단계가 되어, 지르코마와 로렌은 간신히 한숨을 돌릴 수 있었다.

두 사람이 땀을 훔치는 동안, 율리우스가 말을 몰아 달려왔다.

"지르코마! 네놈, 또 나한테 병사를 떠넘기고 돌진하더군! 본래 의용군의 리더는 너잖나! 게다 로렌 님도 로렌 님입니다! 병사장이 전선에 나서다니 말도 안 됩니다! 당신에게 혹시 모를 일이 생기면 누가 이 나라 병사를 통솔한단 말입니까!"

오자마자 두 사람을 향해 잔소리를 하는 율리우스.

지르코마와 로렌은 쓴웃음을 지으며 듣고 있었다. 몬스터와 전투를 벌인 뒤에는 율리우스의 잔소리를 듣는 것이 이제는 정례 행사가 되었기 때문이었다. 아무리 잔소리를 들어도 돌격을 그만두지 않는 두 사람과, 그런 두 사람에게 헛수고임을 알면서도 더더욱 잔소리를 멈추지 않는 율리우스.

질리지도 않는 것은 셋 다 마찬가지였다.

"대체 당신들은 말입니다……."

"자, 몬스터 섬멸도 완료된 모양입니다. 돌아가죠."

율리우스의 잔소리를 차단하듯 로렌이 "다들, 철수한다!"며 손뼉을 짝짝 쳤다.

"아니, 아직 제 이야기는 끝이……."

"자, 율리우스. 잔소리는 돌아가면서도 할 수 있으니 지금은 돌아가자고. 목을 빼고서 우리 귀환을 기다리는 사람들도 있잖아?"

"……흥."

지르코마가 달래자 율리우스는 마땅찮다는 듯 고개를 홱 돌렸다.

다만 그 이상은 아무 말도 하지 않았으니 승낙은 한 것이리라.

그런 율리우스의 모습에 지르코마와 로렌은 얼굴을 마주보고 웃음을 터뜨렸다.

　"지르코마. 너는 작금의 몬스터 출현을 어떻게 보나?"

　병사들과 함께 성으로 귀환하는 도중, 율리우스는 옆을 빠른 걸음으로 걷는 지르코마에게 말 위에서 물었다. 지르코마도 말을 탈 수는 있지만 전투 스타일이 보병 전법에 걸맞기도 하고 단련도 겸하여 도보 이동을 선호했다. 그 질문에 지르코마는 고개를 갸웃거렸다.

　"뭔가 마음에 걸리는 일이라도 있나?"

　"……최근에 몬스터의 습격 횟수와 빈도가 모두 증가하고 있어. 몬스터가 이 이상 늘어나게 되면 병사만으로는 미처 대처할 수 없으니."

　"그렇게 되면…… 백성들도 무기를 들어야만 하겠군."

　왕국이라 자칭하고는 있지만 라스타니아의 규모는 엘프리덴이나 아미도니아의 입장에서 보면 중간급 귀족의 영지 크기밖에 안 된다. 인구는 2만 명 정도이지만, 그중에는 당연히 여성이나 아이나 노인 등 비전투원이 있다. 억지로 징병하더라도 싸울 수 있는 것은 5천 명 정도일까. 율리우스는 턱에 손을 대며 생각에 잠겼다.

　"숫자를 채우더라도 오합지졸로는 전력이 안 돼. 이 나라의 병력은 의용군을 더해도 600이 채 안 되지. 몬스터 숫자가 600을 넘는다면 필연적으로 고전할 거야. 혹시 천을 넘게 된다면……
이 나라는 끝장이고."

율리우스는 심각한 표정으로 말했다. 지금의 말에는 아무런
과장도 없을 것이다. 그런 무거운 분위기를 떨쳐 내듯 지르코마
는 일부러 낙관적으로 말했다.

"그런 사태를 피하기 위해서 [동방 제국 연합]이 결성되었을
텐데? 중소 국가 혼자서는 대처할 수 없는 사태에 대비해서 위
급 시에는 여러 나라가 연계할 수 있도록. 게다가 여차하면 [연
합군]이 와 주는 게 아닌가?"

지르코마가 지적한 [연합군]이란 동방 제국 연합 내의 각국에
서 공출된 병력(소규모 국가의 경우에는 보유 병력수의 1할, 중
규모 이상 국가의 경우에는 3할)으로 구성된 [동방 제국 연합
군](통칭 연합군)을 의미했다.

혹시 동방 제국 연합 가맹국에 다른 나라나 마왕령의 위협이
닥쳤을 경우, 그 연합군이 파견된다. 하지만 율리우스는 고개
를 가로저었다.

"확실히 공격을 당하는 게 이 나라뿐이라면 연합군에 지원을
요청해서 조력을 기대할 수 있겠지. 하지만 내가 행상인 등으로
부터 모은 정보에 따르면, 몬스터의 습격이 늘어나는 건 이 나
라만이 아닌 모양이야."

"그대는 객장일 텐데? 정보 수집까지 하고 있었나?"

"달리 할 사람이 없으니까 어쩔 수 없지. ……정보 수집을 게을
리 하면 얼마나 무서운 일이 벌어지는지 뼈저리게 느꼈으니까."

그러면서 율리우스는 쓸쓸한 표정을 띠었다. 정보 수집의 중요성을 의식한 계기란, 엘프리덴 왕국 내의 정세를 오인하고 안이하게 출병했다가 큰 패배를 경험한 것이니까. 율리우스는 애써 기분을 바꾸려는 듯 고개를 내저었다.

"행상인 말로는, 마왕령과 인접한 나라들에서는 몬스터의 습격이 늘어나고 있다더군. 혹시 국경 연선에 광범위한 몬스터의 습격이 벌어진다면 연합군도 미처 대처하진 못하겠지. 게다가 연합군으로서도 가장 먼저 구원하러 갈 곳은 공출된 병력 숫자가 많은 나라일 테고."

각국에서 공출된 병력으로 구성된 이상, 병력의 다수가 소속된 나라로의 구원을 우선시하는 것은 어떤 의미로 어쩔 수 없는 일이리라. 다수가 소속된 나라가 위기에 빠졌을 경우에 연합군이 와해될 수 있고, 다른 나라를 구원하러 갔다가는 사기도 유지할 수 없다.

그러니 소국인 라스타니아 왕국은 뒤로 밀리게 될 것이다. 지르코마도 신음했다.

"으음…… 그럼 [노튼 용기사 왕국]에 원군을 청하는 건 어때? 라스타니아와는 동맹 관계잖아?"

강력한 용기사를 다수 보유하여 방어전만이라면 [그란 케이오스 제국]과도 맞서 싸울 수 있다는 [노튼 용기사 왕국]과 라스타니아 왕국은 동방 제국 연합 결성 전부터 동맹 관계였다. 라스타니아 왕국이 동방 제국 연합에 소속된 뒤로도 동맹은 이어져서 노튼 용기사 왕국과 동방 제국 연합의 연락선 역할을 맡고 있었다.

불면 날아갈 것 같은 이 작은 왕국이 마왕령과 인접하고서도 아직 존속할 수 있는 것은 이 동맹 덕분이라고 해도 과언이 아니다. 하지만 율리우스는 고개를 가로저었다.

"마왕령과 인접한 나라들 전체에 몬스터의 습격이 증가했다고 그랬잖아. 노툰 용기사 왕국 역시 마왕령 인접국이야. 습격도 늘어나고 있겠지."

"자기 나라를 지키는 것만으로도 벅차서 이쪽으로 돌릴 여력이 없을지도 모른다는 건가."

여차할 때에는 이 나라의 병력만으로 싸워야만 한다. 그 현실에 지르코마도 암담한 기분이 들었다. 율리우스는 작게 한숨을 내쉬었다.

"이럴 때, 일찍이 지휘했던 병력 만 명이 있으면 하고 생각하게 되네."

아버지인 가이우스 8세가 전사하고 여동생 로로아 때문에 나라에서 쫓겨날 때까지, 그동안 율리우스는 분명히 아미도니아의 공왕이었다. 공왕으로 활동한 기간은 짧았지만 그때라면 아직 율리우스는 만의 병력을 움직일 수 있었다.

"그 병력만 있다면 이렇게 고민할 것도 없을 텐데……."

"하지만 그런 병력을 지휘하던 무렵이었다면, 그대는 이런 소국 따위 전혀 신경도 안 썼을 테지?"

"……그럴지도 모르겠군."

지르코마의 반박에 율리우스는 한순간 쓸쓸하다는 표정을 띤 다음 쓴웃음을 지었다.

"정말이지…… 잃고 나서야 처음으로 깨달은 것들이 많아."

"하지만 잃었다고 생각했어도 실제로는 아무것도 잃지 않았다는 이야기도 많지."

자조하듯이 웃는 율리우스에게 지르코마는 온화한 말투로 말했다.

"우리는 난민으로 고향에서 쫓겨났지만, 고향이 사라져 버린 건 아니야. 지금은 마왕령이라고 해도 우리를 기른 산과 강은 지금도 그 땅에 있지. 가족도 말이야. 헤어졌다고는 해도 여동생 코마인은 왕국에서 건강히 살고 있어."

다만 요전에 '모셔야 할 분을 찾았어요!' 라며 흥분한 코마인의 편지를 받았다는 것이, 지르코마에게는 다소 신경이 쓰이는 일이었지만.

"고향과 가족……인가."

율리우스에게 고향은 아미도니아 공국이고 가족은 여동생 로로아뿐이다. 어느 쪽이든 마지막 기억은 율리우스에게 괴로운 일들이었지만 사라져 버린 것은 아니다.

아미도니아 공국은 엘프리덴 왕국에 편입되었고 로로아는 엘프리덴 왕 소마의 약혼자가 되었다고 들었지만…… 분명 지금도 있다.

"그렇군……. 여차할 때에는 여동생한테 머리를 숙일까. 꼴사나운 모습을 보이겠지만 그걸로 원군을 받을 수 있다면 내 자존심 따윈 값싼 대가야."

작게 웃으며 그렇게 이야기하는 율리우스에게 기운을 넣어 주듯, 지르코마는 말 위에 있는 율리우스의 허리를 찰싹 때렸다.

"아야…… 갑자기 뭐 하는 거야!"

"난 이 나라에서 본 그대의 모습밖에 몰라. 예전에 어떤 인간이었는지도 말이야."

"…………."

"하지만 현재 모습도 그렇게 나쁜 느낌은 아니라고. 처음 만났을 무렵에는 자문자답을 반복하는 미아 같은 눈빛이었지만, 지금은 아주 활기차 보여."

지르코마의 그런 평가에 율리우스는 "흥." 하며 고개를 획 돌렸다.

"아미도니아 가문은 무인의 가문이야. 몬스터와 싸우며 본래 모습을 되찾을 수 있었던 거겠지."

"흠…… 정말로 그것뿐인가?"

"……무슨 말이 하고 싶나."

"사람의 영향이라는 것도 있지 않나? 저기, 아무래도 그대를 마중 나온 모양이야."

울컥한 율리우스를 보고 지르코마는 도시 성문 쪽을 가리켰다.

성문 앞에는 연한 색상에 무릎길이의 티롤풍(風) 드레스를 입은 가련한 소녀가 율리우스를 향해 손을 흔들고 있었다. 복색은 서민적이었지만 자세히 보면 머리에는 아름다운 티아라를 살며시 쓰고 있었다.

폭신해 보이는 단발에 아직 어린 느낌이 남은 얼굴이 사랑스러운 소녀.

"율리우스 님~! 무사히 귀환하시길 기다리고 있었어요~!"

소녀는 온몸으로 기쁨을 표현하듯 손을 흔들며 율리우스를 불렀다.

그 순간, 주위에 있던 병사들이 히죽히죽 웃으며 시샘의 시선을 율리우스에게 보냈다. 그녀가 바로 이곳 라스타니아 왕국의 공주인 티아 라스타니아이기 때문이었다.

많은 병사들이 보는 앞에서 자신을 부르니 율리우스는 머리를 감싸 쥐었다.

"티아 공주…… 어째서 성문까지 나와 있나. 위험하잖아."

"그만큼 귀공을 걱정했던 거겠지. 빨리 가 봐."

찰싹, 지르코마는 율리우스가 탄 말의 엉덩이를 때렸다.

말이 갑자기 달려가는 통에 율리우스는 푹 고꾸라질 뻔하여 지르코마에게 원망하는 시선을 보냈지만, 금세 티아 공주 곁으로 달려갔다.

"저 두 사람은 미남, 미소녀라서 어울리는군요."

등 뒤에서 목소리가 들려 지르코마가 돌아보니 병사장인 로렌이 히죽히죽 미소를 띠며 서 있었다.

"예전이라고는 해도 율리우스 님 역시 왕족이셨으니 가문으로는 부족함이 없습니다. 무엇보다도 티아 공주님께서 무척 마음에 들어 하시니까 국왕께서도 사위로 맞아들이겠다는 생각이 가득하신 모양입니다."

"율리우스는 '지금은 아직 가정을 가질 생각은 없다.'고 그러지만요."

"저런, 공주님으로서는 가망이 없습니까?"

"아니, 각오의 문제라고 생각합니다. 율리우스도 명랑한 티아 님께 무척 도움을 받는 모양이니, 이 나라에 뼈를 묻겠다는 각오만 된다면 뒷일은 빠를지도 모르겠습니다."

두 사람이 바라보는 가운데 티아 공주 곁에 다다른 율리우스는 금세 무어라 잔소리를 하는 모양이었다. 티아 공주는 "안 들려요——."라고 하는 듯 귀를 양손으로 막고 고개를 홱 돌렸다. 마치 사이좋게 지내는 남매 같은 모습이었다.

그러자 속이 타는지 율리우스는 티아 공주의 손을 당겨 들어 올리더니 자기 앞에 앉혔다. 이대로 둘이서 함께 말을 타고 성으로 돌아가겠지.

율리우스의 품에 폭 파묻히는 모습이 된 티아 공주는 온화하게 웃으며 등을 그에게 기댔다.

그런 두 사람의 모습을 지르코마와 로렌은 흐뭇하게 바라봤다.

"역시 두 분은 사이가 좋으시군요."

"하하, 그게게 말입니다."

"저, 저기…… 지르코마 님. 오늘밤에는 독신들끼리, 오늘 승리를 축배를 들지 않겠습니까?"

"물론 바라던 바입니다. 함께 날이 새도록 마시죠."

"예!"

그런 대화를 나누며 성문으로 걸어가는 두 사람.

오늘밤, 성격 좋은 로렌을 독점하게 된 지르코마에게도 독신 병사들의 질투 어린 시선이 향했다.

第1章 ✦ 북으로 가는 길

――――――대륙력 1547년 9월 하순. 왕도 파르남

[오랜만이에요. 소마 왕.]

이날, 나는 왕성 안에 있는 [방송의 방]에서 간이수신기 너머로, 무심코 사람을 홀려 버리는 용모에 웨이브가 있는 머리카락이 특징적인 아름다운 여성과 회담을 진행하고 있었다.

그란 케이오스 제국의 황제, 마리아 유포리아였다.

그리고 내 등 뒤에는 재상 하쿠야가, 마리아의 등 뒤에는 여동생이자 장군이기도 한 잔느가 서 있었다. 양국의 넘버 1, 2가 함께 있다는 사실이, 이 회담이 가진 의미가 얼마나 큰지를 나타냈다.

[곧 아이가 태어난다고 하더군요. 축하드려요.]

우선은 담소부터 시작하려는 것인지, 마리아가 싱긋 미소를 띠고 축하해 주었다. 나도 미소를 띠며 인사했다.

"감사합니다. 아직 별로 실감이 안 나지만……."

[후후후, 리시아 왕비의 아이라면 귀엽겠네요. 소마 왕은 저보다 한 살 아래라고 들었는데, 선수를 빼앗겨 버렸네요.]

마리아가 장난기를 가득 담아 말했다.

분명히 이 세계 계산법으로는 동갑인 주나 씨가 지구 계산법으로는 한 살 연상이었으니까, 한 살 위인 마리아는 실제로는 두 살 연상이 되는 게 아닐까.

뭐, 여성에게 나이 관련 화제를 꺼내는 건 너무 무서우니까 지금은 넘어가도록 하자.

"다만 뭐, 이걸로 저도 리시아도 매번 마르크스에게 '빨리 후세를!' 하며 독촉당하는 나날에서 해방되었으니 그 점은 안도하고 있습니다."

[부럽네요. 저는 아직도 '빨리 부군을 맞이하세요!' 같은 소리를 듣고 있어요.]

"의중에 두신 분은 없으십니까?"

[황제 정도 되니 어렵네요. 제국을 짊어질 수 있는 인재여야만 하니까요.]

"그건 또 참으로…… 남자분에게는 너무도 높은 절벽 위의 꽃이로군요."

전임 국왕 알베르토 공의 명령 한마디로 나와 리시아의 혼인이 결정되어 버린 우리와는 무척 달랐다. 제국의 황제 정도면 결혼하는 것도 큰일이겠지.

그러자 마리아는 장난기 가득한 미소로 말했다.

[우후후, 차라리 소마 왕이 받아 주시면 어떨까요? 그리고 로로아 공주 때처럼 제국도 다스려 주시면 좋겠는데요?]

[무, 무슨 말씀이신가요, 언니!]

내가 무어라 말하기도 전에 잔느 경이 소리쳤다.

[언니는 제국을 짊어지신 몸! 그런 일을 가볍게…….]

[그렇게 화내지 말고, 잔느. 그냥 농담이잖니.]

[해도 되는 말이 있고 안 되는 말이 있어요!]

마리아도 참…… 잔느를 놀리면서 즐기는구나. 잔느는 리시아와 닮아서 올곧은 성격이라 매번 확실하게 리액션을 해 주는 게 재밌을 테지.

"마리아 폐하 같은 멋진 여성이 아내가 되어 주시겠다는 것만으로도 영광입니다만…… 아무리 그래도 왕국에 더하여 제국 같은 광대한 영토를 다스릴 자신은 없군요. 제 역량으로는 엘프리덴과 아미도니아를 통치하는 게 고작입니다."

[그렇지도 않다고 생각합니다만…… 뭣하면 거기 계시는 검은 옷의 재상을 주셔도 상관없어요. 저는 황제 자리를 잔느에게 물려줄 테니까, 잔느와 결혼해서 황제가 되어 주시지 않겠어요?]

[언니?!]

이번에는 창끝이 하쿠야를 향하는 듯했다. 당사자인 하쿠야는 동요한 기색도 드러내지 않고 턱에 손을 대며 생각에 잠기더니 이윽고 입을 열었다.

"잔느 경은 매력적인 여성이라고 생각합니다. 하지만 황제가 되는 건 사양하고 싶군요. 우리 나라로 와 주신다면 기꺼이 받들겠습니다만."

[하, 하쿠야 님까지 무슨 말씀을?!]

[칫~. 저를 은퇴시켜 주시지 않는다면 안 줘요~.]

[언니도, 이제 좀 그만하세요!]

두 사람에게 휘둘려 잔느는 얼굴을 새빨갛게 물들였다. 마리아는 몰라도 하쿠야는 그런 식으로 사람을 놀리는 녀석이 아니니까 의외로 진심으로 하는 이야기일지도 모른다.

……어쨌든 언제까지고 잡담을 나눌 수도 없다.

"그래서 마리아 폐하. 슬슬 진짜 주제를 이야기하지 않겠습니까?"

[……그렇군요.]

이제까지의 온화한 미소를 거두고 마리아는 진지한 표정을 띠며 말했다.

[프리도니아 왕국 국왕 소마 카즈야 경. 얼마 전에 맺은 두 나라의 맹약에 따라, 동방 제국 연합으로 원군을 파견해 주셨으면 해요.]

"……마왕령과 관련된 일입니까?"

내가 그렇게 묻자 마리아는 조용히 고개를 끄덕였다.

왕국과 제국이 맺은 비밀 맹약이란 '왕국은 제국이 주도하는 인류 선언에 참가하지 않는 대신, 대륙의 동쪽(동방 제국 연합 측)에 마왕령의 위협이 닥쳤을 경우는 제국을 대신하여 대처한다.'는 내용이었다.

[소마 왕이 공화국에 계셨을 때에도 말씀드렸다시피, 현재 대륙 북쪽의 나라에서 마왕령의 몬스터 습격이 증가하고 있어요. 그 숫자도 빈도도 나날이 늘고 있는 상황이에요.]

"몬스터뿐입니까? 마족은요?"

마왕령에는 지능이 없다고 여겨지는 몬스터(마물)와 지능이 있다고 여겨지는 마족이 존재한다……는 것이 나와 마리아가 공유하고 있는 인식이었다. 인류를 무작위로 습격하는 것은 몬스터로, 이들을 마족과 마찬가지라 대처하려고 한다면 해수 구제는 전쟁으로 바뀌고 10여 년 전 같은 인류 측의 대참패를 되풀이하게 될 것이다.

현재 상황을 유지하면서 기회가 있다면 마족과 접촉하고 싶다는 것이 나와 마리아의 생각이었다. 하지만 마리아는 유감스럽다는 듯 고개를 가로저었다.

[습격하는 건 몬스터뿐이라고 해요. 이번 같이 대량으로 발생한 몬스터가 밀려드는 사례는 이제까지도 몇 번인가 있었어요. 우리는 이것을 '마나미'라고 불러요.]

"마나미……."

몬스터(마물)의 쓰나미라는 뜻인가. 여자 이름 같네. 그런 간단한 게 아닐 테지만.

[과거 마나미에 관한 기록을 보기에는, 현재 몬스터의 대량 발생과 습격의 증가는 일시적인 일인 듯해요. 밀려드는 몬스터를 섬멸할 수 있다면 한동안은 소강상태에 접어들겠죠.]

"그렇군요…… 확실히 파도 같네요."

[그렇지만 숫자는 무척 많아서 중소 국가로서는 버틸 수 없는 규모예요.]

마리아는 잔느에게 말해서 준비한 지도를 펼치고 이쪽으로 보여 줬다.

[대륙 서쪽과 북쪽에서 제국을 따르는 나라들은 이쪽에서 지킬게요. 강력한 용기사를 보유한 노툰 용기사 왕국도 자체적으로 해결할 수 있겠죠.]

마리아가 지도에서 나라들 하나하나를 가리키며 말했다.

확실히 인류 측 최강의 국가인 제국과 그에 소속된 나라, 나덴이나 루비 같은 강력한 드래곤을 보유한 노툰 용기사 왕국이라면 스스로를 쉽게 지킬 수 있겠지.

그리고 마리아는 험악한 표정을 띠며 동쪽의 나라를 가리켰다.

[문제는 대국이기는 하지만 중소 국가의 연합체인 '동방 제국 연합'이에요. 각국이 공출한 병력으로 구성된 연합군은 있지만, 그들을 운용하는 데는 아무래도 편향성이 생기고 말아요. 소규모 국가 가운데는 만족스러운 지원을 받지 못하여 미처 버티지 못하는 곳도 나오겠죠.]

"그렇군요. 우리는 그런 소국으로 원군을 보내면 되는 거로군요?"

내가 그렇게 묻자 마리아는 살짝 머리를 숙였다.

[부탁드려요. 파견 장소나 방법은 그쪽에 맡기겠지만, 최대한 신속하게 사람들의 목숨을 구해 주세요. 마왕령이 출현한 뒤로 많은 난민이 발생했어요. 더 이상 고향에서 쫓겨나는 슬픔이 퍼지지 않았으면 해요.]

"처음부터 그런 맹약이었으니까요. ……다만 우리도 군을 파견하는 형태로 지원하는 거니까, 당분간은 전쟁 지원금 공출을 청하지는 않으시겠죠?"

[물론이에요.]

마왕령에서 먼 나라들에게 마왕령과 접하는 나라들을 상대로 한 금전적인 원조로서 징수되는 전쟁 지원금. 상당한 부담이지만 인도적인 측면이나 북쪽이 무너지면 이쪽에까지 영향이 미친다는 실무적인 관점을 바탕으로, 재차 공출을 청하더라도 거절하기 힘들었다.

그런 요청이 없이 넘어간다면 마음이 편하다.

이야기가 정리된 참에, 마리아는 잔느에게 새로이 준비토록 한 동방 제국 연합의 지도를 지휘봉으로 가리키며 원군을 파견해야 할 장소에 대해 설명했다.

[동방 제국 연합 안에서 특히 원군이 필요할 지점은 두 곳이에요. 우선은 동방 제국 연합과 마왕령의 국경선 서쪽 끝에 있으며 노튼 용기사 왕국과도 인접한 '라스타니아 왕국'이에요. 이 나라는 소국이면서도 용기사 왕국과 동맹을 맺어 여차할 때는 조력을 얻지만, 이번 마나미에서는 용기사 왕국 측으로도 몬스터가 밀려들 것이 예상되어 구원이 늦어지리라 예상해요.]

"라스타니아 왕국……"

지르코마 일행…… 북쪽으로 돌아가기로 한 예전 난민 전사들이 몸을 의탁하고 있다는 나라인가. 게다가 이 나라에는 그 남자가 있다는 보고도…… 아니, 지금은 상관없다.

다음으로 마리아는 마왕령과 인접한 국경선 한가운데 부근을 가리켰다.

[또 한 곳은 국경선 한가운데 위치한 '치마 공국'. 중규모 국가의 일개 귀족이었던 치마 공이 독립하여 세운 소국이에요. 중소 국가가 난립하는 이 지역에서 상황에 따라 다양한 진영에 의지하며 독립을 유지한 수완가 국가예요.]

"흥정이 능숙한 나라로군요."

도쿠가와, 호조, 우에스기 같은 큰 세력이 둘러싸여서도 교묘한 흥정술로 독립을 유지한 마사유키 시대의 사나다 가문 같은 느낌인가. 나라는 작지만 우두머리가 우수한 거겠지.

그러자 마리아는 쿡쿡 웃었다. 우스운 이야기라도 있었나?

"왜 그러십니까?"

[어, 아뇨…… 이곳 치마 공국 말인데, 이 사태에 무척 재미있는 일을 하고 있는 모양이에요.]

"재미있는 일?"

[치마 공은 현재 자식이 일곱 명이라는데, 다들 미남미녀라고 해요. 또한 일곱 명 각자가 다양한 방면으로 뛰어난 재능을 가지고 있다나요? 이 일곱 명에게는 동방 제국 연합 내의 나라들로부터 혼담이나 가신으로 등용하고 싶다는 요청이 밀려들고 있다고 해요.]

역시 우수한 가문인 듯했다. 널리 인재를 모집하는 우리 나라로서는 어떤 재능을 가지고 있는지 흥미가 있지만…… 하지만, 그 이야기에서 대체 어디가 재미있다는 걸까?

[이번 마나미에 치마 공은 각국으로 원군을 요청할 때에 이렇

게 말했다고 해요. '원군을 보내 주신 나라에는 활약에 따라서 후세인 장남을 제외한 여섯의 자식을 한 명씩 가신으로 보내겠다.' ……라고.]

"자식을 담보로 원군을 청한 겁니까?!"

꽤나 과감한 일을 생각했구나. 게다가 인질이 아니라 가신으로 보내겠다고 하니, 그만큼 자식들의 재능에 자신감을 가지고 있다는 이야기였다.

그리고 활약에 따라서 한 명씩…… 그렇다면 유력한 여섯 나라에 자식을 임관시키는 것이기도 하다. 위급 사태임에도 불구하고 빈틈없이 동방 제국 연합 내에서의 발언력을 높이려 하는 것이다. 치마 공…… 빈틈이 없어 얕볼 수 없는 인물인 듯했다.

그런 생각을 하는데 마리아는 의미심장한 미소로 말했다.

[그들 여섯 가운데서도 장녀 무츠미 치마 영애는 무용으로 뛰어나며 아름다운 여성이라고 해요. 그런 무츠미 공녀를 원하여 많은 나라가 원군으로 달려간다고 들었어요. 뭐, 그분은 가신이라기보다 신부로 원한다는 느낌이지만요.]

"그렇군요…… 일국의 지도자여도 아름다운 여성에게는 약하다는 이야기겠죠."

[어머? 소마 왕은 흥미가 없나요?]

"강하고 아름다운 신부감이라면 이미 많으니까요."

어깨를 으쓱이며 농담하듯 말하자 마리아는 쿡쿡 웃었다.

[후후후. 그렇군요.]

무츠미라는 사람보다도 나머지 다섯 명에게 어떤 재능이 있는

지가 더 신경 쓰이는 참이었다.

하지만 원군이 밀려들고 있다면, 치마 공령으로 당장 원군을 보낼 필요도 없겠지. 그렇다면 우리가 취해야 할 방침은…….

잠시 생각한 뒤, 나는 마리아에게 말했다.

"알겠습니다. 우리 나라는 라스타니아 왕국으로 원군을 보내죠. 지인도 있어 인연이 없는 나라가 아니니까요. 그쪽 문제가 해결되었을 때 이쪽에 아직 여력이 있고, 치마 공국 쪽이 정리되지 않은 경우에는 그쪽으로 군을 보내죠."

내가 그렇게 대답하자 화면 너머의 마리아가 온화한 미소를 띠며 머리를 숙였다.

[감사합니다. 부디, 잘 부탁드립니다.]

──이리하여 우리 프리도니아 왕국은 동방 제국 연합 내의 라스타니아 왕국에 원군을 파견하기로 결정했다.

"이제 나와도 돼. 로로아."

마리아와의 통신이 끊어진 것을 확인하고 한숨 돌린 다음, 나는 등 뒤를 향해 말했다. 그러자 비스듬히 뒤쪽에 있는 집기 뒤에서 로로아가 불쑥 얼굴을 내밀었다.

"뭐고, 달링. 알고 있었나?"

"누가 몰래 들어오는 게 곁눈질로 보였으니까."

누구인지는 안 보였지만, 입구에서 경호하는 아이샤가 아무렇지도 않게 들여보내는 인물이자 이런 장소로 몰래 들어올 법한 사람은 로로아 정도밖에 없다.

"냐하하…… 정답이다."

겸연쩍은 쓴웃음을 지으며 로로아가 이쪽으로 다가왔다.

방송 회담 뒷정리를 마친 하쿠야가 인사를 하고 방을 나가, 이 방에는 나와 로로아만 남겨졌다. 단 둘만 남자 로로아는 미소를 지웠다.

"라스타니아 왕국으로 병력을 보낸다고?"

"그래. 지금 막 그러기로 결정한 참이야."

"혹시 달링이 북쪽으로 가야만 하는 게 내 때문이가? 내가 이 걸 보이 줬으이까 달링은 북쪽으로 갈 생각이 든 거 아이가?"

로로아는 품속에서 편지 봉투 한 통을 꺼냈다.

흘끗 보인 봉랍에는 아미도니아 공왕가의 문장이 찍혀 있었다. 내용물은 이미 읽었다. 그러고서 나는 조용히 고개를 가로 저었다.

"이전부터 제국하고 우리 사이에서 정해 두었던 일이야. 동방 제국 연합이 무너질 것 같은 상황일 때는 우리가 지원하겠다고. 그 편지가 왔든 안 왔든 나는 군을 파견했을 거야. 로로아가 걱정할 일이 아니야."

"…………"

기운을 북돋울 생각으로 말했는데, 로로아는 아무런 대답도 않고 편지 봉투를 열어 안의 편지를 꺼내더니 그 편지가 구깃구깃해질 정도로 움켜쥐며 중얼거렸다.

"오빠……"

"…………."

편지를 보낸 사람은 율리우스 아미도니아.

아미도니아 공왕이었던 가이우스 8세의 자식으로, 로로아의 오빠에 해당하는 인물이었다.

엘프리덴 왕국에 대한 복수를 앞세우던 아버지 가이우스와 함께, 왕국 내의 불온분자를 부추기는 등 암약하던 인물이기도 했다. 가이우스는 내가 왕위를 물려받은 직후의 혼란기에, 나와 육군대장이었던 게오르그 카마인의 불화를 파고드는 형태로 왕국에 쳐들어왔다.

하지만 이것은 게오르그의 거짓 모반극을 이용하여 나와 하쿠야가 펼친 함정으로, 공국군은 감쪽같이 유인당한 것이었다. 그 후에 벌어진 공도 반 근교 전투에서 가이우스는 전사, 반은 왕국의 지배하에 놓이게 되었다.

가이우스가 전사하자 율리우스는 뒤를 이어 아미도니아 공왕을 자칭, 인류 선언의 맹주인 그란 케이오스 제국을 내세워서 반 반환 교섭에 임했다.

그 결과로 반은 되찾았지만 많은 배상금이 청구되어 율리우스는 공국민에게 부담을 강요하게 된다. 그 탓에 국민의 반발을 불렀고 그 부분을 루나리아 정교황국이 이용했다. 공국 내의 루나리아 정교도에게 반란을 일으키도록 만든 것이다. 그것을 탄압하며 율리우스는 더더욱 국민의 지지를 잃었다.

최종적으로는 상인 네트워크를 구사하여 국내를 수습한 로로아에게 추방당하고 소수의 부하와 함께 제국으로 망명했다……. 여기까지가 이제까지 알고 있던 율리우스의 소식이었다. 하지만 아무래도 그 후에는 제국에서도 떠난 모양이고, 여러 나라를 방랑하여 현재는 라스타니아 왕국에 몸을 의지하고 있다나.

지금 마나미의 영향을 강하게 받고 있을 라스타니아 왕국에.

"이게 뭐꼬……."

편지를 든 로로아의 손에 힘이 들어갔다.

전달된 편지에는 로로아의 안부를 걱정하는 말과 이제까지 자신의 소식 등이 적혀 있었다. 그리고 이제까지 자신의 안부 불명을 사과하는 말과 함께, 프리도니아 국왕인 내게 라스타니아 왕국으로 원군을 보내도록 내 제3정실 후보가 된 로로아가 제청해 주었으면 한다고 정중한 말로 적혀 있었다. 그리고 말미에는,

[혹시 소마 왕이 바란다면 내 목과 맞바꾸어도 상관없다. 그러니 부디, 신세를 진 라스타니아 왕가 사람들을 구해 줄 수 없을까.]

……그런 문장까지 있었다.

소국의 왕가를 위해, 가이우스의 원수인 나랑 자신을 추방한 로로아에게 창피고 체면이고 내버리고서 구원을 청한다. 아미도니아 공왕으로 행동하던 무렵의 율리우스를 보고 느낀 인물상과는 도저히 이어지지 않는다. 그렇기에 율리우스가 얼마나 진심인지 엿보였다.

여러 나라를 방랑하는 가운데, 그의 안에서 무언가가 변화한

것일까.

"어째서…… 이런 거, 새삼스럽다 아이가……."

고개를 숙인 로로아의 눈에서 눈물이 떨어졌다.

로로아와 율리우스의 관계는 복잡하다.

두 사람은 친남매다. 하지만 역대 공왕들이 품었던 '엘프리덴을 향한 복수'를 이어받고자 한 율리우스, 반면에 군비 확장 따윈 그만두고 재정을 재건하여 나라를 풍요롭게 만들고자 생각한 로로아 사이에는 메우기 힘든 간극이 있었다.

가이우스 사후 아미도니아 공왕을 계승한 율리우스는 정적이 될 로로아를 배제하려고 했다. 이것은 로로아가 종적을 감추었기에 미수로 그쳤지만, 반대로 로로아는 율리우스가 국민을 탄압하고 나서자 그런 나라를 수습하고 율리우스를 추방했다.

친남매이면서도 서로를 적이라고 인식했던 것이다.

그런 오빠로부터 사죄와 구원 요청의 편지가 왔으니 로로아는 마음을 정리하지 못하는 거겠지.

"로로아는 이 편지를 어떻게 생각해? 무언가 꿍꿍이가 있을 거라고 생각해?"

"그렇진 않다, ……고 생각해."

로로아는 소매로 눈가를 슥슥 훔치고는 고개를 들고 말했다.

"옛날의…… 자존심 강하던 무렵의 오빠라면 이런 편지를 보내는 건 상상도 할 수 없는 일이다. 그라이까 이건 어지간한 일이 있으이 보냈을 거다. 편지에 거짓은 없다고 생각한다."

"마리아 폐하한테 얻은 정보하고도 일치하고."

로로아를 향한 사죄가 본심에서 나온 것인지는 제쳐 놓고, 실제로 라스타니아 왕국은 마나미로 위기에 처했음을 예상할 수 있었다.

율리우스가 그곳에 있다면 원군을 청하는 것도 이치에 맞았다.

로로아는 "으냐아아아." 하고 기세를 끌어 올리며 머리를 벅벅 긁었다.

"아, 정말이지, 이치에 맞으이까 더 모르겠다! 무슨 일이든 항상 차가운 눈으로 보던 오빠한테서, 어째서 이런 인간미 있는 말이 나오는 긴데! 이전이랑은 너무 다르이까 가짜는 아인지 의심된다!"

"……내가 있던 세계에서는 '괄목상대' 라는 사자성어가 있었어. 눈을 비비고 다시 본다는 뜻이야. 여러 나라를 방랑하는 사이 율리우스한테도 무언가 변화가 있었던 게 아닐까?"

"그랄까? 그 오빠가 그렇게 간단히 변할 것 같진 않은데……."

그러면서 고개를 갸웃거리는 로로아를 살며시 끌어안았다.

품속에 폭 들어올 정도로 가냘픈 몸이었다. 이런 가냘픈 몸으로 로로아는 공국과 자신의 미래를 건 결단을 내렸던 것이다. 새삼스레 굉장한 여자애라고 생각했다.

"변해. 특히 사람과의 만남은 극적으로 사람을 바꿔 놓지. 그냥 학생이었을 터인 내가 리시아랑 만나고, 아이샤와 주나 씨랑 만나고, 로로아랑 만나고, 정신을 차려 보니 두 나라를 다스리는 국왕이 되었어. 요전에는 나덴과 계약해서 용기사, 아니 용

왕이 되기도 했고. 이런 나를, 2년 전의 나는 상상조차 못했다고."

"달링의 경우, 좀 과하게 특수한 거 아이가?"

로로아가 어이없다는 듯 말해서 나는 웃었다.

"확실히 내 경우는 극단적일지도 모르겠지만, 다들 크든 작든 영향을 주고받아. 로로아도 우리랑 만나고 변한 부분도 있잖아?"

"……그라네."

품속의 로로아는 그제야 간신히 작게 웃었다.

"달링이랑 만난 뒤로, 돈을 어떤 즐거운 일에 쓸지 생각하게 됐다. 그때까지는 어떻게 효율적으로 돌리고 공국민의 삶을 편안하게 만들 수 있을지, 그것밖에 생각할 여유가 없었으이까. 축제 선호에 박차를 가한 느낌이다."

"좋게 바뀐 건가?"

"내는 이런 스스로가 마음에 든다고?"

"그럼 됐네."

그러자 로로아는 꼬옥, 내 허리에 두른 팔에 힘을 실었다.

"오빠도 이런 식으로, 누군가랑 만나고 변했을까?"

"그럴지도. 글을 보기에는 라스타니아 왕가 사람 때문인 거 같은데."

"뭐야, 라스타니아에 여자라도 생긴나?"

"좀 상스럽다고. 더 좋은 표현도 있잖아……."

이마로 로로아의 이마를 가볍게 톡 치자, 로로아는 에헤헷 웃었다.

역시 로로아는 우는 것보다 웃는 게 어울린다고 생각한다.

가능하다면 항상 밝게 웃어 줬으면 한다.

그러려면…… 그녀가 항상 웃을 수 있도록 만들어야지.

"있잖아, 로로아. 혹시 신경이 쓰이면, 이번 출병에 따라올래? 그러면 네 눈으로 직접 지금의 율리우스를 확인할 수 있을 테니까."

갑작스러운 내 제안에 로로아는 눈을 동그랗게 떴다.

"내도 따라가도 되나? 전장에서는 아무런 도움도 안 되는데?"

"그런 식이라면 나도 크게 도움은 안 되지만…… 이번 출병에는 수만 규모의 병력을 보내게 될 거야. 동방 제국 연합과 교섭도 할 테니 문관들도 조금 데려갈 생각이야. 그리고…… 토모에도 데려갈까 싶어."

"뭐?! 토모에도 데리간다고?!"

로로아가 놀라서 소리를 높였다. 아직 열한 살인 토모에를 마왕령과 인접한 나라로 데려가겠다고 했으니 무리도 아니었다. 하지만 이것은 반드시 필요한 일이었다.

"마왕령과 인접한 나라들로 출병하는 거야. 언제 어떤 타이밍에 마족과 접촉할지도 모르니까, 만에 하나라도 접촉하게 된다면 그 기회를 놓치지 않고 한번 대화를 해 보고 싶어. 그러려면 반드시 토모에의 능력이 필요하지. 아직 어린 그 아이한테는 힘든 여행이 될지도 모르겠지만, 함께 데려갈 생각이야."

나는 로로아의 머리에 손을 툭 얹었다.

"그러니까 로로아 하나를 데려가는 것 정도는 문제없어. 물론 전선에 내보낼 수는 없으니까 안전이 확보될 때까지는 후방에서 얌전히 대기하게 될 테지만. 로로아를 데려가면 재무대신 콜베르의 부담은 늘어나더라도 사정이 사정이니까 납득해 주겠지. 율리우스랑은 친구 관계였다는 모양이고."

"정말로…… 따라가도 되나?"

로로아는 나를 올려다보며 물었다. 나는 크게 고개를 끄덕였다.

"로로아가 그러길 바란다면."

"냐하하. 응, 정말로 오빠가 변했는지 만나가 보고 싶다."

로로아는 머리 위에 얹은 내 손을 붙잡고 자기 뺨에 가져다 댔다.

"고맙다, 달링. 좋아한다."

"나도 좋아해, 로로아. 자, 이제부터 바빠지겠네."

나는 로로아의 뺨에서 손을 떼고는 크게 기지개를 켰다.

"오랜만에 대군을 움직이게 될 테니까. 그렇게 시간을 들일 수는 없겠지만 그래도 준비해야돼. 데려갈 사람들을 선정하고 남겨 두고 갈 사람들도 배치해야지. 군량이랑 수송 수단 마련 같은 일도 해야 하고. 국방군에 소속된 주요 멤버는 전원 호출해야겠네."

"뭐야, 떠들썩하이 될 것 같네."

로로아가 즐거운 듯 웃었다. 완전히 평소의 로로아로 돌아온 듯했다.

그 사실에 나는 안도했지만, 다만 한 가지 마음에 걸리는 것이
있었다.

"이 사실을…… 리시아한테 전해야만 한다는 말이지."

"아아——…… 그라네……."

내 무거운 심정을 헤아렸는지 로로아도 미묘한 표정을 띠고
있었다.

🜲 제2장 ✦ 미래를 위하여

────대륙력 1547년 10월 초순

왕국 안의 어느 산간 지방에 조촐한 영지가 있다.

그곳은 리시아의 아버지이자 선대 국왕인 알베르토 공의 옛 영지였다. 알베르토 공은 이 땅을 다스리는 소귀족이었는데, 어느 날 왕족인 리시아의 어머니 엘리샤 님과 만났다.

마침 왕국에서는 전전대 국왕 붕어 후의 왕위를 둘러싼 왕족 간의 분쟁이 벌어지던 시기였다.

알베르토 공은 사람 좋은 성격으로 엘리샤 님을 지탱했다. 좋게 말하면 야심이 없이 온화한, 나쁘게 말하면 패기가 없이 평범한 그의 성격은 쓸데없이 적을 만들지 않아서 의도치 않게 다른 왕족의 증오가 엘리샤 님에게 크게 돌아오지 않는 상황을 만들어 냈다.

그리고 왕위 계승의 전란은 엘리샤 님을 제외한 왕족의 전멸이라는 형태로 결판이 나고, 왕위는 이 전란에서 살아남은 엘리샤 님 것이 되었다. 알베르토 공은 엘리샤 님을 계속 모신 공적도 있어 그녀와 결혼하게 되었고 국왕이 된 것이었다.

현재 알베르토 공의 옛 영지는 왕국의 직할령이 되었지만, 왕위에서 물러난 알베르토 공이 은거할 장소로 선택했기에 실질적으로는 영주로 복귀한 형태가 되었다.

그런 알베르토 공의 영지를, 나는 지금 용 형태인 나덴의 등에서 내려다보고 있었다.

올드 포크송이 어울릴 법한, 그야말로 시골이라는 느낌의 풍경이었다. 산이 있고, 개울이 흐르고, 밭이랑 목장이 있고, 드문드문 민가가 있다.

왕도에서 정무에 쫓기는 나날을 보내는 입장에서 보면 이 땅은 시간이 천천히 흘러가듯 느껴진다. 조용히 살고 싶다면 이만큼 딱 맞는 장소는 없겠지.

"국왕을 그만두면 이런 장소에서 느긋하게 사는 것도 나쁘지 않겠네~."

[젊은 나이에 촌티 나는 소리 하지 말라고.]

나덴이 텔레파시로 어이없다는 듯 그렇게 말했다.

[애당초 소마는 대관식도 아직 안 했잖아. 우리랑 혼례도. 그런데도 그만뒀을 때를 생각하다니 그건 아니지. 일단 지금 이런 시대에 편안히 은거하는 거 자체가 어렵지 않겠어? 북쪽의 정세가 급변하면 노후도 뭣도 없다고?]

"……그도 그러네."

나덴의 말이 옳았다.

북쪽…… 그러니까 마왕령의 정세에 따라서는 언제 이 나라가 휘말릴지 알 수 없다. 지금 이 나라는 안정된 상태지만 마왕령이 이 이상 확대된다면 새로운 난민이 발생해 내가 왕위를 물려받았을 때 같은 혼란이 발생할지도 모른다.

대륙 서쪽은 마리아가 통치하는 그란 케이오스 제국이 단단히 막고 있으니까 괜찮을 테지만, 대륙 동쪽에서 마왕령과 인접한 동방 제국 연합은 중소 국가의 오합지졸 느낌을 부정할 수 없었다. 여기가 무너지면 우리 나라에도 영향이 미치겠지.

바로 그렇기에 원군을 파견해야만 하는 거고.

"편안히 은거하려고 해도 편하지가 않겠네."

[그런 거야. 게다가…… 태어날 아이를 위해 좋은 나라를 만들어야 하잖아? '아버지'?]

"아하하……."

아버지……인가. 아직 실감은 없지만 그렇게 되는구나.

"아아, 빨리 리시아랑 만나고 싶어."

[반려인 내 등에서 그런 소릴 하기야?]

"나덴이랑 나 사이에 아이가 생긴다면, 나덴에게도 같은 마음을 품을 자신이 있어."

[그럼 됐어. 제대로 옮겨다 줄 테니까 기다려.]

"맡겨 둬."

[그건 내가 해야 할 말이거든!]

나덴이 몸을 꿈틀하더니 하늘을 헤엄치는 스피드를 올렸다.

리시아가 있는 알베르토 공의 저택을 향해 바람 속을 헤엄쳤다.

오늘은 기다리고 기다리던 리시아와 만날 수 있는 날이었다.

톨기스 공화국에서 귀국해서도 쌓여 있던 정무에 시달리느라 만나러 갈 수도 없었다. 그래서 오랜만에 리시아와 만날 수 있다는 사실은 무척 기쁘지만…… 동시에 조금 마음이 무겁기도 했다.

'동방 제국 연합으로 간다는 사실을 이야기해야 하니까…….'

정무가 거의 정리되었다 싶었더니 다음은 제국이 요청한 동방 제국 연합 원군이었다. 또 한동안 만날 수 없을 테고, 무엇보다 나를 걱정할 거라는 사실이 괴로웠다.

'사실은 임신 중인 리시아한테 너무 걱정을 끼치고 싶지는 않은데…….'

그렇다고 아무 말도 하지 않는다는 선택지는 없었다. 군을 편제하고 출병하는 이상 숨긴다든지는 불가능하니까. 그렇기에 미리 제대로 설명하여 리시아의 불안을 최소한으로 줄여 주고 싶은데…… 역시나 마음이 무거웠다.

'아내한테 단신부임 이야기를 꺼내지 못하는 남편이 이런 기분일까…….'

멍하니 화창한 가을 하늘을 올려다보며 그렇게 생각했다.

살짝 높은 언덕 위에 있는 파란 지붕의 서양식 건물이 선대 국왕 알베르토 공의 저택이었다.

나와 나뎅이 그 저택의 정면 현관 앞에 내려서자, 메이드 드레스 차림을 한 카를라가 우리를 가장 먼저 맞이하러 나왔다. 카를라에게는 내가 톨기스 공화국에 갈 때부터 리시아의 시종 겸 호위 역할을 맡겼다. 카를라 말고도 검은 고양이 부대나 국방군 등에서 인원을 파견하여 리시아를 비롯한 가족을 음지에서 양지에서 경호했다.

그런 카를라는 우리 앞에 서서 인사했다.

"오랜만에 뵙습니다, 주인님."

"오랜만이야. 리시아랑 다른 사람들한테 별고는 없었나?"

"예. 힐데 님의 진단으로는 산모와 아이 모두 건강하다고 합니다만…… 그 이야기는 저보다도 본인에게 직접 듣는 편이 낫겠죠."

"그러네……. 미안해. 리시아를 완전히 떠맡겨 버려서."

"아뇨, 리시아는 제게 주군의 가족임과 동시에 바꿀 수 없는 친구니까요. 도움이 될 수 있다면 이렇게 기쁜 일은 달리 없습니다. 게다가……."

"게다가?"

되묻자 카를라는 무척 멋진 미소를 띠며 말했다.

"메이드장과 달리 엘리샤 님은 제게 부끄러운 옷을 입히시거나 그러지 않으시니까요!"

"아아……."

왕성에서는, 카를라는 엄청난 S 메이드장에게 '귀여움을 받고' 있으니까 말이지. 항상 미소에 다정해 보이는 엘리샤 밑에 있는 편이 마음이 편하겠지.

"[초인 실반] 제작부에서, 슬슬 또 악의 여간부 [미스 드란]이

출연해 달라는 요청이 올라오는데……."

"으윽…… 주, 주군의 명령이라면 따르겠습니다."

정말로 싫다는 표정을 띠며 카를라는 떨떠름한 느낌으로 받아들였다. 길이가 짧은 메이드 드레스(세리나 고안)에는 카를라도 익숙해진 모습이지만, 아무리 그대로 [미스 드란]의 섹시 코스튬(이것도 세리나 고안)에는 익숙해지지 못하는 듯했다.

"아무래도 국민들이 제작부 쪽으로 '또 미스 드란을 출연시켜 줘.'라며 편지가 꽤 많이 온다나 봐. 보내는 사람은…… 대부분이 성인 남성이라는데."

"이런 나라 망해 버리면 좋을 텐데……."

"이 나라의 국왕 앞에서 그런 소리 말라고……."

비교적 진심인 눈빛이었지만 농담이라 흘려 넘기는 게 카를라를 위한 일이겠지.

나한테 직접 하는 악담이 아니라서 [예속의 목걸이]는 반응하지 않은 모양이지만, 남들의 시선이 있었다면 불경죄로 죄를 물어야만 했을 테니까 그만했으면 좋겠다.

어쩐지 위험한 느낌이 드니까 이 이야기는 그만두자.

"이야기가 좀 빠르지만, 카를라. 리시아에게 안내해 줘."

"앗! 그랬죠. 하지만, 우선은 선대 국왕 내외께 인사를 하시지 않겠습니까? 주인님의 도착을 응접실에서 기다리고 있으니."

"아―. 그게 예의인가. 그럼 우선은 두 분을 만나게 해 줘."

"알겠습니다. 이쪽으로 오시죠."

카를라가 저택 안으로 앞장서서 걸어가고, 나와 나덴은 그녀를 뒤따라갔다.

　그렇게 안내받은 응접실에서 알베르토 공과 엘리샤 님이 우리를 맞이해 주었다.

　"오오, 사위님. 어서 오시게나."

　"당신이 나덴 양이로군요. 리시아가 말했던 대로 귀여운 분이네요."

　알베르토 공이 내 손을, 엘리샤 님이 나덴의 손을 잡았다.

　"별고 없으십니까? 아버님, 어머님. 여전하신 것 같아 안심했습니다."

　"나, 나덴이에요. 잘 부탁드립닛."

　긴장했는지 나덴이 발음을 씹었다. 그런 나덴을 보고 엘리샤 님은 "후후후." 하고 미소를 짓더니 그녀의 머리를 자신의 풍만한 가슴으로 끌어안았다.

　"와왓?!"

　갑자기 안겨서 나덴은 당황한 듯 손을 바동바동 움직였다. 부끄럽기도 하겠지. 그런 나덴의 머리를 엘리샤 님은 다정하게 쓰다듬었다.

　"우리 사위에게 시집을 왔다면 내 딸이나 마찬가지란다. 그러니까 나덴 양, 무슨 일이 있다면 이 어머니를 의지하렴. 토모에 씨 말고도 이렇게 귀여운 딸이 생겨서 기뻐."

　"……티아마트 님이랑 비슷한 냄새가 나."

　나덴은 엘리샤 님의 허리에 손을 둘렀다. 순식간에 길들여졌다.

성모롱과 비슷한 냄새…… 모성 같은 것일까. 용인 나덴에게 친척은 없다. 동향 친구도 이제는 루비밖에 없다. 혹시 엘리샤 님이 이 나라에서 나덴의 어머니를 대신해 준다면 이보다 더 고마운 일은 없겠지.

응석을 부릴 수 있는 상대가 있다는 건 행복한 일이니까.

그런 두 사람의 대화를 흐뭇하게 바라보는데 알베르토 공이 말했다.

"사위님. 우리는 여기서 나덴 양을 상대하고 있을 테니, 리시아랑 만나러 가 주시게나. 중앙정원의 테라스에서 사위님이 오길 목이 빠져라 기다리고 있을 게야."

"감사합니다. 그럼 그렇게 하겠습니다."

두 사람에게 인사를 한 뒤, 나는 나덴을 남기고 응접실을 뒤로했다.

카를라의 안내로 중앙정원을 바라보는 테라스로 향했다. 햇살이 좋은 하얀 테라스에는 이미 차가 준비된 테이블이 있고, 한 여성이 이미 자리에 앉아 있는 것이 보였다. 여성은 이쪽으로 등을 돌리고서 가을바람에 나무들이 흔들리는 중앙정원을 바라보고 있었다.

카를라에게 '여기까지면 충분해.' 라고 손으로 신호를 보내자, 카를라는 인사를 한 다음 발길을 돌려 저택 안으로 돌아갔다. 나는 조용히 테이블로 다가가서는 그녀의 얼굴을 볼 수 있는 위치의 자리에 앉았다. 여성은 내 쪽으로 고개를 돌리고 온화하게 미소 지었다.

"어쩐지 오랜만이네. 소마."

"으음, 벌써 오랫동안 만나지 못했던 것 같은 느낌마저 들어. 만나고 싶었어, 리시아."

"후후, 나도 그래."

그러더니 리시아는 꽃이 피듯 웃었다.

톨기스 공화국에 다녀온 뒤로 한 달 이상 만나지 않았던 내 약혼자. 오랜만에 본 리시아는 이전보다도 부쩍 어른스럽게 느껴졌다. 나는 그런 리시아의 분위기에 두근두근하며, 무슨 말이라도 해야겠다고 입을 열었다.

"머리…… 길었네?"

"응. 최근에 자르지 않았으니까."

게오르그에게 최종 선고를 할 때 싹둑 잘랐던 리시아의 머리는, 지금은 처음 만났을 때의 딱 절반 정도가 되어 있었다.

"전처럼 될 때까지 기르게?"

"생각 중이야. 이제는 짧은 머리도 마음에 들고…… 소마는 어느 쪽이 어울린다고 생각해?"

"어느 쪽이든 좋아."

"정말이지, 우유부단하네."

"스킨헤드 같은 극단적인 모습만 아니라면 사랑할 자신이 있어."

"그런 머리, 안 해."

리시아와 둘이서 얼굴을 마주 보고 함께 웃었다.

한바탕 웃은 뒤에 나는 머리를 벅벅 긁었다.

"어째서 나는 가장 먼저 머리카락 이야기를 했을까. 리시아한 테 하고 싶은 말이나 묻고 싶은 게 잔뜩 있었을 텐데…… 제대 로 말로 할 수가 없어."

"순서대로 들을게. 오늘은 느긋하게 있어도 되잖아?"

"응. 그러네…… 우선은, 말이야."

나는 다시 리시아를 바라보고, 배가 볼록하게 부푼 리시아에 게 머리를 숙였다.

"내 새로운 가족을 만들어 줘서 고마워, 리시아."

"후후, 그건 우리라고 해야겠지?"

리이사는 온화한 미소를 띠며 말했다.

"이걸로 명실상부하게, 나는 소마의 가족이야."

"이제까지도 가족이었다고 생각했지만…… 지금은 더욱 강 하게 느껴."

혈연, 피가 이어지고. 그리고 혼이 이어지고. 말로 하면 진부 해지는 것 같지만, 지금의 나는 리시아와 굳게 이어져 있다는 확신이 있다. 그러자 리시아는 쿡쿡 웃었다.

"다음에는 아이샤, 주나 씨, 로로아랑 나덴이랑도 가족이 되 어야지."

"다들 이 아이가 태어나길 기다려 주고 있어."

나는 리시아의 배에 손을 대며 말했다.

"요전에 가족회의를 열어서, 누가 낳은 아이든 정실, 측실 가 리지 말고 어머니로 부르도록 하자고 결정했어. 아이들은 다함 께 기르자고. 수명이 긴 종족인 아이샤나 나덴 같은 경우에는 아무래도 생기는 게 늦어질 테고."

"후후, 우리 아이한테는 갑자기 어머니가 다섯 명이 있는 거구나."

리시아도 즐겁다는 듯 웃었다.

태어날 아이는 리시아를 포함해 개성 넘치는 어머니들에게 둘러싸여 자라는 것이다. 누구로부터 어떤 영향을 받고 어떤 식으로 자랄까…… 조금 불안하기도 하지만 기대되기도 했다.

그 후로 우리는 한동안 서로의 근황에 대한 이야기 등, 두서없는 대화를 나누었다. 리시아도 이곳에서의 요양 생활을 즐겁게 이야기했다.

"최근에 있지. 어머님께 요리를 배우고 있어."

"리시아가? 왜?"

"태어날 아이한테 손수 만든 요리를 먹여 주고 싶잖아. 게다가 소마는 요리를 잘 하니까. 어머니로서는 아버지보다 요리가 서툴어서는 모양새가 안 나거든."

틈만 있으면 위병들 사이에 섞여서 훈련만 하던 리시아가 제대로 신부 수업을 받다니…… 어쩐지 감개무량하네.

"그래서? 성과는 어때?"

"……거기 있는 과자는 내가 구웠어."

테이블 위에 놓인 커다란 접시에는 스콘 따위와 함께 쿠키가 놓여 있었다. 이거, 리시아가 손수 만들었구나. 겉모습도 나쁘지 않고 맛있어 보였다.

나는 쿠키를 하나 집어서 입안으로 던져 넣었다.

"어디………… 으윽."

입안에 퍼지는 달짝지근한 맛과 이상하게 딱딱한 식감. 이건 설탕을 너무 많이 넣었네. 게다가 생지를 있는 힘껏 반죽했을 테지. 그래서 버터가 과하게 녹아 버려서 구워 낼 때 딱딱한 식감이 된 것 같았다. 나는 식은땀을 흘리며 리시아의 얼굴을 봤다.

"저기—…… 사실은 맛있다고 해 주고 싶은 참이지만…… 우리 아이에게 먹일 거라 생각하면…… 거짓말은 못 하겠어."

"알고 있어. 실패작이었다는 것 정도는."

리시아는 쓴웃음을 짓고 있었지만 두 주먹을 꽉 움켜쥐었다.

"이게 지금 내 실력. 하지만 언젠가, 반드시 맛있는 걸 만들 거야."

"……그래. 기대할게."

"응. ……하지만, 같이 배우기 시작한 카를라 쪽이 숙달이 빠르거든. 나랑 같은 부류라고 생각했는데 어쩐지 납득이 가질 않는단 말이지."

"뭐, 저래 봬도 카를라는 엑셀의 피를 물려받았으니까 말이야."

카를라의 어머니 액셀라는 엑셀의 딸이다. 누님 파워의 화신인 주나 씨도 친척이니까, 가정적인 쪽으로의 잠재 능력은 높을지도 모르겠다.

"그런 식이라면 어머님도 요리는 특기이신데……."

"육군에서 게오르그의 영향을 너무 받은 거 아냐?"

"으으…… 부정할 수가 없네."

그렇게 우리는 두서없는 대화를 나누었다. 아무것도 아닌 대화…… 그것이 무척 즐거웠다. 그러자 갑자기 리시아가 진지한 표정을 띠고 말했다.

"소마. 오늘 여기에 나를 만나러 온 게 끝은 아니지?"

갑자기 정곡을 찔려서 심장이 두근거렸다.

"……그래 보여?"

"응. 다른 사람도 아니고 소마니까. 이야기를 하면서 무언가 말하기 어려운 걸 감추고 있다는 느낌이 들었어."

"…………."

"새로 왕비 후보라도 생겼어?"

리시아가 빤히 쳐다봤기에 나는 황급히 고개를 가로저었다.

"아냐 아냐! 잠깐, 그게…… 북쪽으로 군을 파견해야 할 것 같아."

"북쪽? 동방 제국 연합?"

"응. 아무래도 마왕령에서 몬스터 습격이 다발하고 있다나 봐. 동방 제국 연합이 무너지면 이 나라에도 피해가 생겨. 그래서 제국과의 맹약에 따라서 원군을 보내기로 했어."

얼마 전 제국과의 회담 내용을 간결하게 이야기하자 리시아는 불안하다는 얼굴이 됐다.

"소마도 따라가는 거야?"

"……응. 그러니까 또…… 한동안 못 만나게 돼."

"어째서? 지금은 아미도니아 공국군과 싸우던 때와는 달라."

책망하는 것 같은 말투는 아니었지만 가지 않기를 바란다는 심정이 느껴졌다.

"그때는 소마는 아직 왕위를 막 물려받았을 때라, 스스로 지휘하지 않으면 장병들의 신뢰는 얻을 수 없었어. 하지만 지금 소마는 모두에게 왕으로 인식되고 있어. 루드윈 같은 장군한테 맡기면 안 되는 거야?"

"예측 불가능한 사태에 대비해서 아이샤랑 나덴 같은 최강 전력을 데려가고 싶어. 그러려면 내가 지휘하는 형태로 편성하는 게 적절해. 직접 북쪽의 상황을 보고 싶기도 하고."

율리우스에 대한 이야기는 불안하게 만들 뿐일 터이니 말하지 않아도 되겠지.

나는 일어서서 리시아의 등 뒤로 가 그녀를 다정하게 끌어안았다.

"출산을 앞둔 리시아 곁에 있을 수 없는 건 괴로워. 하지만 오늘, 리시아랑 배 속에서 자라는 아이를 봤더니 더더욱 북쪽으로 가야만 하겠다고 생각했어. 앞으로 태어날 아이에게 조금이라도 더 좋은 나라를 남기고 싶으니까."

"소마……."

리시아는 내게 안긴 채로 눈을 감았다. 한동안 침묵이 이어졌지만, 이윽고 리시아는 끌어안은 내 팔에 살며시 손을 얹고 미소를 지었다.

"……알았어. 하지만, 무사히 돌아와야 해?"

"그래. 위험할 것 같으면 도망칠게. 아이 얼굴도 못 보고 죽을 수는 없으니까.”

“후후, 꼭이야. ‘이 아이들’과 함께 기다릴 테니까.”

“응!”

그렇게 힘껏 고개를 끄덕였는데, 곧이어 리시아의 말에서 무언가 걸리는 것을 느꼈다.

“……응? ‘이 아이들’?”

내가 되묻자 리시아는 어리둥절한 표정으로 말했다.

“어라? 힐데 씨한테 못 들었어? 내 배 속에 쌍둥이가 있다고.”

“어? ……어어어어어어어어?!”

갑자기 튀어나온 충격적인 사실. 나는 갑자기 두 아이가 아버지가 되는 모양이다. 듣고 보니 임신 기간에 비해 리시아의 배는 커다랬다. 하지만 설마 쌍둥이였다니…….

──무사히 돌아와야만 한다는 생각이, 한층 더 강해졌다.

――――대륙력 1547년 10월 10일. 파르남 성

이날, 파르남 성 안에 있는 알현실은 사람으로 북적였다.

경비 위사들을 제외해도 서른 명 이상의 사람들이 모여서, 넓을 터인 알현실이 좁게 느껴질 정도였다. 참가한 사람들 역시 다채로웠다.

엑셀이나 루드윈 같은 국방군 관계자가 대부분이었지만 그중에는 폰초나 콜베르 같은 문관도 있었다. 또한 루나리아 정교황국에서 파견된 주교 소지 및 톨기스 공화국 원수의 자식인 쿠 같이 다른 나라에서 온 사람들도 있었다.

모인 이들 중에는 엑셀에게 맡겼을 터인 전직 공군대장 카스토르까지 있어서 주위에 있는 이들을 술렁이게 만들었다. 그야말로 신분이나 지위에 관계없이 소마의 주된 부하는 대부분 모인 듯한 광경이 그곳에 펼쳐져 있었다.

이 자리에서 오랜만에 얼굴을 마주한 사람도 있어서, 여기저기서 옛정을 되새기는 듯한 대화가 오갔다.

"나리. 오랜만에 뵙습니다."

현재는 국방군에서 공군 부문을 통솔하고 있는 바르가스 가문의 전직 재상 톨먼이 예전 주군인 카스토르에게 머리를 숙였다.

카스토르는 황급히 "됐어, 톨먼."이라며 머리를 들게 했다.

"나리 같은 식으로 부르지 마. 나는 이제 바르가스 가문의 가주가 아니야. 가주는 카를에게 넘기고 월터 공을 모시는 몸이지. 네가 머리를 숙였다가 소문이 나면 난처할 텐데."

"윽…… 그렇습니까. 그럼 앞으로는 어떻게 부르면 될까요?"

"그냥 이름으로 불러도 상관없는데…… 정 그러면 '함장' 같은 식으로라도 불러 줘."

"함장……입니까?"

"그래!"

카스토르는 고개를 끄덕이고는 손에 들고 있던 함장 모자를 깊숙이 눌러 썼다.

"지금은 한 척의 배와 선원을 맡고 있는 몸이야. 과거에 지휘하던 숫자에는 아득히 못 미치지만, 나는 의외로 이 직업이 마음에 들어."

"듣고 보니…… 볕에 그을리셨군요. 바다의 남자라는 인상입니다."

톨먼이 지적했다시피 카스토르는 이전과 비교해서 상당히 볕에 그을린 모습이었다.

애당초 말라 보이지만 탄탄한 근육에 젊은 외모이기도 해서 마치 여름철 해변에 있는 서퍼 같았다. 카스토르는 일부러 소매를 걷으며 유쾌하게 웃었다.

"해발이 높은 붉은 용 성읍이랑 비교하면 라군 시티는 덥고 습도도 높으니까. 얇은 옷만 입다 보니 이런 색깔이 되더라고."

"늠름해 보이시는군요. 사모님께서 보시면 새삼 반하지 않으시겠습니까?"

"액셀라 말인가…… 잘 지내고 있나?"

"예. 카를 님과 함께 잘 지내십니다. 하지만 국왕 방송에 나오는 카를라 님은 몰라도 나리…… 함장님의 정보는 들어오지 않으니 걱정하셨습니다. 제게도 함장님과 만날 기회가 있다면 전해 달라며 전언을 맡기셨습니다."

"전언?"

"액셀라 님께서는 이렇게 말씀하셨습니다. '나도 드래고뉴트 (엑셀과 드래고뉴트 남성 사이의 자식)니까 수명은 길어요. 그러니까 언제까지나 기다릴게요.' ……라고 하십니다."

"그런가…… 엑셀라는 기다려 주는 건가…….'

절연한 아내의 전언을 듣고 카스토르는 조금 안타깝게 웃었다. 참으로 애절한 분위기가 되었지만…… 톨먼의 전언은 그것으로 끝나지 않았다.

"저기…… 그리고 또 하나. '다만 너무 늦어지면 폐하께 청을 드려서 만나러 갈 테니까요. 그때 칠칠맞은 생활을 보내고 있다면, 어머님과 함께 설교할 테니 각오해 두세요.' ……라는 전언도 맡기셨습니다."

"으윽……."

애절한 분위기는 순식간에 박살나고, 카스토르는 식은땀을 줄줄 흘리기 시작했다. 꺼림칙한 일이라도 있는지, 어쩐지 시선을 이리저리 헤맸다.

"에, 엑셀라한테 나에 대한 정보는 들어가지 않았을 테지?"

"그럴 터입니다만…… 무언가 짚이는 일이라도 있으십니까?"

"아니, 아니야! 확실히 부하 해병들과 여자랑 술을 마실 수 있는 가게에는 갔지만, 그건 어디까지나 친교의 일환으로 말이야!"

"함장님……."

톨먼은 이마를 누르며 고개를 절레절레 내저었다.

그것은 지난날 붉은 용 성읍에서 펼쳐지던 주종의 대화와 전혀 다르지 않았다.

과거의 주종이 그런 대화를 나누고 있을 때, 현재의 주종 콤비인 쿠와 레폴리나는 할버트, 카에데와 톨기스 공화국에서 돌아온 뒤로 첫 재회를 나누고 있었다.

"우꺄꺄! 오랜만이네, 할!"

"쿠인가! 확실히 오랜만이네!"

공화국에서는 함께 싸웠던 쿠와 할버트가 단단히 악수를 나누었다. 그 옆에서는 카에데와 레폴리나가 손을 맞잡고 있었다.

"레폴리나 씨도 오랜만인 거예요."

"오랜만이에요. 카에데 씨."

"???"

그러자 카에데와 함께 할버트 옆에 있으면서도 홀로 멍하니 있던 루비가 할버트의 소맷자락을 잡아당기며 물었다.

"할, 누구야?"

"아, 그런가. 루비는 첫 대면이었나. 이쪽은 톨기스 공화국 원수의 아들인 쿠 타이세와 종자인 레폴리나야. 쿠, 이쪽은 성룡 산맥에서 나와 계약한 드래곤, 루비야. 두 번째 약혼자가 되었지."

할버트는 그러면서 서로를 소개했다. 쿠 일행은 웃고 있었지만, 루비는 쿠가 톨기스 공화국 원수의 자식이라는 말에 곤혹스러운 모양이었다.

"원수의 아들이라니…… 이웃나라 수장의 아들이라는 거잖아! 그렇게 허물없이 이야기해도 되는 거야?!"

"우꺄꺄! 괜찮아, 루비 양. 할에게는 톨기스에서 신세를 졌고, 게다가 지금 나는 소마 형님의 손님에 불과하니까 말이야. 친구로 어울려 주는 편이 더 기쁘다고."

쿠가 쾌활하게 웃자 듣고 있던 카에데가 절레절레 고개를 흔들며 어깨를 으쓱였다.

"할은 소마 폐하와도 친구 사이를 허락받은 거예요. 저로서는 황공한 거지만…… 할은 그런 별 아래에서 태어났다고 포기해야 하는 걸까요."

"주군과 친근히 지내는 건 나쁜 일이 아니라고 생각하는데?"

"폐하께서는 할에게 기대하시는 거겠죠. 그리고 할은 위에서 그렇게 기대하면 너무 힘이 넘쳐 버리니까요. 까불다가 큰 실수를 저지르지는 않을지 불안한 거예요."

"그건…… 이해 못 할 것도 아니네."

"그러니까 그렇게 되지 않도록, 저희가 고삐를 붙잡아야 하는 거예요."

"기사의 고삐를 붙잡는 드래곤이네. 나쁘지 않아."

장래의 제1부인과 제2부인 사이에서 그런 대화가 오가는 것을, 할버트는 못 들은 척 흘려 넘기고 있었다. 바라던 바가 아닌 내용일지라도 여기서 무어라 끼어들려고 하면 두 사람의 창끝이 순식간에 자신에게로 향할 것이 눈에 선했으니까. 기이하게도 주군인 소마와 같은 처세술(약혼자용 처세술)을 할버트도 익히기 시작하는 참이었다.

그런 할버트의 속마음 따윈 모르고서 쿠가 팔꿈치로 할버트의 옆구리를 쿡 찔렀다.

"그건 그렇고 할도 대단하네! 카에데 양이라는 미인 약혼자가 있으면서도, 마찬가지로 미인인 드래곤 아가씨랑 약혼을 하다니 말이야."

"……그러네. 고생길을 걷게 되었지만 즐거운 일은 늘어난 것 같아."

소마가 약혼자들에게 휘둘리면서 이런저런 일이 있어도 즐거워 보이는 이유를 알 것 같았다. 지켜야 할 가족, 돌아가야 할 집이라는 것을 확실하게 인식할 수 있어서 남자로서의 책임도 늘어났지만 매일매일이 충만하게 느껴지는 것이었다.

"그러는 쿠도, 타르나 레폴리나 같은 귀여운 아이들한테 둘러싸여 있잖아."

"무슨! ……타르는 몰라도 레폴리나는 그런 게 아니라고."

얼마 전, 여성의 끝 모를 심오함을 막 인식하게 된 쿠는 저도 모르게 말끝을 흐렸다. 갑자기 애매모호하게 말하는 쿠를 보고 할이 무슨 일일까 의문스럽게 생각한 바로 그때였다.

"이 녀석들!"

""우억?!""

갑자기 등 뒤에서 커다란 목소리가 들려 할버트와 쿠는 펄쩍 뛰었다. 둘이서 허둥대며 돌아보니 할버트의 아버지인 그레이브가 엄한 표정으로 서 있었다.

"아, 아버지?! 갑자기 뭐 하는 거야?!"

할버트가 두근두근하는 심장 언저리를 누르며 항의하자 그레이브는 억센 팔로 팔짱을 끼며 두 사람에게 경을 쳤다.

"이렇게, 이 나라의 중요한 사람들이 한 자리에 모인 자리에서 언제까지 그런 긴장감 없는 얼굴을 하고 있느냐! 특히 할버트! 너는 앞으로 가정을 꾸릴 몸. 폐하를 위하여 한층 더 열심히 일해야겠지. 네가 그래서야 시집을 와 주는 카에데 양이나 루비양에게 어찌 면목이 서겠느냐! 아직 마그나 가의 후계를 잇기에는 멀었구나."

"……당분간 은퇴할 생각도 없으면서 잘도 그런 소릴."

할버트는 원망스레 볼멘 표정으로 그렇게 말했다. 그런 부자의 대화를 보고 있던 쿠는 소곤소곤 레폴리나에게 말을 건넸다.

("아버지라는 사람은 어느 나라든 이런 법이구나……")

("정말로, 원수님과 쿠 님을 보는 것 같네요. 틀림없이 그레이브 님은 할버트 님이 넘어서야 할 벽으로 행동하시려는 거겠죠.

자식에 대한 기대의 또 다른 표현이지 싶어요. 견문을 넓히도록 쿠 님을 타국으로 보내신 원수님과 마찬가지로요.")

("……흥. 뭐, 기운이 넘치니 좋잖아.")

두 사람이 그런 대화를 나누는 동안에도 할버트와 그레이브의 부자 싸움은 이어지고, 카에데와 루비가 중재에 나서서 그레이 브를 달랬다. 그레이브도 장래의 며느리 두 사람이 중재하고 나 서니 창을 거둘 수밖에 없는 모양이었다.

톨기스 공화국의 주종이 그렇게 남 일처럼 여겨지지 않는 부 자 싸움을 보며 쓴웃음을 짓고 있을 무렵, 아미도니아 공왕의 휘하에 있었던 전직 재무대신 콜베르, 아미도니아 지방 남부의 도시 네르바의 영주이자 로로아의 조부이기도 한 노장군 헬먼 그리고 공국군의 여장군이었으며 지금은 가수로 활약하고 있 는 마르가리타 완다까지, 세 사람은 농림대신 폰초와 대화를 나 누고 있었다. 폰초의 뒤에는 메이드장 세리나와, 최근에 폰초 를 모시게 된 코마인이 서 있었다.

"여, 여러분도 호출되셨군요? 예."

폰초가 그렇게 묻자 콜베르는 고개를 끄덕였다.

"예. 이번 일에는 율리우스…… 아니, 로로아 님의 오라버니 인 율리우스 님이 관여되어 있다고 들었습니다. 또한 이번에는 국외로 대군을 이끌고 가게 되었기에, 폐하께서 계시지 않는 동 안 아미도니아 지방을 지키기 위해서 저희를 부른 거겠죠."

"그, 그렇습니까? 음, 그렇다면 말이죠, 예. 마르가리타 경은 이번에는 가수로서가 아니라 장군으로 호출되신 겁니까?"

보아 하니 마르가리타는 갑옷을 입고 있었다. 폰초가 묻자 마르가리타는 흉갑을 턱 두드렸다. 원래 장신인 만큼 그런 동작만으로도 위압감이 나왔다.

"오랜만에 장수로 일할 수 있다는 걸 기쁘게 생각합니다. 가수로서 활약하는 동안에도 무인으로서의 단련은 빼먹지 않았습니다."

"흠, 좋은 투지야. 이 노장의 피도 끓어오르는구먼."

마르가리타의 모습에 자극을 받았는지 헬먼도 마음이 들끓었다. 무투파 두 사람이 자아내는 무인 오라에, 전장과는 거리가 먼 대신 두 사람은 살짝 기겁한 기색이었다.

한편, 그런 대화를 지켜보던 코마인과 세리나는…….

"마르가리타 경은 여성이면서도 좋은 기백을 지키고 계시네요. 저도 수렵 민족의 피가 끓어오를 것 같아요."

"……뜨거워서 숨이 막히네요. 누군가를 모시는 사람은 항상 냉정해야만 해요."

"말씀은 그렇게 하시지만 세리나 경도 상당한 실력자이시죠? 전의 같은 게 자극되지는 않으세요?"

"뜨거워지면 그만큼 상대에게 틈을 드러내게 되죠. 마음을 숨기고 냉정을 가장하여, 주인이 알아차릴 틈마저도 주지 않고 적을 처리한다. 그것이 왕가를 섬기는 메이드의 방식이에요."

"……왕가의 메이드는 무슨 암살자 같은 건가요?"

그렇게 메이드로는 여겨지지 않을 법한 뒤숭숭한 대화를 나누었다.

그런 암살자 같은 메이드가 있는 한편, 암살자라기보다는 닌자 같은 집단인 검은 고양이 부대의 대장 카게토라가 방 한구석의 기둥에 기대어 서 있었다.

　그가 걸친 망토에는 밀정용으로 다른 사람에게 쉽게 인식되지 않도록 만드는 술식이 부여되어 있어서, 검은 호랑이 마스트에 검은 갑옷의 위압감 만점인 복장에도 불구하고 주변 사람들은 그를 전혀 신경 쓰지 않았다.

　그리고 그렇게 다른 사람들에게 쉽게 인식되지 않을 터인 카게토라 곁으로 미녀 하나가 다가왔다.

　"오랜만이군요. 잘 지내셨나요?"

　편안한 말투로 이야기를 건넨 것은 국방군 총대장인 엑셀 월터였다.

　교룡족처럼 마력에 예민한 종족이라면 카게토라의 인식 저해 술식을 감지할 수도 있는 모양이었다. 겉보기 나이 스물다섯 정도의 교룡족 미녀가 말을 건네자, 카게토라는 기둥에서 등을 떼고 자세를 바로 하더니 손을 앞으로 맞잡고 인사했다.

　"월터 공, 안녕하십니까. 본인 같은 음지의 사람에게 말을 건네주시어 황송할 따름입니다. ……하오나 오랜만이라고 하셨는데, 예전에 언젠가 대화를 나눈 적이 있었는지요? 귀공과는 첫 대면이라고 생각합니다만."

　"아아…… 그러고 보니, 그런 걸로 되어 있었죠."

　카게토라의 말을 듣고 엑셀은 두통을 느낀 듯 관자놀이를 손가락으로 누르며 고개를 절레절레 내저었다. 엑셀로서는 이 연극에 어울리는 게 귀찮다고 느꼈지만, 마음에 두고 있어서는 대화도 나눌 수 없으니 지금은 이야기를 맞추기로 했다.

"그럼…… 처음 뵙겠어요, 카게토라 경. 당신도 폐하께 호출됐어?"

검은 고양이 부대 대장인 카게토라를 상대로는 국방군 총대장인 엑셀 쪽이 훨씬 지위가 높기에, 엑셀은 존댓말을 그만두고 거리낌 없이 말을 건넸다.

"예. 아마도 동방 제국 연합 내의 첩보를 맡게 되겠죠."

"이만큼 부하를 모아서 명령한다면…… 아미도니아 이후로 가장 큰 출병이 될 것 같네. 당신을 이 자리에 호출했을 정도인걸."

"대군을 움직이기 위해서는 주변 각국에 대한 대비를 빠뜨릴 수 없습니다. 국내 잔류파를 포함해서, 병력의 배치를 크게 움직이게 되겠죠."

"아이가 태어날 이런 중요한 시기에, 폐하도 참 딱하시네."

그러고는 문득 엑셀은 카게토라의 얼굴을 보고 쿡쿡 웃었다.

"그러고 보니~…… 리시아 공주의 아이는 쌍둥이라더군. 당신은 알베르토 공의 영지에 머무르고 있는 리시아 공주와 만났어?"

"……일개 밀정인 제가 공주님을 만나러 가다니 당치도 않은 일입니다."

"그래? '당신'이라면 신경이 쓰여서 참을 수가 없는 지경이 아닐까 생각했는데?"

"…………."

짓궂게 미소 짓는 엑셀을 상대로 카게토라는 입을 일자로 굳게 다물었다. 하지만 싱글싱글하는 표정으로 빤히 바라보는 엑셀의 시선에 그만 항복하여, 이윽고 입을 열었다.

"……만나지는 않습니다. 하지만 나리의 부탁으로 한동안 알베르토 공의 영지에서 경호를 하고 있었습니다. 그래서 공주님이 잘 지내신다는 건 알고 있습니다."

"우후후후후훗."

해냈다는 표정으로 미소 짓는 엑셀. 카게토라는 검은 호랑이 마스크 때문에 표정은 안 보이지만 겸연쩍은지 고개를 홱 돌렸다.

그러던 때, 갑자기 주위가 조용해졌다.

소마가 아이샤, 로로아, 하쿠야를 거느리고 알현실에 나타난 것이었다.

그 자리에 있던 이들은 허둥지둥 지위에 따른 장소로 이동하고 소마가 옥좌 앞에 서자 일제히 무릎을 꿇었다. 잠시 후, 소마는 부하들을 내려다보며 말했다.

"갑작스러운 소환에 응해 주어 고맙다. 그란 케이오스 제국의 요청에 따라, 몬스터의 대규모 습격을 받고 있는 동방 제국 연합으로 원군을 파견하게 되었다. 그 원군으로 파견할 인원과 왕국에 남을 이들의 배치에 대하여 발표하겠다."

나는 알현실에 집합한 문관 및 무관들을 둘러보며, 하쿠야와 논의해 데려가기로 정한 동방 제국 연합 원군을 발표했다.

"우선 원군으로는 국방군의 육군 부문에서 약 6만을 데려간다."

내가 그렇게 말하자 알현실에서 "오오오……."라며 감탄하는 목소리가 새어 나왔다.

일찍이 엘프리덴 왕국의 금군, 육군, 해군, 공군 그리고 아미도니아 공국군이었던 자들을 통합하여 조직한 [프리도니아 왕국 국방군]에서 육군 전력은 대략 13만 가량이었다. 그중 절반 가까운 숫자를 이끌고 출병하는 것이니 모인 이들이 감탄을 흘리는 것도 무리는 아니겠지.

그야말로 공국과 싸웠을 때 이후로 가장 큰 군사 행동이 되는 것이니까.

"이 원군에는 나도 직접 참가하겠다. 그러니 원군의 총대장은 내가 되겠지만 실질적인 지휘는 국방군 부총대장인 루드윈에게 맡기겠다. 또한 국방군 총대장인 엑셀은 이 나라에 남아서, 내 부재중인 이 나라를 단단히 지키도록. 둘 다 알겠나?"

"옛! 받들겠습니다!"

"폐하께서 부재중일 동안, 제 목숨을 걸고 지키겠어요."

이 자리에 있는 이들의 가장 앞 열에서 무릎을 꿇고 있던 루드윈과 엑셀이 함께 머리를 숙였다. 나는 고개를 끄덕이고, 두 사람 옆에 있는 공군 부문 대장 톨먼을 불렀다.

"톨먼!"

"옛."

"이번 원군은 국내의 군사 행동과는 상황이 다르다. 국내라면 부설된 도로와 라이노사우루스로 빠르게 병력이나 병량을 보낼 수 있겠지만, 동방 제국 연합 내에서는 그럴 수도 없다. 그러니 공군 부대의 절반을 이용하여 보급 물자 운송을 맡기겠다. ……폰초!"

"아, 예! 그렇습니다, 예!"

이름을 부르자 폰초는 황급히 앞으로 나와서 엎드렸다.

"이번에는 폰초에게 병량을 포함한 물자 관리를 맡기겠다. 톨면의 공군 부대와 협력하여 원군 부대가 물자를 지체 없이 보급받을 수 있도록 수배해 다오."

"아, 알겠사옵니다, 예!"

내 명령을 받고 폰초가 빠릿빠릿한 목소리로 그렇게 대답했다.

거리의 백성들로부터 [식신 이시즈카]로 칭송받고 있는 폰초의 이름이 병량 관리 부분의 수장에 있다는 것만으로도 장병의 사기가 월등히 올라간다는 보고를 받았기에, 폰초에게는 신도시 베네티노바에 가 있는 동안에도 보급선 관리를 공부하도록 했다.

아직 벼락치기 수준일 테지만, 실제 지휘는 부하로 붙인 문관들이 집행하게 될 테니까 괜찮겠지. 명목상으로도 수장이 되어 주는 것만으로 충분했다.

나는 고개를 끄덕이고는 알현실에 모인 이들을 향해 소리 높여 말했다.

"원군으로 파견하는 육군 부대, 공군 부대는 이 다음에 하쿠야, 엑셀, 루드윈, 톨먼과 협의하여 결정하게 될 것이다! 그와는 별도로, 내가 출정 중에 인근 국가에 대한 대비로 배치할 장수를 이 자리에서 발표하겠다!"

나는 심호흡을 한 번 한 다음, 이름을 불렀다.

"헬먼, 오엔!"

""옛!""

내 호출에, 로로아의 조부이자 무장이기도 한 헬먼과 내 무술 지도 겸 조언자인 오엔의 노장군 콤비가 늠름하게 대답했다.

"두 사람은 서부 국경선에서 [용병 국가 제므]에 대비하도록. 중립을 표방하고 있는 국가인 만큼 쳐들어오지는 않겠지. 하지만 그 나라는 지난 전쟁 이후 우리를 좋게 생각하지 않을 터이니 무언가 트집을 잡으려고 들지도 모른다. 충분히 경계하여 아미도니아 지방의 백성을 지켜 다오."

"옛, 저희에게 맡겨 주시길!"

"저희는 아직, 젊은이한테 지지 않습니다!"

헬먼과 오엔은 나란히 가슴을 턱 두드렸다. 그 말대로 나이에 걸맞지 않게 근육이 울룩불룩한 영감님들이라 무척 든든하게 보였다.

"다음으로 북서쪽 [루나리아 정교황국]에 대비할 사람인데, 그레이브!"

"옛."

할의 아버지인 그레이브 마그나가 대답했다.

"그레이브는 반으로 가서 루나리아 정교황국에 대비하도록."

"옛, 맡겨 주시길."

"그래. 하지만 주의해라. 정교황국은 군사 행동 말고도 신도를 부추겨서 폭동을 일으키게 만드는 등등, 다양하고 교활한 수단을 사용하는 경우가 예상되니까. 그 대책으로 네 곁에 마르가리타와 소지 주교를 맡기겠다. 두 사람 다, 앞으로 나와 다오."

내 부름에 마르가리타와 소지가 앞으로 나와 무릎을 꿇었다. 깊이 머리를 숙인 마르카리타와 달리 다른 나라 인간인 소지는 인사 정도로 그쳤다.

"마르가리타는 원래 장군으로, 지금은 가수로서 아미도니아 지방의 백성들에게 연모받고 있지. 그녀가 북서부에서 백성들의 마음을 단단히 사로잡고 있으면 정교황국의 상층부도 선동하기 어려워질 거야. 또한 소지 주교는 이 나라 루나리아 정교도의 수장으로서, 정교황국과 국내 신도의 연결을 차단해 줬으면 해. 소지 주교, 부탁할 수 있을까?"

루나리아 정교의 주교이면서 정교황국에 대한 귀속 의식이 낮은 소지이지만, 일단 정교황국 측의 인간이니 그에게만큼은 명령이 아니라 요청이라는 형태를 취했다.

명령으로 해 버리면 소지를 가신 취급하는 것이 되어, 정교황국이 소지를 자신들의 관리 하에서 벗어난 이단자로 파문하고 다른 주교를 보내려고 할지도 모른다. 그런 성가신 사태를 피하기 위해 소지는 아직 겉으로는 정교황국의 인간이어야만 하는 것이었다.

"이것 참, 하는 수 없겠군요……."

소지는 쓴웃음을 지으며 보란 듯이 어깨를 으쓱였다.

"이 나라에 파견된 주교의 입장으로서도, 이 나라 사람과 신도가 반목하고 다투는 사태는 도저히 받아들일 수 없으니까 말입니다. 협력하죠."

"고맙군……. 그레이브, 두 사람과 협력하여 정교황국 쪽의 국경선을 수비하라."

"옛. 받들겠습니다."

명령이 끝난 세 사람이 물러난 참에 나는 엑셀을 봤다.

"엑셀은 파르남에 머물게 되겠지. 그동안 엑셀을 대신하여 국방 해군을 이끌고 동쪽 [구두룡 제도 연합]에 대비할 수 있는 인재는 있을까."

"그렇다면…… 카스토르에게 맡기면 어떨까요."

엑셀은 인사를 하며 말했다. 카스토르의 이름에 방 안이 술렁였다.

이런저런 복잡한 의도들이 뒤얽힌 결말이라고는 해도, 한 번은 내게 반기를 든 사람에게 해군을 맡기겠다고 하니까 반발도 어쩔 수 없는 일이겠지. 하지만 엑셀은 그런 알현실의 분위기를 신경 쓰는 기색도 보이지 않고 태연한 표정으로 계속 이야기했다.

"제 가문에서 맡은 이후로, 카스토르에게 해군의 방식을 철저하게 교육했어요. 또한 카스토르 본인도 자기가 나서서 해병들의 집단 안으로 뛰어들어 친교를 다지고 신뢰를 얻고 있죠. 다만 조금 '얻은 것'이 지나친 경우도 있는 모양이지만요."

엑셀은 그러더니 카스토르에게 흘끗 곁눈질을 보냈다.

그 순간, 카스토르는 움찔 어깨를 떨고는 고개를 홱 돌렸다. 마치 감추고 있던 장난을 들켰을 때의 어린아이 같은 반응이었다. 약점이라도 잡힌 걸까?

조금 궁금했지만 엑셀의 말투를 봐서는 대단한 일은 아닌 것 같으니까 넘어가도 되겠지. 나는 카스토르에게 물었다.

"카스토르. 엑셀은 이렇게 말하는데, 네게 해군을 맡겨도 괜찮겠나?"

"예, 옛! 명령하신다면 전력으로 역할을 다하겠습니다."

카스토르는 그러면서 머리를 숙였다. 나는 고개를 끄덕이고 다시금 명령했다.

"카스토르. 엑셀을 대신하여 해군 지휘를 맡아 동쪽의 [구두룡 제도 연합]에 대비하라. 다만 활동은 밀렵어선 단속만으로 그치고 본격적인 무력 충돌로 빠질 법한 사태는 전력으로 회피하라. 북쪽으로 많은 장병을 보낸 시기에 다른 나라와 본격적인 전쟁 상태에 돌입해서는 안 되니까."

"옛! 받들겠습니다!"

"그리고 말이야……."

나는 단상에서 내려가서 카스토르 옆까지 걸어가서는 작게 귓속말했다.

("절대로 [히류]는 쓰지 마라. 지금은 아직 다른 나라에 그 존재를 알리고 싶지 않아.")

건조 중이었던, 와이번 기병을 탑재 가능한 섬 형태 유사 항모

[히류]는 거의 완성되었다.

이제부터 2번함 [소류], 3번함 [운류](명명자는 물론 나)가 전조될 예정이지만, 우선은 한 척을 완성할 수 있었다.

다만 운용 가능하다고는 해도 우리 나라의 보물을 작은 어업 분쟁에 내보내 다른 나라에 알려서는 안 된다. 바다 위를 와이번으로 순찰할 수 있다면 편리할 테지만.

카스토르도 그 사실은 아는지 단단히 고개를 끄덕였다.

("알고 있습니다. 단속에는 구형 함선만 사용하죠.")

("잘 부탁할게. 그리고…….")

그 후로 몇 가지를 서로 확인하고, 나는 원래 있던 위치로 돌아갔다.

"그럼 카스토르. 잘 부탁하지."

그러자 카스토르는 "옛." 하며 넙죽 엎드렸다. 이것으로 이 나라의 서쪽, 북(서)쪽, 동쪽 나라에 대한 대비는 갖추어졌다. 나머지는 남쪽이다.

"마지막으로, 톨기스 공화국에 대한 대비인데……."

"잠깐만 기다려 줘, 형님!"

내 말을 가로막듯 쿠가 일어섰다.

"도, 도련님! 소마 님의 이야기를 가로막으면 안 된다고요!"

곁에 있던 레폴리나가 황급히 소맷자락을 잡아당겼다. 하지만 쿠는 그런 건 개의치도 않고 내 눈을 똑바로 보며 말했다.

"우리 아버지…… 공화국 원수 고우란 타이세와 형님은 맹우가 되었잖아? 형님은 아버지가 배신하고 쳐들어올 거라는 생각이라도 하는 건가?"

또다시 알현실이 술렁거렸다. 국왕에게 청년이 불손한 이야기를 꺼낸 것과, 그 청년이 공화국 원수의 아들이라는 지위를 밝혔기 때문이었다.

이 자리에 모인 이들 가운데는 쿠의 정체를 모르는 사람도 많았으니까. 그 술렁임을 진정시키기 위해서라도, 나는 쿠의 불손한 태도를 개의치 않는 듯 대답했다.

"고우란 원수는 믿어. 하지만 예측할 수 없는 사태에 대비하는 것이 국왕의 일이야. 게다가 공화국은 원수인 고우란 원수와는 별개로, 각 종족의 수장으로 구성된 장로 회의라는 의사 결정 기관이 있잖아? 고우란 원수와 관련이 없는 곳에서 다른 종족이 멋대로 쳐들어오는 경우도 없다고 할 수는 없겠지."

그런 식으로 이론을 내세워 설명했지만 쿠는 납득하지 못하는 모양이었다.

"그런 녀석들은 아버지 쪽에서 확실하게 눌러 두겠지. 고우란 타이세는 한번 맺은 우의를 간단히 파기하는 남자가 아니니까!"

"하지만 말이지……."

"우꺄꺄, 그렇게 걱정된다면 어때? 원군에 나를 객장으로 데려가는 건?"

쿠는 엄지로 자신을 척 가리켰다. …………예?

"어째서 널 데려간다는 이야기가 되지?"

"인질이야, 인질. 날 곧바로 처단할 수 있는 장소에 둔다면,

아버지도 후계자를 아끼는 감정에 국내의 호전파를 단단히 억누르겠지."

쿠는 우꺄꺄 웃으면서 아무렇지도 않게 그런 소리를 꺼내 버렸다.

……뭘까. 살짝 머리가 아프기 시작했다.

"너…… 자기가 무슨 소릴 하는지 알고는 있나?"

"물론이야, 형님. 그보다도, 나는 이걸 기회로 생각한다고? 견문을 넓히기 위해서 이 나라에 왔어. 대륙 최남단 나라의 인간이 북쪽의 마왕령과 인접한 나라에 갈 기회라니 어지간해서는 없으니까!"

"마음은 모를 것도 아니지만……."

나도 이런 기회는 좀처럼 없다며, 리시아의 '가신한테 맡기면 되잖아.'라는 의견을 물리치고 스스로 원군으로 갈 것을 결정했다. 하지만 내게 의탁하고 있는 다른 나라의 자식을, 위험을 아는 장소로 데려가도 되는 걸까.

나는 판단을 망설여 하쿠야 쪽을 봤다.

하쿠야는 어쩔 수 없다는 느낌으로 어깨를 으쓱이며 짧게 대답했다.

"……뭐, 괜찮지 않겠습니까."

일단 이야기의 논리는 맞는다고 판단한 것 같았다. 어쩔 수 없나.

저 눈빛을 보아 하니, 여기서 거절하더라도 멋대로 따라올 것 같고.

"……알았다. 객장으로서의 동행을 허락하지. 톨기스 공화국에 대해서는, 현 상황에서는 특별한 대비는 하지 않겠다. 다만 무언가 움직임이 있을 경우에는 엑셀의 재량에 맡기지."

"우꺄! 고맙네, 형님."

"하지만 이 사실은 고우란 원수에게 제대로 보고하라고? 그리고 객장으로서의 동행은 허락하지만 절대 무모하게 굴지 마. 쿠의 용맹함은 알지만 네 두 어깨에는 왕국과 공화국의 우호가 걸려 있어. 무슨 일이 있어도 목숨을 소중히 할 것. 알겠나?"

"잘 알다마다! 절대로 무모하게 굴지는 않을 거라고!"

쿠는 기운차게 그렇게 대답했다. ……정말일까. 나중에 레폴리나에게 직접, 제대로 고삐를 잡아 두도록 부탁할 필요가 있을 듯했다. ……이것 참.

마지막에 살짝 어수선한 일은 있었지만, 이것으로 대략적인 인원 배치는 결정했다.

나는 마지막으로 이 자리에 모인 이들에게 말했다.

"그럼 각자, 잘 부탁한다."

"""옛─!"""

내 말에 모여 있던 이들은 일제히 엎드렸다.

나는 왔을 때와 마찬가지로 아이샤, 로로아, 하쿠야를 거느리고 이 알현실을 나가려다가, 그러는 도중에 기둥 뒤에 숨듯이 서 있던 카게토라와 엇갈리며 작게 명령했다.

(동방 제국 연합 내의 정세를 파악해라. 그리고 나중에 이누가미를 보내 줘.")

("받들겠습니다.")

그런 짧은 대화 뒤, 우리가 알현실을 나가는 것보다도 카게토라의 모습이 먼저 사라졌다. 뭐라고 할까…… 닌자 같은 느낌이 발전했는데.

자, 이제 남은 것을 들자면 군인을 제외하고 누구를 데려가느냐, 였다.

우리는 집무실로 이동하여 다시금 논의에 필요한 인재를 모았다.

집무실 안에는 나와 아이샤, 주나 씨, 로로아, 나덴까지 약혼자 외에 하쿠야, 토모에, 할, 카에데, 루비, 폰초, 세리나, 코마인, 콜베르까지 실로 열네 명이나 모여 있었다.

모인 이들을 평소에는 관료들이 업무를 하는 넓고 긴 테이블 자리에 앉히고 준비가 갖춰진 것을 확인한 뒤에 나는 입을 열었다.

"자, 그럼 우선은 지금 상황에 대해서 정리할까."

그리고 나는 동방 제국 연합으로 원군을 파견하는 건에 대해서 처음부터 이야기했다.

앞서 알현실에는 없었던 멤버도 있으니까. 게다가 아까는 굳이 언급하지 않았지만, 이 파견은 제국의 요청에 따른 것임과 동시에 로로아의 오빠인 율리우스의 원군 요청이 있었기 때문이라는 사실도 이 자리에서 설명했다.

이 건은 국가 사이의 문제라기보다는 가족의 문제처럼 느꼈기에 가까운 사람들만 알면 되는 일이라고 판단했기 때문이었다.

율리우스의 원군 요청이 왔다는 이야기를 듣고 할이 뒤집어진 목소리로 소리쳤다.

"율리우스라니, 요전의 전쟁에서 싸웠던 상대잖아?! 그런 녀석의 말을 믿다니 괜찮, 아얏! 뭐 하는 거야, 카에데!"

깜짝 놀란 듯 옆에 앉은 카에데를 보는 할.

아무래도 보이지 않는 테이블 밑에서 카에데가 꼬집었든지 발을 밟았든지 그런 모양이었다. 카에데는 관자놀이를 누르며 한숨과 함께 고개를 가로저었다.

"율리우스 '님' 인 거예요, 할. 과거에 어떤 입장이더라도, 이곳에 계신 제3정실 로로아 님의 오라버니이시고 혈연을 따지면 소마 폐하의 처남에 해당되는 분이니까 경의를 표해야만 하는 거예요."

"윽…… 죄송합니다."

정론에 맞닥뜨린 할은 순순히 머리를 숙였다. 로로아는 팔랑팔랑 손을 흔들었다.

"뭐~. 신경 쓸 거 없다. 오빠가 적이었다는 건 사실이이까. 그런 오빠가 '도와 달라' 고 그란다니, 이제 와서 무슨 소리냐는 느낌일 테고."

"공주님……."

콜베르가 걱정스러운 듯 시선을 보냈다. 이 자리에서 유일하게 아미도니아 남매를 어린 시절부터 아는 인물이니 로로아의 복잡한 심경을 헤아린 것이었다.

　그러자 로로아는 일어서서 모두를 향해 머리를 숙였다.

　"이번 일은 가족이라서 신경 쓰는 거냐 그래도 어쩔 수 없다고 생각한다. 다만 오빠가 보낸 편지를 읽어 보이, 내가 알던 시절의 오빠랑은 아무래도 느낌이 다른 것 같다. 어떤 심경의 변화가 있었는지는 모르겠지만, 지금의 오빠라면…… 이전보다도 건설적인 대화가 가능할 기라 생각한다. 그라이까…… 그러니까, 부디 힘을 빌려주세요."

　로로아는 마지막에는 상인 사투리가 아니라 정중한 말투로 애원했다. 과거 아미도니아 공국의 공녀로서 꺼낸 말이겠지. 나는 그런 로로아의 어깨를 툭 두드렸다.

　"알고 있어. 로로아의 의견에 동의했으니까, 나는 라스타니아 왕국으로 원군을 파견하기로 결정했어."

　"달링……."

　나는 로로아에게 머리를 들라고 한 뒤, 코마인 쪽을 봤다.

　"게다가 라스타니아 왕국에는 지르코마 일행도 있다는 모양이고."

　"오라버니……."

　코마인이 중얼거렸다. 오빠가 마나미의 격전 지역에 있다니 걱정이겠지.

　"코마인. 지금은 폰초를 따르고 있다지?"

　"아, 예! 모시고 있어요."

　"이번 원군에서 폰초는 병량 수송을 담당하게 되었어. 세리나와 함께 폰초를 보좌해 줬으면 해. 라스타니아 왕국으로 갈 일도 있겠지."

"오! 저도 데려가 주시는 건가요?!"

눈을 동그랗게 뜨는 코마인을 향해 나는 웃음 지었다.

"불화가 있었던 로로아도 걱정하고 있어. 사이가 좋았다면 더더욱 그렇겠지. 무예에 조예가 있는 코마인이라면 거치적거리지는 않을 거라 생각하고. 그러니 폰초. 네 가신을 데려가게 될 텐데 괜찮겠나?"

내가 그렇게 묻자 폰초는 크게 고개를 끄덕였다.

"그런 일이라면 물론입니다, 예."

"가, 감사합니다! 폐하, 폰초 씨."

희색을 띠며 머리를 숙이는 코마인의 어깨에, 폰초가 "잘됐네요, 예."라며 손을 얹었다. 나는 그런 두 사람 옆에서 새초롬한 표정을 띠고 있는 세리나를 봤다.

"세리나도, 그렇게 되었는데 부탁할 수 있을까?"

"……어쩔 수 없네요. 공주님도 안 계시고, 카를라 씨도 공주님 곁에 계시니 따분하네요. 한동안은 폰초 경을 보살펴 드리도록 하죠."

"수, 수고를 끼쳐서 죄송합니다, 예."

폰초가 면목 없다는 듯 말하자 세리나는 아주 살짝 입가를 끌어 올리며,

"예, 정말로. 감사는 행동으로 보여 주셨으면 해요."

그런 소리를 했다. 폰초는 이마에 식은땀을 흘리며 고개를 끄

덕였다.

"오, 오늘은 세리나 씨가 좋아하는 걸 만들도록 하죠, 예."

"후후후. 약속하셨어요."

만족스럽게 살며시 미소 짓는 세리나. 그녀의 기분이 좋아졌다는 사실에 안도한 분위기인 폰초. 코마인이 폰초의 이마에 맺힌 식은땀을 수건으로 닦아 줬다.

세 사람의 역학 관계는 썩 이해가 되지 않았지만, 이리저리 튀면서도 호흡은 맞는 모양이니 뭐 괜찮겠지. 나는 마음을 다잡고 모두를 향해 말했다.

"뭐, 그러니 이번 출병에는 로로아도 함께 데려가겠어. 콜베르. 로로아를 데려가면 많이 힘들겠지만, 부재중에 잘 부탁하지."

"예. 다름 아닌 공주님을 위한 일입니다. 재정 측면의 관리는 맡겨 주십시오."

"부탁한다. 그리고 마족과 접촉하는 경우를 생각하여 토모에, 전력의 측면을 생각하며 아이샤와 나덴을 데려간다. 거의 함께 행동하게 되겠지만, 아이샤와 나덴은 나와 로로아의 호위를 부탁하지. 토모에의 호위는 이누가미에게 맡길 생각이다."

"아이 언니, 나넷찌, 잘 부탁드려요."

로로아가 꾸벅 머리를 숙이자 아이샤는 흉갑을 턱 두드렸다.

"맡겨 주시길! 로로아 님은 제가 지킬게요! 그러니까, 나덴 님은 폐하를 잘 부탁드립니다!"

"맡겨 둬. 용의 긍지를 걸고, 말이지."

나덴도 흉내를 내어 자신의 빈약한 가슴을 두드렸다.

둘이서 가슴을 쫙 펴고 있는 광경은, 보고 있으니 어쩐지 포근한 기분이 들었다. 나는 온화한 미소로 그런 두 사람을 지켜보는 주나 씨에게 이야기했다.

"사실은 주나 씨도 와 줬으면 좋겠지만, 아무리 그래도 왕과 약혼자 전원이 왕성을 비우는 사태는 피하고 싶으니까 남아 주세요."

"어쩔 수 없네요. 리시아 님도 안 계시니 누군가 왕성에 남아야겠죠."

주나 씨는 조금 아쉽다는 표정을 띠면서도 가슴께에 손을 대고 작게 인사를 했다.

"폐하께서 분부하시는 대로. 집 지키는 건 맡겨 주세요. 다만 제가 도움이 될 일이 있다면 뭐든 말씀해 주세요. 당장 폐하 곁으로 날아갈 테니."

"예. 그때는 잘 부탁해요."

잠시, 서로의 눈을 마주 봤다.

그녀의 눈동자가 '반드시 무사히 돌아오세요.'라고 말하는 것 같았다. 최대한 안심시켜 주고 싶어 보란 듯이 크게 고개를 끄덕이자 주나 씨는 가볍게 미소를 지었다.

그러자 하쿠야가 "폐하…… 잠시 괜찮으실까요."라며 발언을 청했다.

"이번 출병에 대해서 말씀 드리겠습니다만, 사태의 장기화도 고려해야 하겠죠. 연말에 예정되어 있던 대관식 및 결혼식은 어떻게 하시겠습니까."

"아…… 까맣게 잊고 있었네."

연말에는 내가 정식으로 이 나라의 왕이 되기 위한 대관식과 내 약혼자들과의 결혼식이 예정되어 있었지. 아무래도 마나미가 언제 진정될지 알 수 없고, 연말까지 귀환할 수 있다고 해도 어수선하겠지. 시기를 생각하면 리시아의 출산과도 겹칠 것 같고. 뭐, 정작 리시아는 이에 대해,

'배가 부푼 상태로 나가도 되는데?'

……라면서 걱정하지 않았지만, 내가 오히려 조마조마할 테니까 그건 참아 줘.

"……일단 내년 봄까지 연기해야겠네. 리시아의 출산도 있으니까, 아이들이 무사히 태어나고 자리를 잡은 다음으로 하면 되겠지. 그렇게 준비해 줘."

"알겠습니다."

하쿠아는 그러면서 인사를 했다. 이것으로 모든 준비는 끝났다.

내가 일어서자 모두 바닥을 박차듯 일어섰다.

나는 그런 모두를 향해 오른손으로 앞으로 휘두르며 호령을 내렸다.

"그럼, 모두! 리시아의 출산이나, 대관식이나, 결혼식이나, 그 밖의 많은 것들을 평안하게 맞이하기 위해서라도 한데 뭉쳐 이 사태를 뛰어넘는 것이다!"

""""옛!"""

──자, 가자. 몬스터가 준동하는 북북쪽으로.

제4장 ✦ 라스타 성벽 공방

　【마나미】. 마왕령 측에서 대량 발생한 몬스터가 남하하는 현상.

　소마가 왕위를 물려받고 2년차가 되는 대륙력 1547년은, 마왕령이 출현한 뒤로 세 번째인 마나미가 발생한 연도였다. 던전에서 몬스터가 넘쳐 나올 때 몬스터의 숫자는 많아야 수십 마리 수준이지만, 마나미가 발생할 경우 10만은 넘는 몬스터가 단숨에 인류 측 국가로 침입하게 된다.

　물론 좁은 던전에서 나온 상황과는 달리 몬스터는 국경을 따라 분산하여 침입하게 되기에 하나의 전장에 나타나는 몬스터의 숫자는 적어지고, 몬스터에도 강약의 차이는 있으니 압력은 장소에 따라 차이가 발생한다.

　하지만 혹시 강력한 몬스터가 수천 단위로 단숨에 밀려든다면, 소국은 손 쓸 도리도 없이 유린당하고 중규모 국가도 존망의 고비에 처하게 되리라.

　그리고 이 해의 마나미에서 격전지 가운데 하나로 여겨지는 곳이 중소 국가의 집합체인 [동방 제국 연합] 북서쪽 끝에 위치한 [라스타니아 왕국]이었다.

인구는 2만이 채 안 되고 직업 병사는 500명밖에 없는 소국에 5천을 웃도는 몬스터 무리가 밀려든 것이었다.

그 몬스터 무리의 대부분을 차지한 것은 [리자드맨]인데, 도마뱀 머리에 상반신은 비늘이 덮여 있는 인간 형태고 하반신은 소형 짐승의 다리(소마의 세계에 있던 공룡으로 비유하자면 데이노니쿠스) 형태를 한 몬스터였다. 맨(man), 그러니까 인간이라는 말이 붙어 있어도 형태나 행동은 어디까지나 짐승으로, 마족이 지니고 있다는 높은 지성은 볼 수 없었다.

또한 리자드맨 주위에는 무수한 합성수, 키메라 같은 몬스터가 어슬렁거렸다.

도저히 라스타니아 왕국만으로 대처할 수 있는 숫자가 아니었지만 원군을 요청하려 한들 소속된 동방 제국 연합도 동맹을 맺은 노툰 용기사 왕국도 마나미의 영향을 받고 있어서, 자국을 방어하기 급급했기에 원군을 보낼 여유는 없었다.

이 사태에 라스타니아 왕국은 왕의 저택이 있는 국내 유일의 성벽 도시 [라스타]에, 남쪽으로 탈출할 시간이 없었던 국민들을 수용하고 농성하기로 결정했다.

하지만 라스타니아 왕국에 정규 군인은 500명밖에 없고 의용병 50명을 더해도 600이 채 되지 않았다. 5천 이상의 몬스터를 막아 낼 수 있는 숫자가 아니다. 그래서 수용한 만 명 가까운 국민들 가운데서 전투가 가능한 3천 명 정도를 징병하여 성벽 수비로 돌렸다.

이것으로 수비 측은 대량 3500명이 되었지만 대부분은 일반

인이다. 일반인으로는 약한 몬스터조차 혼자서 대처할 수 없었
기에 상황은 절망적이라 할 수 있으리라.

　하지만 그럼에도 라스타니아 왕국의 사람들은 잘 견뎌 내고
있었다.

　──────대륙력 1547년 10월 15일 낮. 라스타 성벽

　"궁병은 잘 노려라! 무리하게 거리가 있는 지상의 적을 노리
지 마라! 성벽을 기어 올라오는 녀석을 우선하여, 확실하게 맞
추는 것이다!"

　리자드맨들이 쳐들어오는 성벽 남문 위에서 율리우스가 고함
을 지르고 있었다.

　율리우스는 이 나라에서는 객장이었지만, 이 나라에 그보다
군의 지휘에 뛰어난 인물은 없었기에 일시적으로 라스타니아
군의 총지휘관을 맡았다.

　그런 율리우스의 눈에, 성문 앞으로 다가오는 적에게 의식을
빼앗긴 병사들의 모습이 비쳤다. 문을 뚫리면 위험하다며 화살
을 그쪽으로 돌려 버렸다.

　율리우스는 황급히 일갈했다.

　"멍청이가! 눈앞의 적에게만 집중해라!"

　"아니, 하지만, 문이 뚫려 버리면…… 으악?!"

　병사는 항의하며 소리 높였지만, 눈앞에서 리자드맨이 얼굴

을 들이미는 통에 주저앉아 버렸다. 성벽을 기어오른 모양이었다.

놀란 나머지 일어서지 못하는 병사 앞에 선 리자드맨은 날름날름 도마뱀 혀를 움직이더니, 그 병사를 잡아먹고자 커다란 입을 잔뜩 벌렸다.

"히익?!"

병사는 공포에 빠진 나머지 두 팔로 얼굴을 가렸다. 다음 순간, 그의 귓가에 닿은 것은 살점을 꿰뚫는 것 같은 둔탁한 소리였다. 하지만 전혀 아픔이 느껴지지는 않았기에 쭈뼛쭈뼛 팔을 치우고 바라보니, 커다랗게 벌린 리자드맨의 입을 사벨 한 자루가 꿰뚫고 있었다.

"……그러니까 집중하라고 했다."

사벨로 리자드맨을 꿰뚫은 것은 율리우스였다.

율리우스는 사벨을 꽂은 채 리자드맨을 성벽 가장자리로 밀어붙이고, 몸통을 걷어차는 것과 동시에 사벨을 뽑았다. 숨이 끊어진 리자드맨의 시체는 그대로 성벽 밖으로 추락했다. 간신히 살아났다는 사실을 실감한 병사는 율리우스를 향해 엎드렸다.

"가, 감사합니다!"

"……흥."

율리우스는 사벨을 휘둘러 묻어 있던 리자드맨의 피를 털어내고는 다시 소리 질렀다.

"알겠느냐! 적은 공성전을 벌이는 것이 아니다! 애당초 성을 포위한 녀석들은 현관으로 들어온다는 지성을 가지고 있지 않아! 녀석들은 문이든 성벽이든 관계없이 기어오르려고 한다!
그러니까 각자, 눈앞의 적에게 집중해라!"

""""예, 옛!"""

지휘관의 무용을 보고 병사들의 사기가 조금은 올라간 듯했
다.

병사들은 성벽을 기어오르려는 리자드맨을 화살로 쏘고 창을
내질러 떨어뜨렸다. 그 광경을 보고 율리우스는 일단 안도했지
만 그럼에도 계속 말했다.

"그렇게 하는 거다! 성벽 모퉁이에 설치된 대공 연노포 경계
는 게을리하지 마라! 이게 파괴되면 하늘을 나는 몬스터들이 성
벽을 넘어, 우리 등 뒤에 있는 이들을 덮치게 된다!"

리자드맨의 무리 주위에 배회하는 이형의 키메라 몬스터.

이 몬스터들은 다양한 생물의 특징이 뒤섞여 있어서 전부를
한데 묶어 형용할 수가 없었다. 땅을 기는 것도 있으면 하늘을
나는 것도 있어 대응을 복잡하게 만들었다.

리자드맨과 그 키메라 몬스터들은 연대를 취하는 것이 아니었
다.

키메라 몬스터의 행동은 스캐빈저였다. 병사들을 덮치는 리
자드맨과 달리, 몬스터들은 그 주위를 배회하며 죽은 병사나 리
자드맨의 고기를 얻으려고 한다. 하지만 그것은 병사나 리자드
맨이 그들에게 강적이기 때문으로, 혹시 자신들보다 약한 존재
가 있다면 맹렬하게 덮쳐들려 할 것이다.

혹시 대공 연노포가 파괴된다면, 그런 날개가 달린 몬스터가

성벽 안쪽에서 숨을 죽이고 있는 비전투원들을 덮치게 된다. 그것만큼은 막아야만 한다.

그때 숙련병 하나가 율리우스 곁으로 달려와서 물었다.

"율리우스 님, 이곳 이외의 성벽은 괜찮겠습니까?"

"동문은 병사장인 로렌 님이, 서문은 지르코마가 지키고 있다. 유일하게 문이 없는 북쪽에는 정규병을 많이 배치했지. 솔직히 방어력은 여기가 가장 약해. 이곳이 돌파당하지 않았는데 다른 곳이 뚫릴 일은 없을 거다."

"그렇군요…….."

숙련병은 납득이 간다는 듯 고개를 끄덕이고는 자신이 담당한 장소로 돌아갔다.

율리우스는 그를 지켜보면서도 계속 병사들을 고무했다.

"알겠느냐! 우리 뒤에는 싸울 수 없는 자들이 있다! 그들을 지키기 위해서라도 여길 지켜야만 한다! 우리가 분전하여 시간을 벌면, 언젠가는 다른 나라에서 원군도 오겠지! 그때까지 견뎌라! 다들, 용맹하게 싸워라아아!"

"""와아아아아아아!!"""

병사들의 함성이 울려 퍼졌다.

그것이 전해졌는지 남, 서, 북쪽의 성벽에서도 함성이 들렸다.

사투를 펼치는 병사들의 열기에 감싸여서도, 율리우스는 천성적인 냉철함으로 현재 상황을 확실하게 파악하려고 했다.

'병사들에게는 그렇게 말했지만…… 원군이 언제 올지는 모른다. 확실하게 온다는 보장도 없어. 지금은 어떻게든 버티고

있지만, 이대로 계속 피폐해진다면 언젠가⋯⋯.'

율리우스는 고개를 내저었다. 사령관이 부정적인 사고에 사로잡히면 병사들이 동요하게 된다. 자신은 예리하게, 냉철하게 행동해야만 한다.

율리우스는 왕의 저택이 있는 북쪽을 흘끗 봤다.

자신의 등 뒤에는 무슨 일이 있어도 지키고 싶은, 지켜야만 하는 사람이 있다.

'티아를 이 녀석들이 먹이로 삼게 둘까 보냐!'

자신의 마음을 구한 소녀의 천진난만한 미소를 가슴에 품고, 율리우스는 계속 지휘에 매진했다.

이윽고 해가 져서 라스타에 밤의 장막이 드리워졌다.

리자드맨들은 밤눈이 어두운지, 밤에는 공격을 가하지 않았다.

대신에 키메라 몬스터들이 활발하게 돌아다니며, 성벽을 넘어오려는 몬스터는 없지만 성벽 밖에 흩어져 있는 병사나 리자드맨의 시체를 뒤졌다. 경계를 게을리할 수는 없지만 낮에는 계속 싸우던 병사들에게 밤은 귀중한 휴식 시간이었다.

성벽 위에서 계속 지휘를 맡은 율리우스도 휴식에 들어가서, 찾아온 지르코마, 로렌과 함께 모닥불에 둘러앉아 있었다. 두 사람도 각각의 장소에서 분투했는지 셋 다 얼굴에 지친 기색이 보였다. 율리우스는 로렌에게 물었다.

"······오늘로 닷새째인가. 얼마나 줄었지?"

"오늘도 또 백 명 정도······ 오늘까지의 사망자, 중상자를 합하면 600 정도는 되겠죠."

로렌이 입가를 깨물며 그렇게 말했다.

수비병력 약 3500명 가운데, 이미 약 6분의 1에 해당되는 병사가 전투 불능 상태에 빠졌다. 지르코마는 애용하는 쿠크리를 손질하며 한숨을 내쉬었다.

"수비병은 3천 아래로 떨어졌나······ 반면에 적은 5천에서 줄어들 기미가 보이지 않아. 오늘도 상당한 숫자를 물리쳤을 텐데."

"북쪽에서 계속 추가로 밀려오는 모양이니까. 정말이지, 골치 아프군."

율리우스는 팔짱을 끼며 내뱉듯이 말했다.

마나미의 무서운 점은, 그야말로 파도처럼 차례차례 몬스터가 보충되는 사실이었다. 아무리 쓰러뜨려도 숫자가 전혀 줄어들지 않으면 정신적으로 깎여 나간다.

다만 지능이 낮은 몬스터라서 지나치게 모이면 전투에 참가하지 못하는 개체도 나와서, 이 도시를 통과하여 남쪽으로 이동하기 시작했다.

그러니까 줄어들지는 않지만 너무 모여들지도 않는 것이었다.

"남쪽 나라들은 괜찮을까?"

"남을 걱정할 상황이 아니잖아."

로렌의 걱정은 율리우스는 간단하게 잘라 버렸다.

"우리가 여기서 버티고 있는 한, 남쪽 나라들로 향하는 몬스터의 숫자는 적어진다. 남쪽 나라들의 입장에서는, 이 나라가 멸망할지라도 조금이라도 오래 버텨서 최대한 많은 몬스터를 함께 저승으로 끌고 가기를 바라겠지."

"나라나 가족이 걸린 문제라고는 해도, 박정하다는 생각이 들고 마는군요."

"그런 법이야. 자신에게 여유가 없다면 타인에게 손을 내밀어 줄 수는 없어."

"그렇군요…… 죄송합니다. 율리우스 님, 지르코마 님."

로렌은 율리우스와 지르코마를 향해 깊이 머리를 숙였다.

"다른 나라 사람인 여러분을 이런 싸움에 끌어들이고 말았습니다. 율리우스 님께는 병사 전체의 총지휘까지 부탁을 드리고 말았으니…… 스스로가 한심스럽네요."

주먹을 움켜쥐며 심통한 표정으로 머리를 숙이는 로렌을 보고, 지르코마는 껄껄 웃으면서 율리우스의 어깨에 자신의 두꺼운 팔을 둘렀다.

"로렌 님, 머리를 드시죠. 우리는 의외로 이 나라가 마음에 들어서 말입니다. 안 그런가, 율리우스 님."

"떨어져. 더워."

율리우스는 지르코마의 팔을 뿌리치고는 어흠, 헛기침을 한 번 했다.

"뭐…… 남쪽으로 탈출할 시간도 없었으니까 말이야. 병사를 지휘할 사람도 나 이상으로 맡을 수 있는 자가 없었으니까 어쩔 수 없지. 어설픈 지휘로 죽는 건 사양이니까."

"핫핫핫! 말이야 그렇게 하지만, 티아 공주님을 두고 탈출할 생각 따윈 털끝만큼도 없었을 텐데."

"……시끄러워."

겸연쩍은 듯 입을 삐죽이는 율리우스의 모습이 우스워서 지르코마와 로렌은 크게 웃음을 터뜨렸다. 그러자 그런 세 사람 곁으로 작은 발소리가 다가왔다.

쳐다보니 자그마한 그림자가 무언가 커다란 것을 들고서 이쪽으로 다가오고 있었다. 그 인물이 모닥불의 불빛에 가까워져서 누군지 알게 된 순간 율리우스는 눈을 크게 떴다.

"공주님, 어째서 저택에서 나오신 겁니까!"

다가온 것은 이 나라의 공주인 티아 라스타니아였다.

평소의 티롤풍 드레스 위에 앞치마를 입었고, 벙어리장갑을 낀 손에는 커다란 질냄비를 들고 있었다. 티아는 율리우스는 보고는 싱긋 미소를 지었다.

"거리의 아주머니와 함께 밥 짓는 걸 돕고 있었던 거예요."

그러더니 티아는 손에 들고 있던 냄비를 세 사람에게 건넸다.

"율리우스 님, 로렌, 지르코마 님. 호박과 우유에 빵을 넣어 만든 죽이에요. 분투해 주신 여러분께 이런 것밖에 드릴 수가 없어서 죄송하지만……."

"다, 당치도 않습니다, 공주님! 감사히 받들겠습니다!"

로렌이 경례하며 받아들자 지르코마는 웃으면서 배를 툭 두드렸다.

"전투로 배가 텅텅 비었으니까요. 지금이라면 뭘 먹어도 진수성찬으로 느끼겠죠."

"그 표현도 실례잖아……."

율리우스는 한숨과 함께 고개를 내저었지만 표정은 다소 온화해진 모습이었다.

그리고 세 사람은 티아가 가져온 죽을 에워싸고서 식사를 하기로 했다. 티아도 빈틈없이 율리우스와 어깨가 닿을 것 같은 위치에 오도카니 앉았다. 공주의 그런 모습에 로렌은 쓴웃음을 지었지만 갑자기 진지한 표정으로 율리우스에게 물었다.

"결국에 우리는 이대로 농성할 수밖에 없는 겁니까?"

"……이렇게나 포위당하고 말았으니 탈출하는 것도 불가능해."

빵죽을 후루룩 마시며 율리우스는 냉정한 말투로 그렇게 대답했다.

"상대에게 지성이 있다면 교섭이라도 할 수 있겠지만, 저 녀석들은 눈앞의 먹잇감을 잡아먹으려는 생각밖에 없어. 성벽을 상대로 그저 힘으로 밀어붙이기만 할 뿐이야. 그렇기 때문에 아슬아슬하게 수비하고는 있지만…… 이대로 소모전으로 가면 힘들어."

"율리우스 님……."

티아가 불안하게 흔들리는 눈빛으로 율리우스의 소매를 붙잡았다. 율리우스는 그런 티아의 떨리는 손에 자신의 손을 겹치며 말했다.

"어쨌든 지금은 어떻게든 견뎌야만 해. 계속 농성하며 원군이 오길 기다린다. 지금 우리가 할 수 있는 일은 그것뿐이야."

"원군은…… 올까요? 아버님의 이야기로는, 동방 제국 연합의 나라들이나 노툰 용기사 왕국에는 원군 파견을 부탁하고 있지만요."

티아의 물음에 율리우스는 조용히 고개를 가로저었다.

"와 줄지도 모릅니다만, 다른 나라들도 용기사 왕국도 마나미의 당사국인 이상 도착은 늦어지겠죠. 어디든 자국을 우선시할 수밖에 없으니까요."

"그런가요……."

티아는 시무룩하게 어깨를 떨어뜨렸다.

그런 티아의 모습을 애처롭게 생각한 지르코마가 율리우스에게 물었다.

"그대도 자신의 연줄로 원군을 요청했잖아? 그쪽은 기대할 수 있을 것 같나?"

"그러셨나요?!"

티아가 고개를 번쩍 들어 율리우스를 봤다. 티아의 매달리듯 기대에 찬 눈빛을 직시하지 못하고, 율리우스는 고개를 돌리며 대답했다.

"반반이겠지. 결국에 그 남자가 원군을 보내느냐 마느냐, 니까."

율리우스의 연줄. 그것은 친동생이자 지금은 프리도니아 왕국 잠정 국왕 소마 카즈야의 제3정실 후보가 된 로로아에게 부탁한다는 것이었다.

로로아의 조력을 얻어 소마에게 원군을 파견토록 해야겠다고 생각한 것이었다.

율리우스에게는 로로아도 소마도 반목했던 상대였지만 현재로서는 그런 것에 구애될 수는 없다. 옆에 있는 가련한 소녀를 지키기 위해서라면 반목하는 상대에게라도 머리를 숙일 각오가 지금 율리우스에게는 있었다.

그러나 반반이라는 말을 듣고 지르코마는 고개를 갸웃거렸다.

"반반으로 그칠까? 소마 왕이 원군을 보내 줄지 어떨지의 양자택일이라는 건 알겠지만, 그 전에 여동생이 그 요청을 전할지 여부도 있는 거 아닌가?"

"아니, 로로아는 틀림없이 전하겠지."

"확신이 담긴 표현이군."

"그 녀석은 타산적이지만 정이 얽히면 우유부단해지지. 추방된 오빠가 도움을 청한 상황에 스스로 해답을 내리지는 못할 거야. 결단을 소마에게 맡길 테지."

"그러니까 소마 왕의 결단에 따라서 결정된다는 건가……."

지르코마는 고개를 내저으며 어깨를 으쓱였다. 여동생의 그런 성격을 파악하고서 원군을 요청했다면 만만치 않은 수완이었다. 율리우스는 자조 섞인 미소로 티아를 봤다.

"공주님. 저는 이런 남자입니다. 필요하다면 혈육의 정마저도 이용하죠. 아미도니아 왕가가 지닌 독사의 피는 아직 제 안에 흐르고 있습니다. 그러니까……."

"하지만, 그건 저희를 위한 행동이겠죠?"

하지만 티아는 율리우스가 꺼내려던 거절의 말을 가로막듯 끼어들었다.

그리고 양손으로 율리우스의 왼손을 감싸더니 온화하게 미소를 띠었다.

"독사라도 괜찮아요. 어떤 수단을 사용해서라도 저희를 지키려 하시는 율리우스 님을, 저는…… 무척 든든하고, 사랑스럽다고 생각해요. 혹시 원군이 와 주어 당신이 여동생 분께 떳떳치 못한 심정을 느끼신다면 저도 함께 머리를 숙일게요. 저희를 위한 행동이라는 걸 여동생 분께서 알아 주셨으면 하니까요."

"공주님……."

티아의 미소와 마주하고, 율리우스는 자신 안의 시답잖은 고집이 눈 녹듯 사라지는 것처럼 느꼈다. 왼손을 감싼 티아의 양손에 율리우스는 자신의 오른손을 겹쳤다.

""………….""

그런 두 사람의 분위기에 맞닥뜨리고, 지르코마와 로렌은 살며시 그 자리를 떠났다.

다음 날. 리자드맨 무리는 날이 밝기가 무섭게 라스타 성벽으로 공격을 가했다.

숫자는 역시나 5천에서 줄어들 기미는 없어서, 또다시 새로운 리자드맨의 무리가 합류했음을 알 수 있었다. 연일 이어지는 공격으로 수비병들의 피로도 쌓이고 있었다.

이것이 평범한 공성전이라면 공격 측은 이렇듯 피해가 늘어나기만 하는 방식은 최대한 피하고 수비가 허술한 곳을 찾는다든지, 그렇게 나서리라. 힘으로 밀어붙이더라도 수비를 당장에 무너뜨릴 수 없다는 사실을 깨닫는 즉시 중지하여 아군의 피해를 줄이려고 할 터.

하지만 리자드맨은 동료가 아무리 쓰러져도 성벽을 넘어 안에 있는 사람들을 먹으려고 돌진했다. 동료의 죽음, 무리의 소모 따윈 개의치 않았다. 그 탓에 수비 측은 거의 마음을 놓지를 못하고 육체적으로도 정신적으로도 내몰리고 있었다.

그럼에도 성벽을 메운 라스타니아의 병사들은 이 벽을 돌파하게 두지 않겠노라 열심히 분전했다. 지르코마가 서문 근처의 성벽에서 지휘에 매진하고 있는데, 난민들로 구성된 의용병 중 하나가 다가와서 물었다.

"녀석들, 무슨 생각으로 쳐들어오는 걸까요?"

"무슨 생각……이라니 뭐가?"

"아무래도 녀석들, 성을 함락시킨다기보다는 우리를 먹는 것밖에 생각하지 않는 모양이잖습니까? 그렇게나 배가 고프다면 주위에 배회하는 몬스터를 먹으면 될 텐데. 보아 하니 동료라는 느낌도 아닌 것 같고."

"…………."

그것은 확실히 지르코마도 느끼던 것이었다.

성벽을 올라온 리자드맨이 가장 먼저 하는 일은 성벽에 있던 병사를 먹으려고 하는 것이었다. 그 행동에서는 강렬한 '굶주림'이 엿보였다.

아무리 동료가 쓰러져도 먹을 것을 원하여 성벽으로 밀려드는 모습을 보면 지능은 거의 전무할 것이다. 하지만 그렇다면 어째서, 가까이 있는 키메라 몬스터로 굶주림을 채우려고 하지는 않는 것일까. 키메라 몬스터는 리자드맨의 시체를 뒤지고 있는데도.

무언가 깊은 이유가 있는 것일까…… 그런 생각을 하다가, 지르코마는 금세 생각을 그만뒀다.

저기에 있는 리자드맨들에게서 지성은 느껴지지 않는다. 깊은 이유 따위는 없이, 무척 단순한 이유의 결과인 것이 아닐까. 예를 들면…….

"녀석들의 눈에는 우리가 맛있어 보이는 게 아닐까? 그러니까 우리한테 밀려드는 거겠지."

"녀석들에게 우리는 진수성찬입니까?"

"글쎄. 그런 건 리자드맨한테 물어봐."

그런 대화를 나누는 사이, 서문 근처의 병사가 소리쳤다.

"지르코마 님! 서쪽 성벽의 북측이 뚫릴 것 같습니다!"

그 목소리를 들은 순간, 지르코마는 애용하는 쿠크리를 두 자루를 들었다.

지르코마에게 질문하던 남자도 마음을 다잡은 모습으로 등에

진 칼자루에 손을 댔다.

"유격부대, 간다."

지르코마는 주위에 있던 의용병들에게 짧게 말하고는 북쪽을
향해 달려갔다.

그 뒤를 다섯 명 정도의 의용병이 따랐다.

이윽고 리자드맨에게 돌파당하는 장소까지 다다라서, 성벽으
로 막 올라온 리자드맨 두 마리의 목을 동시에 갈랐다. 지르코
마를 뒤따라온 이들도 각자 근처에 있던 리자드맨을 쓰러뜨리
고 성벽 위의 안전을 확보했다.

지르코마는 그것을 지켜보고, 따라온 이들에게 명령했다.

"이곳의 부담을 줄이겠다. 나를 따르라!"

그렇게 말하자마자 놀랍게도 지르코마는 리자드맨이 무리지
은 성벽 밖으로 뛰어내렸다. 지르코마는 발밑으로 바람 마법을
사용하여 안전하게 착지하더니 몸을 회전시켜 주위의 리자드
맨을 베었다. 그리고 다음 먹잇감으로, 또 다음으로 리자드맨
을 쓰러뜨리며 무리 안을 내달렸다. 유격부대라고 불린 이들도
마찬가지로 뛰어내려 근처의 리자드맨을 잡히는 대로 쓰러뜨
렸다.

전사 기질인 지르코마는 율리우스만큼 제대로 전체를 지휘할
수는 없다.

하지만 개인의 무용은 이 나라에 있는 누구보다도 위였다. 그
렇기에 서쪽 수비대는 무너질 것 같은 부분이 있다면 지르코마
일행이 뛰어가서 탁월한 그 무용으로 물리친다는 방침을 취하

고 있었다. 지르코마 일행의 무용에 더하여, 지르코마가 무용을 선보일수록 수비대의 사기도 올라가기에 서쪽 성벽은 다른 어느 방면의 성벽보다도 견고했다.

"이제 충분해. 돌아간다."

성벽 근처의 리자드맨을 어느 정도 줄인 지르코마는 즉각 퇴각을 명령했다.

여섯 명으로는 기습은 가능해도 조만간 포위당하여 집중공격을 받고 만다. 또한 포위당하지 않도록 전력으로 움직이고 있는 탓에 호흡을 계속 유지할 수 없다는 이유도 있었다.

어쨌든 오래 머무를 필요는 없다. 지르코마 일행은 10미터 이상은 될 성벽의 울퉁불퉁한 굴곡을 디디며 훌쩍훌쩍 뛰어서 위로 돌아왔다.

"하지만…… 정말로 끝이 없네요."

지르코마가 땀을 훔치는데 의용병 하나가 그런 말을 건넸다. 그런 의용병을 등을, 지르코마는 기합을 넣듯 퍽 두드렸다.

"우리는 고향으로 돌아가기 위해 이 땅으로 왔어. 이까짓 일로 죽는소리를 해서야 고향으로 귀환하는 건 그야말로 꿈일 뿐이라고."

"그, 그렇군요……."

그때였다. 라스타 중앙에서 군용 나팔 소리가 울려 퍼졌다.

이것은 봉화를 확인하라는 신호로, 파수를 보던 병사가 소리쳤다.

"지르코마 님! 동문 쪽에서 봉화가 올라오고 있습니다!"

"로렌 님인가. 내용은?"

"지휘관을 모으는 겁니다!"

피어오른 봉화는 지휘관, 즉 지르코마와 율리우스를 부르기 위한 것이었다. 로렌에게 무언가 두 사람과 논의해야 할 사안이 생겼다는 뜻이리라.

"……알았다. 잠시 여길 떠나겠다! 각자 이대로 자신의 자리를 지켜라! 내가 돌아올 때까지 무슨 일이 있어도 버텨 내는 것이다! 알겠나!"

"""오오오오!!"""

지르코마의 외침에 병사들이 응했다. 지르코마는 고개를 끄덕이고, 두 사람과 합류하고자 성벽 안쪽에 준비해 두었던 말에 뛰어올랐다.

지르코마가 도시 중심부에 다다르자 율리우스와 로렌은 이미 와 있었다.

"로렌 님, 무슨 일이오?"

말에서 내려 곧바로 지르코마가 물은 참에, 로렌은 투구를 벗어 옆구리에 끼고는 갑자기 "죄송합니다!"라며 두 사람에게 머리를 숙였다.

"조금 전에 보고가 올라왔는데, 성의 무기고를 관리하는 자의 이야기로는 비축해 두었던 화살이 바닥을 드러낼 것 같다고 합니다."

"화살이……."

중대한 사태였다. 화살 같은 원거리 무기가 있었기에 일반시민 사이에서 징병된 병사들도 어떻게든 싸울 수 있는 상황이었다. 그 수단이 사라진다는 것은, 성벽의 수비력이 급락하게 된다는 것이었다. 율리우스가 이마를 짚었다.

"아직 농성 엿새째야. 비축분은 없었던 건가?"

"애당초 정규 병력이 적었으니…… 일단 현재의 인원수로도 2주 정도는 버틸 수량이 준비되어 있었지만, 적의 공세가 격렬하였고 활에 익숙하지 않은 이들이 많아서 소모 속도가 빨랐던 것으로 보입니다. 지금 도시의 대장장이가 추가로 제작 중이지만 이런 속도라면 제대로 맞추지는 못하겠죠."

"절망적이로군……."

"면목 없습니다."

다시 머리를 숙인 로렌의 어깨에 지르코마는 손을 툭 얹었다.

"고개를 들게, 로렌 님. 그대 탓이 아니겠지. 이렇게 열세인 상황임에도 이 나라의 사람들은 잘 버티고 있다고, 그렇게 생각하네. 여차하면 성 안에 있는 돌을 떨어뜨리고, 기름을 뿌리고, 창을 내질러서라도 싸우자고."

"지르코마 님……."

지르코마는 눈물을 글썽이는 로렌의 어깨를 달래 주듯 툭툭 두드렸다. 로렌이 진정을 되찾은 것을 확인한 뒤, 지르코마는 율리우스에게 물었다.

"하지만 이렇게 되면 정말로 원군이 필요해지는데. 어디선가 보낸 원군이 바로 근처까지 와 있다든지, 그러지는 않을까?"

하지만 율리우스는 힘없이 고개를 가로저었다.

"이렇게 포위당해 버려서는 정보도 들어오지 않으니까. 동방 제국 연합 내의 원군은 기대할 수 없을 것 같고…… 믿을 건 노 툰 용기사 왕국인가."

"프리도니아 왕국의 원군은? 요청했다고 그랬잖아?"

"설령 소마가 원군을 파견해 주었다고 해도, 거기서 여기는 아주 멀어. 행군 페이스를 생각해도 오늘내일 중으로 도착하지 는 않겠지."

"그런가……."

두 사람이 씁쓸한 표정을 띤, 그때였다.

병사 하나가 허둥지둥 달려와서 넘어지듯 무릎을 꿇었다. 자 세히 보니 팔을 비롯한 곳곳에, 발톱에 베인 것 같은 부상을 입 은 상태였다.

"보, 보고 드립니다! 병사장님!"

"그 상처는, 대체 무슨 일이 있었느냐?!"

로렌이 묻자 병사는 머리를 숙이며 보고했다.

"북쪽 성벽으로 리자드맨 무리가 밀려들어 일부 성벽이 돌파 당했습니다! 십여 마리의 리자드맨이 저택으로 향하여 초병과 교전 중입니다!"

"율리우스!"

병사의 보고가 끝나기도 전에 율리우스는 움직였다.

자신을 부르는 지르코마의 목소리에도 대답하지 않고 말에 올라타더니 그저 저택을 향해 달려갔다. 저택이 습격당했다는 이야기를 듣고는 가만히 있을 수가 없었던 것이다.

'티아 공주……!'

저택에는 라스타니아 국왕 부부와 티아 공주가 있다.

자포자기해서 응어리져 있던 율리우스의 마음을 녹여 준 소녀가.

돌이 깔린 길을 달려서 저택에 다다른 율리우스가 본 것은 도마뱀붙이처럼 저택 주위를 기어 다니는 리자드맨들의 모습이었다.

"빌어먹을 놈들이…… 하앗."

율리우스는 일단 저택 주위의 리자드맨을 내버려 두고 말에 탄 채 저택 안으로 돌입했다. 현관으로 들어서자마자 초병이었던 것으로 보이는 피투성이 시체에 세 마리 리자드맨이 매달려 있었다. 그 옆을 빠져나가며 분노를 그대로 쏟아 내 한 마리의 목을 베었다. 율리우스는 마음을 가라앉히며 생각했다.

'저택 안까지 침입했다면 국왕 일가는 안쪽으로 계속 피난 중일 터. 게다가 저택에는 피난민도 있어. 그렇다면 행선지는…… 연회장인가.'

많은 인원을 수용할 수 있는 깊은 장소라면 연회장 정도이리라.

그렇게 짐작한 율리우스는 높은 천장이 이어진 복도를 달려갔다. 도중에 리자드맨 한 마리와 조우했지만 냉정하게 검으로 쓰러뜨렸다. 그러자 연회장 문 앞에 엉겨 있는 리자드맨 세 마리의 모습이 보였다. 안으로 들어가고자 문에 발톱을 세우고 있었다.

"비켜라!"

율리우스는 말에서 내려 땅바닥에 손을 짚었다.

다음 순간, 복도 바닥을 뚫듯이 스파이크 모양으로 흙이 부풀어 올라 세 마리 리자드맨을 동시에 꿰뚫었다. 그것은 일찍이 부친인 가이우스가 사용했던 것과 같은, 토 속성 공격 마법이었다.

[그갸앗······.]

흐릿한 목소리를 내고 더는 움직이지 않는 리자드맨들.

율리우스는 그런 리자드맨들에게는 눈길도 주지 않고 연회장 문으로 달려갔다.

그 문을 비틀어 열려고 했지만······ 열리지 않았다. 율리우스는 문에 몸을 밀착시키고는, 문을 쾅쾅 두드리며 반대편에 말을 걸었다.

"티아 공주, 무사한가! 나다! 율리우스다!"

"율리우스 님?!"

안쪽에서 소녀의 목소리가 들렸다. 그것이 티아 공주의 목소리임을 깨달은 순간, 율리우스는 안도한 나머지 무릎에서 힘이 빠지는 기분이었다. 그렇지만 아직 리자드맨이 상당히 남아 있었기에 율리우스는 문에 등을 대고서 경계하며 서 있었다.

아마도 안쪽에 바리케이트 같은 것을 만들어 둔 것이리라.

잠시 무언가가 움직이는 듯한 소리가 들리더니 이윽고 문이 열리고 티아가 뛰쳐나와 율리우스에게 안겨 들었다.

"율리우스 님!"

"티아 공주…… 무사해서 다행이야."

율리우스도 티아를 다정하게 끌어안았다.

문 너머에는 티아의 부모인 국왕 부부나 피난민들의 모습이 보였다. 율리우스의 모습에 안도하는 사람, 사태를 받아들이지 못하고 허둥대는 사람 등등 반응은 각양각색이었다. 율리우스는 티아의 몸을 떼어 놓고는 문 안쪽의 사람들을 향해 말했다.

"지금은 잠시 이곳 연회장에서 기다려 주십시오. 저택 주위에는 리자드맨이 배회하고 있습니다. 곧 아군도 오겠죠."

율리우스가 연회장의 사람들을 진정시키는 동안 지르코마가 쫓아왔다.

"율리우스, 혼자서 가다니 너무 무모하다고!"

"흥, 네가 너무 늦은 것뿐이야."

율리우스는 그렇게 독설을 날렸지만 지르코마는 전혀 개의치 않는다는 듯 율리우스의 팔을 붙잡았다.

"어쨌든 와 줘. 지금, 밖에서 묘한 일이 벌어지고 있어."

"묘한 일?"

율리우스는 연회장 안의 사람들에게 다시 문을 굳게 닫도록 조언하고는 지르코마와 함께 리자드맨을 쓰러뜨리며 밖으로 나왔다.

그리고 상공을 바라보니 백 마리는 아득히 넘는 와이번 편대가 라스타 상공을 통과하는 모습이 보였다. 높이 날고 있는지 그 모습은 무척 작게 보였다.

아마도 대공 연노포의 표적이 되지 않는 높이를 날고 있을 것이다.

몬스터들과는 명백하게 달랐다. 인류 측의 공군이었다. 지르코마는 눈을 가늘게 떴다.

"저건 노툰의 병사인가?"

"아니, 노툰이라면 와이번을 쓰지 않겠지…… 게다가, 저건 남쪽에서 오고 있어."

율리우스가 그렇게 말했을 때, 와이번에서 무언가가 떨어지는 것이 보였다.

눈을 가늘게 뜬 율리우스와 지르코마의 상공에서 무수한 무언가가 활짝 꽃을 피웠다.

희고 둥근 것이 하늘에 흩어져 있었다. 마치 바다를 떠도는 해파리 무리 같았다.

그것이 성벽 쪽으로 점차 둥실둥실 다가오며, 그 희고 둥근 물체 밑으로 무기를 든 병사들이 매달린 모습이 보였다. 그리고 그때였다.

그렇게 떠도는 하얀 물체 사이를 누비듯이 검고 커다란 그림자가 스르륵 강하했다.

마치 물의 흐름을 타는 물고기처럼 하늘을 헤엄치듯, 순식간에 율리우스 앞에 내려선 거대하고 검은 바다뱀 같은 모습의 생물.

긴 수염에 머리에는 사슴뿔. 손에는 곤돌라 같은 것을 들고 있었다.

와이번과도 드래곤과도 다른 그 이채로운 모습에 율리우스와 지르코마는 새로운 몬스터의 습격인가 싶어 무기를 들었다. 그러자 두 사람의 눈앞에서 그 검은 생물의 몸이 스르륵 줄어들었다.

그리고 완전히 작아지기 전에, 그 생물의 등 뒤에서 내려서는 인물이 있었다.

검은 망토가 달린 군복을 입은 그 인물은 두 사람을 향해 말했다.

"오랜만이네, 지르코마. 그리고…… 율리우스 경도."

"소마…… 왕인가."

──이것이 현 프리도니아 국왕 소마 카즈야와 옛 아미도니아 공국의 공자 율리우스 아미도니아의, 실로 1년 만의 재회였다.

————소마와 율리우스가 재회하기 몇 분 전.

"다들, 겁먹지 마라! 이 이상은 한 마리도 몬스터를 통과시키지 않겠다!"

라스타니아 왕국의 병사장 로렌은 북쪽 성벽에서 크게 소리쳤다. 들고 있는 방패로 성벽을 올라온 리자드맨을 후려치며, 무너지려 하는 동료를 고무했다.

십여 마리의 리자드맨이 침입하여 저택을 습격했다는 이야기를 듣고 로렌은 구원에 나서고 싶었지만 그쪽으로는 율리우스와 지르코마가 향했기에 자신은 북쪽 성벽의 수비대와 합류하여 지휘를 맡고 있었다. 국왕 가족의 신변이 걱정되었지만, 티아 공주를 포함한 성벽 안쪽에 있는 비전투원들을 위해서라도 이 이상의 돌파를 허락할 수는 없었다.

"알겠느냐, 모두, 밀어내라아아아!"

로렌이 무위를 내보이며 북쪽 성벽의 수비병들은 사기를 되찾았다. 어떻게든 올라오는 리자드맨의 무리와 그들 사이에 소강상태를 만들어 낼 수 있었다.

'좋아. 어떻게든 회복시키는 데 성공했어. 이걸로…….'

로렌이 안도하려던, 그때였다.

"병사장님! 하늘을 보십시오!"

병사 하나가 남쪽 하늘을 가리키고 외쳤다.

로렌이 올려다보자 남쪽에서 무수한 무언가가 날아오는 것이 보였다. 한순간 새로운 몬스터인가 생각했지만 그렇다면 북쪽에서 올 터. 이윽고 그것이 가까워지며 사람이 탄 와이번이라는 사실을 알 수 있었다. 와이번 기병 편대였다.

'군대?! 어느 나라지……?!'

그리고 그런 와이번 기병 편대에서 무언가가 떨어지는 것이 보였다. 그렇게 낙하한 무언가는 라스타를 향해 똑바로 떨어지는 도중에 새하얀 물체를 펼쳤다.

그 하얀 물체가 활짝 펼쳐진 순간, 떨어지던 것의 낙하 속도가 확 느려졌다.

그리고 그것이 둥실둥실 라스타로 다가온 참에, 로렌은 펼쳐진 하얀 물체 아래에 매달린 것이 사람임을 깨달았다.

"아니, 사람?!"

어째서 와이번 기병이 사람을 떨어뜨리는 거지? 상상도 한 적이 없는 사태에 로렌이 혼란스러워 하는 사이, 낙하한 인물을 향해 대공 연노포가 발사되었다.

"?! 이런……."

대공 연노포는 날아오는 것을 표적으로 한다. 로렌이 정신이 들었을 때는, 이미 대량의 커다란 화살이 낙하 중인 인물을 향

해 날아갔다. 격추되는가 싶던 순간,

"칫?! 처리해라아아!"

낙하 중인 인물은 놀라서 소리 지르면서도, 손에 들고 있던 두 자루 창으로 날아오는 창 사이즈 화살을 차례차례 후려쳤다. 로렌은 벌린 입을 다물지 못했다.

'대공 연노포의 화살을 전부 떨어뜨렸어?! 괴물인가?!'

그 인물이 젊은 빨간 머리 청년임을 알 수 있을 정도의 거리까지 왔을 때,

"대공 연노포를 멈춰 줘! 우리는 원군이다!"

그 청년이 크게 소리쳤다. 원군…… 원군?! 그 말을 로렌이 머릿속으로 되새김질하고, 간신히 이해가 따라가자 펄쩍 뛰듯이 병사들에게 명령했다.

"각 성벽에 대공 연노포를 멈추도록 신호를 보내라! 그들은, 원군이다!"

"옛!"

명령을 받은 병사가 황급히, 대공 연노포를 정지하도록 봉화로 신호를 했다.

이윽고 성벽 네 모퉁이에 설치된 대공 연노포는 기능을 정지했다. 그것을 기다렸다는 듯이 상공의 와이번에서는 차례차례 사람이 떨어지고, 조금 전과 마찬가지로 공중에서 활짝 하얀 물체를 펼쳤다. 아마도 저 하얀 물체는 강하 장치이리라. 상공에 백 개 이상의 원형 강하 장치가 펼쳐지는 그 모습은 마치 바람에 춤추는 민들레 홀씨 같았다.

로렌이 살벌한 전장에 어울리지 않는 그런 생각을 하는 사이, 가장 처음으로 강하한 빨간 머리 청년이 지면에 내려서는 것이 보였다. 빨간 머리 청년은 지면에 착지하더니 납작해진 강하 장치를 떼어 내고 로렌에게 달려왔다.

　"으헤~. 훈련은 했다지만 죽는 줄 알았다고."

　어깨를 빙글빙글 돌리며 빨간 머리 청년은 그런 소리를 했다. 날아오는 거대한 화살을 모두 쳐 내는 곡예를 펼친 것치고는, 청년에게는 아직 여유가 있는 듯했다.

　"당신은…… 대체 누구십니까?!"

　로렌이 어이없다는 듯 그렇게 묻자 빨간 머리 청년은 등줄기를 곧게 펴고 경례했다.

　"말씀이 늦었습니다. 저는 프리도니아 왕국군 소속 특수 강하 부대 [드라트루퍼]의 돌격대장 할버트 마그나입니다. 당신이 이곳의 지휘관이십니까?"

　"어…… 아, 예! 저는 라스타니아 왕국에서 병사장을 맡고 있는 로렌 프랑입니다. 저기, 할버트 님은 지금 프리도니아 왕국 군이라고 하셨는데……."

　로렌이 기대를 담아서 묻자 할버트는 힘주어 고개를 끄덕였다.

　"예. 과거 아미도니아 공태자였던 율리우스 경의 요청을 받은 소마…… 프리도니아 국왕 소마 카즈야 폐하의 명령에 따라 원군으로 왔습니다."

　"율리우스 님이 말했던 원군…… 아, 그럼 본대도 가까운 곳에서 오고 있는 겁니까?"

프리도니아 왕국은 이제 동쪽의 대국이다. 그 나라에서 파견된 원군이 1만이 되지 않을 리는 없으리라. 그 원군이 근처까지 와 있다. 그렇게 생각한 로렌은 기대에 찬 눈빛을 보냈지만 할버트는 말하기 어렵다는 듯 뺨을 긁적였다.

"어— 아니, 우리는 선발대야. 본대가 도착하려면 아직 시간이 걸릴 것 같아서, 우선은 기동력이 있는 우리가 파견됐지. 몬스터들의 위력 정찰과, 본대가 도착할 때까지 이 도시가 함락되지 않도록 현지 수비대 엄호를 명령받았어."

"그, 그렇습니까……."

원군 본대는 아직 한동안 오지 않는다는 말에 로렌은 어깨를 떨어뜨렸다.

할버트는 그런 로렌의 어깨에 손을 얹더니 히죽 웃었다.

"뭐, 걱정하지 마. 드라트루퍼는 프리도니아 왕국 국방군 가운데서도 정예 중의 정예야. 우리가 온 이상에는…… 이런."

할버트는 성벽 가장자리로 뛰어오르더니, 성벽을 올라온 리자드맨 한 마리를 오른손의 창으로 꼬치처럼 꿰었다. 그와 동시에 그 창과 꽂힌 리자드맨을 한꺼번에 불꽃의 마법으로 불태우더니, 성벽 앞에 뭉쳐 있던 집단을 향해 걸어찼다. 그러자,

퍼벙!!

불타는 리자드맨이 지면에 처박히는 것과 동시에 폭발이 일어났다. 그 주위에 있던 리자드맨이 폭풍으로 날아갔다. 그것만이 아니라 번진 불길이 근처에 있던 리자드맨들에게 옮겨 붙어

불덩어리가 된 그들이 뜨겁다며 마구 몸부림쳤다.

[[그갸갸갸…….]]

"한바탕 해 보자고. 이 성벽을 돌파하게 두진 않겠어."

피어오르는 불길과 연기를 배경으로, 두 자루 창의 밑동 부분을 연결한 가느다란 사슬로 던진 창을 다시 끌어당긴 할버트는 믿음직스럽게 가슴을 폈다. 로렌은 너무도 날랜 솜씨에 말을 잃었지만, 딴죽은 하늘에서 쏟아졌다.

[맡겨 두라고……가 아니라고, 바보 할! 기사가 드래곤을 내버려 두고 뛰어내리다니 대체 무슨 생각이야, 바보야아아아!]

"으왁?!"

로렌은 이런 단기간에 몇 번째인지 모를 경악의 목소리를 드높이게 되었다.

목소리가 들린 쪽을 올려다봤더니 하늘에서 거대한 붉은 드래곤이 이쪽을 향해 급강하해 다가오는 것이 아닌가. 그 붉은 드래곤은 입을 크게 벌리더니 새빨간 불꽃을 내뿜어, 성벽으로 쳐들어오던 리자드맨의 무리를 성벽을 따라 일자로 걷어 냈다.

화아아아아아아아아아아아아아아악!

리자드맨들을 불태우며 눈앞에서 피어오른 불꽃의 벽. 그런 엄청난 광경 가운데, 할버트는 붉은 드래곤을 향해 꾸벅꾸벅 머리를 숙였다.

"아니, 루비, 내가 잘못했어! 어쩐지 위험해 보이는 상황이라 그만…….."

[그만 뭐! 정말이지, 걱정시키지 말라고! 바보야!]

붉은 드래곤은 토라진 소녀처럼 홱 고개를 돌렸다.

……로렌은 이미 눈앞의 광경이 현실처럼 여겨지지 않아 입을 뻐끔뻐끔했다.

"프, 프리도니아 왕국의 군대는…… 이렇게나 엉망진창인가?"

"우리 집의 분위기를 평범하다고 생각한다면 곤란한 거예요."

그러자 심홍색 드래곤의 등에서 여우 귀와 꼬리를 가진 수인족 소녀가 내려왔다.

여우 귀 소녀는 로렌에게 다가오더니 오른손을 내밀었다.

"당신이 지휘관이시군요. 처음 뵙는 거예요. 저는 할의 상사이자 드라트루퍼의 작전 지휘를 맡고 있는 카에데 폭시아인 거예요."

"……아, 병사장 로렌입니다!"

로렌은 황급히 카에데의 오른손을 잡았다. 단단히 악수를 나누면서도 로렌은 의아하다는 표정으로 카에데를 봤다.

"저기…… 드래곤에서 내려오셨는데, 카에데 경은 용기사이십니까?"

"아뇨, 루비 씨…… 저 레드 드래곤의 기사는 할버트인 거예요. 할버트와 저는 약혼자라서, 반려의 반려는 반려 같은 거라며 태워 주는 거예요."

"어…… 카에데 님은 할버트 님의 반려이자 상사이고, 저 붉은 드래곤도 반려?"

머릿속이 엉망이 된 것 같은 로렌. 카에데는 쓴웃음을 지었다.

"그런 사정은 차차 설명하는 거예요. ……지금은 그보다도,

말이에요."

카에데는 성 안쪽을 보며 말했다.

"드라트루퍼 200여 명은 각 성벽의 수비대에게 협력하여 몬스터의 침입을 막도록 명령해 둔 거예요. 우선은 성벽의 안전을 확보해야만 하니까요."

"정말 감사한 이야기지만…… 200명이라면 각 성벽 당 50명 정도겠죠? 아무리 정예라고 해도 현재 상황을 타파할 수 있겠습니까?"

걱정스러운 표정을 띠는 로렌에게 카에데는 싱긋 웃어 보였다.

"확실히 성 안으로 내려선 것은 200명 정도예요. 하지만…… 로렌 님은 중요한 걸 잊고 계신 거예요."

"잊고 있다?"

카에데는 검지를 척, 바로 위로 향했다.

로렌은 그 손가락을 따라 시선을 옮기고…… 그제야 그녀가 말하려는 바를 이해했다.

"그래요…… 저기에 아직, 육군을 상대로는 엄청나게 강한 부대가 남아 있는 거예요."

카에데는 쿡쿡 웃으며 말했다.

한편 그 무렵, 남쪽 성벽에서는 한층 더 위세 등등한 목소리가 울리고 있었다.

"우꺄꺄, 원군 등장! 자, 날뛰어 보자고!"

"도련님도 참, 어째서 그렇게나 팔팔하신가요—."

쿠와 레폴리나, 톨기스 공화국 주종 콤비였다.

두 사람도 드라트루퍼에 섞여서 강하한 것이었다.

원군에 객장으로 참가한 쿠는 드라트루퍼의 존재를 알고는, 자신도 함께 낙하산으로 강하하고 싶다며 소마에게 부탁했다. 물론 소마도 처음에는 난색을 표했다.

[절대 위험한 짓은 하지 말라고 그랬잖아.]

[부탁이야, 형님! 뭣하면 낙하산도 내가 만들 테니까!]

쿠가 그런 소리를 꺼냈기에 소마는 몹시 곤란했다.

낙하산은 강하하는 사람의 목숨과 관련된 장비로, 초보자가 만들 수도 없을뿐더러 만들어서도 안 된다. 하지만 여기서 거절하면 쿠는 정말로 자기가 준비해서는 멋대로 낙하하리라 느낀 소마는, 그 열의에 떠밀리는 형태로 떨떠름하게 OK를 한 것이었다. 레폴리나와 함께 훈련을 쌓고 있는 드라트루퍼가 시중을 들 것을 조건으로.

마치 스카이다이빙 체험 손님과 인스트럭터처럼 드라트루퍼와 몸을 고정하고 강하한 쿠와 레폴리나는, 지상으로 내려와서는 남쪽 성벽의 수비병에 합류했다.

처음 체험한 낙하의 감각에 잔뜩 들뜬 쿠와 대조적으로, 레폴리나는 진심으로 무서웠는지 얼굴은 새파랗고 토끼 귀는 축 늘어져 있었다.

"저…… 이제까지 가장, 도련님을 모신 걸 후회했을지도 몰라요."

"우꺄꺄, 그럼 이제까지 큰 불만도 없었다는 거네."

"있었다고요?! 그중에서도 가장이라고 하는 거예요!"

"그것 참 미안하네, 으차."

쿠는 성벽 가장자리로 뛰어오르더니 시야 아래로 다가오는 리자드맨의 무리를 바라봤다.

이리저리 부대끼며 성벽으로 밀려드는 대군의 모습이 쿠에게는 신기했다.

"많네. 이만큼은 톨기스에서 볼 수 없어."

"이, 이봐? 당신들은 대체 누구야?"

쿠가 성벽 밑을 들여다보는데 수비병 하나가 쭈뼛쭈뼛 물었다. 쿠는 짊어진 애용하는 곤으로 자신의 어깨를 툭툭 두드리더니 그런 수비병에게 웃어 보였다.

"아까 말했잖아? 원군이야, 원군."

"원군?! 저기 하늘에서 내려온 건 원군입니까?! 어, 어느 나라의?!"

그 질문에 쿠는 히죽 웃었다.

"어디냐니, 톨기스 공화국인데."

"톨기스 공화국? 남쪽 끝의 그 나라가 원군을 보내 준 겁니까?"

"그래. 단 두 사람뿐이지만."

"두, 두 사람?!"

수비병은 더 영문을 알 수 없다는 느낌으로 눈을 희번덕거렸다.

　동방 제국 연합 구석에 호젓이 자리한 이런 소국에, 대륙 남쪽 끝에 있는 톨기스 공화국이 원군을 보내 주었다는 사실도 믿을 수 없지만, 그 원군이 고작 두 사람이라고 하니 마치 여우에 홀린 것 같은 기분이었다. 그런 수비병의 반응에 만족했는지, 쿠는 성벽 가장자리에서 뛰어내리더니 그의 어깨를 찰싹찰싹 때렸다.

　"농담이야. 사실은 프리도니아 왕국에서 보낸 원군이야. 우리가 톨기스 공화국 출신의 객장인 것뿐이지."

　"아, 예에……."

　"뭐, 우리가 왔으니까 더 이상 걱정할 필요 없다고!"

　쿠는 다시 한번 성벽 가장자리로 뛰어오르더니, 막 올라온 리자드맨 두 마리를 곤으로 후려쳐서 무리 가운데로 떨어뜨렸다.

　"핫…… 헛…… 으라차."

　그리고 가장자리의 요철을 훌쩍훌쩍 뛰어다니며, 병사들을 덮치는 리자드맨을 발견하고는 타르가 만들어 준 특제 곤으로 찌르고, 때리고, 날려 버렸다.

　"이 자식들! 이런 말을 아느냐?"

　쿠는 성벽 가장자리 위에서 수비병을 향해 말했다.

　"'톨기스의 병사는 지상에선 일당백'이라고! 그러니까 나랑 레폴리나는 원군 200명분이라는 거지! 우꺄꺄─!"

　그러면서 호쾌하게 웃음을 터뜨리는 쿠를 보고 병사들은 기분이 가벼워졌다.

이 소년은 너무 호언장담하는 것 같지만, 조금 전의 활약상을 보아 하니 아주 빈말도 아닐 것이다. 그런 소년의 근거도 없는 주제에 자신만만한 얼굴을 보니 우리도 질 수 없다, 우리도 아직 더 할 수 있다는 기분이 드는 것이었다.

고개를 푹 숙인 분위기였던 병사들은 고개를 들고, 사기가 다시 되살아났다.

그때, 그런 쿠의 등 뒤에서 한층 커다란 체구의 리자드맨이 나타났다. 몸도 다른 개체와는 달리 빨갰다. 빨간 리자드맨은 쿠를 향해 양손의 손톱을 휘둘렀다.

"으차."

쿠는 곤을 가로로 들어 리자드맨이 내리치는 손톱을 막아 냈다. 하지만,

[키샤─앗.]

"엑······."

쩍 벌린 빨간 리자드맨의 목구멍 안쪽으로 일렁일렁 붉은 불꽃이 보였다.

'이런. 불꽃을 뿜는 녀석도 있나?!'

쿠는 지금 손톱을 막아 내는 것으로 힘에 부쳤다. 이대로 불꽃을 뿜어낸다면 피할 수 없다. 쿠의 등을 따라 식은땀이 흘렀다. 바로 그때였다.

휘잉······.

[그갸────?!]

날아온 화살이 정확히 리자드맨의 오른쪽 눈에 박혔다.

리자드맨의 얼굴이 크게 위로 들렸고 뿜어 낸 불덩어리가 엉뚱한 방향으로 날아갔다. 쿠가 고개만 움직여 돌아보니 성벽 반대쪽 가장자리에 서서 활에 화살을 메기는 레폴리나의 모습이 있었다. 레폴리나는 즉각 화살을 다시 메겼다.

"쿠 님이 당하게 두지 않아요!"

레폴리나는 두 번째 화살을 날려서 이번에는 왼쪽 눈을 꿰뚫었다.

빨간 리자드맨은 두 눈을 누르며 몸부림쳤다.

"덤이야. 이 녀석도 받아라!"

상대가 겁먹은 틈에 쿠는 곤을 휘둘러 턱 밑에서 어퍼컷을 날렸다. 으득, 뼈가 부서지는 소리가 나고 빨간 리자드맨은 힘없이 성벽 밖으로 떨어졌다.

위기에서 벗어나 "후우……." 하고 턱의 땀을 닦았다.

"우끼~ ……덕분에 살았어, 레폴리나."

"정말이지, 뭐가 '일당백' 인가요. 그런 말은 들은 적 없다고요?"

"당연하잖아? 이제부터 유행할 말이니까!"

쿠는 곤을 붕붕 돌리더니 옆구리에 끼고 허세를 부렸다.

"그저 허세더라도 실현해 버리면 그건 이제 사실이야. 여기서 내가 백 마리를 박살 내면 이 말에도 신빙성이 생길 거라고!"

"간단히 그런 소리 하지 마세요~."

"가자고, 레폴리나! 북쪽 대지에 톨기스의 전사가 얼마나 강한지 가르쳐 주는 거야!"

　그러자마자 쿠는 다음 상대를 찾아 달려갔다. 소마와 나눈 '위험한 짓은 하지 않겠다'는 약속 따위는 이미 머릿속에서 사라진 모양이었다.

　"우꺄꺄! 라스타니아의 병사들이여, 여기가 바로 승부처다! 이기지 못할 것 같은 녀석이 있다면 나를 불러라! 나한테 맡겨 두면 괜찮아!"

　쿠는 근처의 리자드맨을 쓰러뜨리며 큰 소리로 그렇게 선전했다.

　여전히 무엇을 근거로 그러는지 모르게 큰소리를 치고 있지만, 그렇게 위세 등등한 목소리를 들으면 어쩐지 기운이 샘솟는 것 같았다.

　"오오! 꽤 하잖아!"

　"켁, 톨기스에서 온 손님만 멋 부리게 둘까 보냐!"

　"여긴 우리 나라다! 우리 손으로 지켜야지!"

　병사들의 사기가 더욱 올라가고 성벽 위의 분위기가 뜨거워졌다. 쿠를 뒤따르며 그 뜨거운 분위기를 느끼던 레폴리나는 빙긋이 웃었다.

　'이거예요. 이게 도련님의 매력이에요.'

　조금 바보 같고 무모하며 막무가내로 행동하는 일이 많지만, 쿠는 항상 선두에 서서 위험과 마주하며 싸우고 뒤를 따르는 이들을 분투하게 만드는 것이다. 소마처럼 사람을 사용하는 것이 능숙한 국왕도 있다. 마리아처럼 국민들로부터 존경을 모으는 황제도 있다.

그럼에도 레폴리나가 모시고 싶은 것은 쿠, 단 한 명였다.

'뭐…… 무모한 행동은 좀 삼가 주셨으면 좋겠지만요…….'

그런 생각을 하던 레폴리나를 쿠가 재촉했다.

"빨리 와, 레폴리나! 아직 앞으로 90마리 정도는 쓰러뜨려야 하니까 말이야!"

"100마리를 쓰러뜨리겠다니, 그거 진심으로 하신 말씀이셨 나요?!"

레폴리나가 놀라서 소리를 지른 그때였다.

그들의 아득히 상공에서 '뿌앙~ 뿌앙~…….' 하고 나팔 소 리가 들렸다. 마치 경계심을 부추기듯 몇 번이고 소리를 울렸 다.

그 소리를 듣고 쿠와 레폴리나의 안색이 바뀌었다.

"이런, 시작됐나! 이봐, 너희! 일단 성벽 바깥쪽에서 벗어나라!"

"여러분! 지금부터 와이번 기사들의 폭격이 진행돼요! 물체 가 날아올 것으로 예상되니까, 성벽 바깥쪽에서 벗어나서 몸을 낮추세요!"

나팔은 지금부터 폭격을 개시한다는 와이번 기병대의 신호였 다.

"포, 폭격?!"

"이봐, 얼른 성벽에서 벗어나!"

수비병들은 황급히 성벽 바깥쪽에서 떨어져 돌층계에 몸을 낮 췄다.

그러자 드라트루퍼를 강하시킨 뒤에 상공에서 대기하던 와이번 기병 200이 단숨에 급강하하더니 속을 채운 항아리를 성벽에 몰려 있는 리자드맨의 무리에 떨어뜨렸다. 항아리 안에는 화약이 가득 채워져 있었다. 도화선으로 폭발 시간을 조정한 화약 항아리는 리자드맨 무리 가운데로 떨어지기 직전에 폭발을 일으켰다.

 퍼버버버버버버버버버버버벙……!!

 폭발은 연쇄적으로, 360도 모든 방향에서 일어났다.

 폭풍과 진동이 성벽에 엎드린 병사들을 덮쳤다.

 고개를 들어 주위를 둘러보면 동서남북의 성벽 앞에서 커다란 불기둥이 솟구치고 있었다. 번지는 불덩어리가 리자드맨 무리를 불태우고, 묘하게 익어서 향긋한 냄새가 감돌았다.

 화약 항아리를 모두 떨어뜨린 와이번 기병들은 다시 급강하하여, 와이번의 불길로 남은 리자드맨 무리를 태웠다. 그 불꽃이 공중에서는 폭발하지 못하고 땅바닥에 격돌한 화약 항아리가 흩뿌린 화약에 불을 붙여 성벽 밖을 불바다로 만들었다.

 리자드맨은 일방적으로 불탈 수밖에 없었다.

 "우끼~. 역시 와이번은 굉장하네……."

 성벽 틈새로 밖을 살피던 쿠는 그런 감탄을 흘렸다.

 기류가 격렬하고 추운 톨기스 공화국으로서는 와이번 같은 공군 전력을 가질 수가 없고, 또한 다른 나라에서 사용되는 일도 없었다.

 처음 본 공습은 쿠의 상상을 뛰어넘는 것이었다. 5천은 있었을 리자드맨 무리는 순식간에 7, 8할이 타버렸다.

운 좋게 불꽃을 피한 리자드맨이 허둥지둥, 근처의 숲으로 달아나는 모습이 보였다. 각 성벽에서 비슷한 광경이 펼쳐지고 있다면 남은 리자드맨은 천 마리 정도이리라. 적어도 다시 숫자가 갖춰질 때까지는 공격하지 않을 것이다.

쿠는 일어서서는 옷에 묻은 흙먼지를 툭툭 털었다.

"우꺄꺄, 결국 열 마리 정도밖에 못 쓰러뜨렸네."

"그럼 추격하시지 그러세요? 혼자서."

레폴리나가 어이없다는 듯 말하자 쿠는 어깨를 으쓱였다.

"그러고 싶지만 연기 때문에 아무것도 안 보이니까 말이지. 오늘은 이쯤에서 끝내자고."

"……그런가요."

"뭐, 지금은 그보다도 말이지."

쿠는 곤으로 바닥을 두드리고는, 폭격의 충격으로 넋이 나간 표정을 띤 라스타니아 병사들을 향해 말했다.

"자, 공격을 물리쳤다고! 소리 질러라! 승리의 함성이다아아아아아!!"

승리의 함성. 그 말을 듣고 처음으로 라스타니아 병사들은 승리를 실감했다.

하늘을 향해 떨리는 두 손을 쳐들고, 그들은 뱃속 깊은 곳에서부터 외쳤다.

"""와아아아아아아아아아아아아아아아아아아아!!"""

석양으로 붉게 물든 라스타니아의 하늘에 병사들의 함성이 메아리쳤다.

◇ ◇ ◇

동서남북의 성벽에서 폭발음이 들리고 사방에서 검은 연기가 피어올랐다.

아마도 드라트루퍼를 운반한 와이번 기병대의 폭격이 진행된 거겠지.

리자드맨의 무리에 이 폭격을 막기 위한 대공 공격 수단은 없으니 일방적으로 폭살당했을 것이다. 그들 모두를 섬멸하는 수준까지 이르지는 않더라도, 각 성벽으로 몰려든 리자드맨의 압박을 대폭적으로 줄일 수는 있었을 터.

한편 그 무렵, 저택 근처의 싸움도 점차 끝을 맞이하고 있었다.

나는 율리우스로부터 상황을 듣고, 나덴이 운반해 준 곤돌라에 있던 아이샤와 근위병 몇 명에게 율리우스와 지르코마에게 협력하여 저택을 습격한 리자드맨을 섬멸토록 명령했다. 아이샤는 물론 근위병도 실력에 자신이 있는 이들을 모았기에, 저택 주위에 있던 열 마리 정도의 리자드맨이 상대라면 문제없이 쓰러뜨릴 수 있겠지.

"나덴, 저기에도 한 마리 있어!"

"맡겨 둬! 으냐아아아아!"

파직!

나덴이 소녀의 모습 그대로 전격을 발사하여, 저택 지붕에 있던 리자드맨을 꿰뚫었다.

전격을 맞은 리자드맨은 소리도 못 지르고 굳어 버리더니 땅바닥에 털썩 쓰러져서 움찔움찔 경련했다. 아직 숨은 붙어 있는 모양이었다.

"이게······."

"잠깐만, 아이샤!"

아이샤가 끝을 내려고 대검을 들어 올렸지만 나는 그것을 막았다.

"그 녀석은 산 채로 붙잡아."

"어, 붙잡는 건가요?"

"몬스터의 생태를 알 수 있는 단서가 될지도 몰라. 한 마리 정도는 포획하자."

"알겠습니다. 후우······ 으랴!"

아이샤는 대검을 지면에 박더니 경련하는 리자드맨의 목덜미를 향해 손날을 퍽 후려쳤다. 리자드맨의 몸이 한순간 모로 누워 기역자로 구부러지고 축 늘어져서 더는 움직이지 않았다. 입에서는 하얀 거품을 뿜고 있었다.

······뭐라고 할까, 설령 몬스터일지라도 보고 있자니 애처롭게 여기고 말았다. 나는 그런 리자드맨의 꼬리를 붙잡고서 질질 끌고 온 아이샤에게 조심스레 물었다.

"뭔가 좋지 않은 소리가 났는데······ 죽인 거 아니지?"

"힘을 조절했으니까 괜찮겠죠. ······아마도."

"그, 그런가……."

조사해 봤더니 기절하기는 했지만 죽지는 않은 모양이었기에, 근위병에게 명령해서 밧줄로 입이랑 몸을 칭칭 감은 후 저택 근처에 있던 탑 안에 가두어 놓았다.

이것으로 저택 밖에 있는 적은 정리했다. 그러자 지르코마가 달려왔다.

"저택 안에 왕가 분들과 피난민이 남아 있습니다. 구출하고 싶은데 아직 저택 안에 리자드맨이 남아 있을지도 모릅니다. 근위병의 조력을 부탁드립니다."

"알았다."

나는 고개를 끄덕이고 근위병들에게 명령했다.

"너희는 지르코마와 협력해서 저택 안을 샅샅이 수색, 리자드맨을 섬멸하고 왕족과 피난민들을 구출해라! 보이지 않는 곳에 숨어 있을 가능성도 있으니 충분히 주의해라!"

"""옛!"""

근위병들은 경례를 한 뒤, 지르코마와 함께 저택 안으로 들어갔다.

이 자리에는 나, 아이샤, 나덴 그리고 율리우스가 남겨진 모양새가 되었다. 다들 입을 꾹 다물고 거북한 침묵의 시간이 흘렀다. 율리우스는 가만히 저택을 바라보고, 아이샤는 그런 율리우스를 경계하는 모양이었다. 지금은 내가 말을 건네야 하나.

"사람들이 남아 있다고 그러는데, 괜찮나?"

"……섣불리 데리고 나오는 것보다도 소란이 수습될 때까지

한곳에 모여 있는 편이 안전하다고 판단했다. 깊은 장소이고 입구를 막아 놓았으니 무사할 테지."

"⋯⋯그런가."

"그래⋯⋯."

⋯⋯⋯⋯⋯. 역시 아무래도 거북했다.

나와 율리우스는 일찍이 군을 이끌고 전장에서 맞붙었던 사이다.

율리우스는 아버지 가이우스 8세와 함께 엘프리덴 왕국으로 침공, 가이우스도 그 전쟁 중에 목숨을 잃었다. 그야말로 원수라고 해도 될 관계인데, 나와 로로아가 약혼을 한 지금 상황에서는 친척이라고도 할 수 있는 복잡한 관계였다.

원군을 청한 사람과 그 원군 요청에 응한 사람이라는 입장도 있고.

서로 할 말을 찾지 못한 우리 옆에서는 아이샤가 긴장하고 있었다. '조금이라도 이상한 기척이 보인다면 베겠습니다.' 라고 그렇듯 대검 손잡이에서 손을 떼지 않았다.

찌릿찌릿, 그런 긴장감으로 뒤덮여 있었다.

"뭐, 뭐야? 이 분위기⋯⋯."

유일하게 율리우스와 면식이 없는 나덴만이 불온한 분위기를 느끼고 우리 얼굴을 두리번두리번 번갈아 봤다. 그러자⋯⋯.

"오빠⋯⋯ 오라버니⋯⋯."

그렇게 주저하는 기색의 목소리가 들렸다. 그쪽을 돌아보니, 위험하니까 바깥 상황이 진정될 때까지 곤돌라 안에서 대기토록 했던 로로아와 토모에가 나왔다. 토모에 등 뒤에는 호위인 이누가미도 있었다. 로로아의 모습을 보고 율리우스는 눈을 가늘게 떴다.

"로로아인가……."

"…………."

로로아는 천천히 이쪽으로 걸어오더니 내 옆에 나란히 섰다.

그리고 로로아는 무언가 말하려고 입을 열었지만, 제대로 말이 안 나오는지 입을 뻐끔뻐끔했다. 무리도 아니지.

나와 율리우스의 관계도 복잡하지만, 로로아와 율리우스의 관계 역시도 복잡했다.

두 사람은 피가 이어진 남매이지만 정적이기도 했다. 로로아는 아미도니아 공국민을 위하여 율리우스를 추방하고 내 곁으로 나라와 함께 시집을 와서 국민을 보호했다.

로로아에게는 오빠를 추방했다는 부채가 있었다.

한편 율리우스도, 이곳 라스타니아 왕국을 구하기 위해서 로로아의 연줄을 이용했다. 위급할 때 율리우스가 마지막으로 의지한 이는 적이었던 여동생인 것이었다.

"로로아."

"윽!"

그리고 율리우스가 다가와서 로로아 앞에 섰다. 자그마한 로로아는 자연스럽게 올려다보는 형태가 되었다. 로로아가 불안스레 올려다보는 앞에서 율리우스는 조용히 머리를 숙였다.

"소마 왕을 잘 데려와 주었다. 고맙다."

율리우스가 머리를 숙이자 로로아는 눈을 동그랗게 떴다.

"아, 오라버니…… 저는…….."

"이미 아미도니아 공자의 지위는 없다. 지금은 이 나라에 몸을 맡긴 한 사람의 식객이지. 존대를 할 필요는 없다. 콜베르 같은 사람들한테는 상인 사투리로 이야기했을 테지?"

"……아아, 정말이지! 알았다."

로로아가 머리를 벅벅 긁적이더니 각오를 다진 듯 팔짱을 꼈다. 그리고 머리를 든 율리우스와 똑바로 마주했다.

"그게…… 오랜만이다, 오빠. 건강히 잘 지냈나?"

"그래, 이렇듯 몸 건강히 잘 지내고 있어. 이 나라 사람들이 잘 대해 주고, 너희 원군 덕분에 오늘의 공세를 물리칠 수 있었어. 원군 요청을 소마 왕에게 전해 준 것, 다시금 감사를 표하지."

"흐, 흥. 감사해야지."

로로아는 고개를 홱 돌리고 입술을 삐죽였다.

"……오빠랑 재회하는 게 이런 형태가 될 줄은 몰랐다."

"훗, 그건 나도 마찬가지야."

"오빠를 나라에서 쫓아낸 거, 사과 안 할 거이까. 그때는…… 공국 사람들을 지키기 위해서는, 그래 할 수밖에 없었으이까."

"……나는 통치에 실패한 몸, 이러쿵저러쿵하진 않아. 하지만 공국 국민을 위해서 한 행동이었다면 좀 더 당당하게 행동해. 부채감을 느낄 필요는 없어."

"따, 딱히 그런 거 안 느끼이까!"

로로아가 율리우스에게 "흥~이다."라며 이를 드러냈다.

뭐라고 할까…… 옆에서 보기에는 남매의 대화라고 생각했다.

로로아한테서 들은 이야기로는, 아미도니아에 있었을 무렵에는 거의 최소한으로 필요한 이야기만 했다는 모양이다. 로로아도 아버지와 오빠의 시선을 신경 써서 상당히 내숭을 부렸다나. 그런 걸 제쳐 놓고 본심으로 이야기하니, 이런 식으로 남매 같은 느낌이 되나.

그리고 율리우스가 "이것 참." 그런 느낌으로 고개를 가로저었다.

"여전히 언동이 어린아이네. 너도 소마 왕 곁으로 간 지도 1년이 됐잖아? 이제 슬슬 자식이 생겨도 될 무렵 아닌가?"

"뭐?!"

율리우스가 그렇게 묻자 로로아는 허둥댔다.

"무슨 소리고! 내랑 달링은…… 아직, 그런……."

"……너, 설마 아직 손을 대지도 않았나?"

로로아의 반응을 보고 알아차렸는지 율리우스는 어이없다는 듯 말했다.

로로아의 얼굴은 불이 나지는 않을까 싶을 만큼 새빨개졌다. 아무래도 직접적인 표현에는 약한 모양이었다. 별로 보지 못한 반응이라 조금 귀엽다고 생각해 버렸다.

그런 로로아에게 율리우스는 넌지시 말했다.

"로로아. 현재 아미도니아 공왕가의 가주는 너야. 네가 아이를 낳으면 아미도니아 공왕가의 핏줄을 지킬 수 있어. 네게는 아미도니아 공왕가의 이름을 전할 자손을 남길 의무가 있는 거야. 그러니까 한시라도 빨리 소마 왕의 총애를 받아서……."

"아— 정말이지, 그냥 좀 놔 둬라! 시아 언니가 얼마나 고생했는지 알겠다!"

로로아는 얼른 내 뒤로 몸을 숨겼다. 그리고 율리우스를 향해 얼굴을 드러내고는 "하악—!" 하고 위협하는 목소리를 냈다. 언제부터 고양이 수인족이 된 건지…….

로로아가 숨어 버렸기에 나는 다시금 율리우스와 마주했다.

"귀공의 원군 요청을 받고, 찾아왔다. 본대가 합류하기까지는 아직 시간이 걸리겠지만, 일단 선발대로 드라트루퍼 200명을 데려왔다."

"조력해 주시어 황송합니다."

율리우스는 땅에 무릎을 꿇고 머리를 숙였다. 일찍이 잔느 경을 사이에 둔 교섭 자리에서 격전을 펼쳤던 상대가 내게 머리를 숙이는 것도…… 어쩐지 묘한 느낌이었다.

"역시 위화감이 있네. 일어서서 평범하게 이야기해 줘. 그러지 않으면……."

"않으면?"

"'형님'이라고 부르지."

"……아무리 그래도 그건 좀 참아 줬으면 좋겠네."

율리우스는 일어서서 내 얼굴을 똑바로 봤다.

그곳에는 이전 같은 험악함은 없고 썸 것이 떨어진 듯 시원스러운 표정이었다. 그리고 율리우스 쪽에서 이야기를 꺼냈다.

"내가 요청해 놓고 뭣하지만, 어째서 원군 요청에 응하겠다고 생각했지? 일찍이 싸운 적이 있는 상대의 요청이야. 무시할 수도 있었을 텐데?"

"……이 이상 로로아를 슬프게 만들고 싶지 않았을 뿐이야."

"무른 소리를……. 뭐, 옛날의 나라면 그렇게 단정했을 테지만, 지금이라면 조금…… 알 것 같기도 하군. 로로아의 존재는 네게 그만큼 큰 것인가?"

"로로아는 이미 가족이니까. 가족은 무슨 일이 있어도 지켜."

"가족……인가."

율리우스와 나는 서로를 가만히 마주봤다. 서로의 속마음을 살피듯이.

그 뒤에서 아이샤와 나덴이 나누는 대화가 들렸다.

"나덴 님, 저희도 폐하의 가족인 거죠?"

"당연하지. 여동생 토모에도 포함해서 7인 가족이야."

"그렇다는 건 율리우스 님은 제게도 처형이신 건가요?"

"아니, 그건 좀 다르지 않나?"

저기…… 그런 긴장감 없는 대화는 다른 곳에서 해 주지 않을래…… 아니, 뭐 전투력이 높은 두 사람이 곁에 있어 주니까 율리우스에게 겁먹을 일이 없는 거지만.

그리고 율리우스는 허리에 차고 있던 사벨을 칼집까지 통째로 들더니 나를 향해 내밀었다. 나는 눈을 가늘게 뜨며 율리우스에게 물었다.

"이건 뭐지?"

"원군을 요청할 때, 목을 내줄 수 있다고 적었다. 네가 바란다면, 약속했던 대로 이 목을 내놓겠다."

"……진심이었나?"

"물론이다. 나를 처리해 두면 아미도니아 통치에 불안도 줄어들겠지. 그 대신에 이 나라를 마지막까지 잘 돌봐주었으면 한다."

그러는 율리우스의 눈빛에는 망설임이 없었다. 이미 각오는 되어 있는 모양이었다.

내가 사벨을 받아들자 율리우스는 베기 편하도록 몸을 숙여 목을 앞으로 내밀었다.

"달링……!"

로로아는 무언가 말하려고 했지만 꾹 입을 닫았다. 자신이 끼어들어서는 안 된다고 생각하여 말을 삼킨 거겠지. 자, 그럼 어떻게 한다…….

"율리우스 님!"

그때 저택에서 지르코마와 함께 나온 소녀가 달려와, 율리우스와 나 사이로 끼어들었다. 그리고 머리를 숙인 율리우스의 몸을 덥석 끌어안았다.

가련한 외모와는 달리 그 소녀는 강한 의지가 깃든 눈빛으로 나를 바라봤다.

"프리도니아 국왕 소마 카즈야 님이시죠? 저는 이 나라의 왕녀인 티아 라스타니아라고 해요."

"아, 예…… 소마 카즈야입니다."

티아라고 자칭한 소녀의 험악한 분위기에 눌려 순순히 대답하고 말았다.

왕녀…… 이 나라의 공주님이라는 말인가. 티아 공주는 나를 향해 필사적으로 호소했다.

"프리도니아 왕국에서 원군을 보내 주셔서, 무척 기쁘고 또한 감사하게 생각하고 있어요. 하지만 구원을 받은 입장에서 이런 말씀을 드리기는 무척 송구스럽지만…… 부디, 당신의 관대한 마음으로 율리우스 님을 용서해 주시지 않겠나요!"

"티아 공주! 위험하니 물러나십시오!"

"떨어지지 않을 거예요! 저는 율리우스 님이 죽는 건 싫어요!"

율리우스가 어떻게든 떼어 내려고 했지만, 티아 공주는 꽉 달라붙어서 떨어지려고 하지 않았다. 그야말로 목숨을 걸고 율리우스를 지키려 했다.

"사정은 율리우스 님에게 들었어요! 율리우스 님이 이번 원군 요청에 자신의 목을 걸었다는 것도. 하지만 그건 저희 라스타니아 왕국을 위해서 한 일이에요. 아미도니아 공국에 있던 무렵의 율리우스 님이 어떤 분이었는지는 몰라요. 하지만 이 나라에서 율리우스 님은 의용병을 이끌며 이곳을 습격하는 몬스터를 쓰러뜨리고, 이 나라를 위해 최선을 다해 주셨어요. 우리 나라에는 둘도 없이 소중한 사람이에요! 제게도!"

쏟아내듯이 호소하는 티아 공주를 보고 나와 로로아는,

("아아, 그렇구나…….")

……그렇게 납득했다. 율리우스가 인간적으로 성장했다고

느낀 것은 이 공주님 덕분이겠지. 그녀의 말 구석구석에서 율리우스를 향한 연모의 심정이 느껴졌다.

이 소녀에게 사랑받고 이 소녀를 사랑하여, 지금의 율리우스가 된 거겠지.

그보다도 애당초 나는 율리우스의 목을 벨 생각은 없었다.

이제 와서 율리우스의 목을 받아 봐야 뭐가 어떻게 되는 것도 아니고, 무엇보다도 로로아가 슬퍼하지 않았으면 하니까.

뭐, 율리우스도 내가 그렇게 생각한다는 걸 알면서 검을 건넨 느낌이지만. 과거의 관계를 끊어 내기 위한 의례 같은 느낌이었을 테지.

그런 건 모르는 티아 공주는 필사적으로 율리우스를 감쌌다. 자, 이 사태를 어떻게 수습할까…… 그러던 참에 나는 어떤 생각이 떠올랐다.

"……알겠습니다. 당신이 어느 조건을 받아들인다면, 율리우스에게 제재를 가하는 건 그만두도록 하죠."

"제가 할 수 있는 일이라면 뭐든지!"

"티아 공주!"

율리우스가 황급히 수습하려고 했지만 티아 공주는 완고히 듣지 않았다.

"그래서, 그 조건이란 무엇인가요?"

"당신의 손으로, 율리우스에게서 아미도니아의 이름을 빼앗으셨으면 합니다."

"이름……인가요? 저기, 그건 제가 할 수 있는 일인가요?"

"예, 당신이라면 간단히 하실 수 있을 겁니다."

"그런가요?"

어리둥절한 티아 공주. 한편 내가 말하려는 바를 알아차린 율리우스는 단숨에 분노한 표정을 지으며 나를 노려봤다. 오, 조금은 옛날의 인상도 남아 있네.

그리고 간신히 이해했는지, 티아 공주는 손뼉을 짝 쳤다.

"아, 그렇군요. 율리우스 님이 우리 가문으로 들어오시면 되는 거네요. 그러면 율리우스 아미도니아가 아니라 율리우스 라스타니아예요."

"티아 공주, 그런 건 생각을 잘 해서……."

율리우스는 당황한 듯 설득하려고 했지만 티아 공주는 미소와 함께 고개를 끄덕였다.

"그 조건을 받아들일게요. 율리우스 님이라면 아버님과 어머님도 납득해 주실 거예요."

"……윽."

"와하하, 아무래도 그만 포기해야 될 것 같은데, 율리우스. 축하해. 뭐, 두 사람의 모습을 보아 하니 그저 시간 문제였을 테고."

지르코마가 말을 잃은 율리우스의 어깨를 턱턱 때렸다. 저 두 사람, 사이가 좋은 걸까? 어쩐지 썰렁한 분위기 가운데, 로로아가 웃으며 말했다.

"뭐가 어째 됐는지 모르겠지만, 연하인 새언니가 생긴 모양이네."

"그런가 봐."

우리는 서로 마주 보며 함께 웃었다.

👑 제6장 ✦ 지금 여기에 있는 현실

"흡사 지옥 풍경이네……."

시야 아래로 펼쳐진 광경을 보고 나는 그렇게 신음했다.

땅거미 질 무렵. 라스타를 둘러싼 성벽에서 나와 율리우스는 나란히 서 있었다.

우리 조금 뒤쪽에는 여차할 때를 대비하여 아이샤가 서 있었다. 이건 율리우스를 경계한다기보다는 시야 아래에서 꿈틀대는 것들에 대한 대책이었다.

지금 우리의 시야 아래에서는 폭격으로 눌어붙은 시체에 키메라 같은 몬스터들이 몰려들어 뜯어먹고 있었다. 이형의 몬스터들에게는 사람도 리자드맨도 똑같은 먹이겠지. 먹이를 두고 다투는 몬스터들의 울음소리가 여기저기서 들렸다.

눈으로 봐도 귀로 들어도 정신 건강에 좋지 않은 광경이었다.

"이렇게 작은 나라가, 이만큼 많은 리자드맨에게 포위당했는데 잘도 버텼다며 감탄했어. 순식간에 삼켜지더라도 이상하지 않은 숫자겠지."

"그렇다고 간단히 '삶'을 포기할 수 있겠나. 다들 필사적으로 살아남은 결과야."

그런 율리우스의 말에 나는 눈을 감았다.

역시 예전의 율리우스와는 현격하게 달라진 듯했다.

이전의 율리우스라면 싸우는 평사들을 이렇게까지 걱정하지 않았을 테지. 유랑의 나날과 티아 공주가 율리우스를 크게 바꾼 것 같았다.

그런 생각을 하는데, 율리우스가 "그런데……."라며 물었다.

"와이번 기병들은 어떻게 했지?"

"본대로 돌려보냈어. 가져온 화약 항아리도 전부 써 버렸으니까. 게다가 여기에는 와이번 기병대를 상주시킬 비축 물자도 없겠지?"

"……그렇군."

와이번은 식사 한 번에 커다란 소 한 마리 정도의 양을 먹는다. 다만 한 번 식사를 하면 일주일 가까이는 안 먹어도 괜찮으니까, 연비 자체는 그렇게까지 나쁘지는 않다. 그럼에도 농성 중인 이 나라에는 상당한 부담이 되어 버릴 테니 상주시킬 수는 없었다.

참고로 나덴과 루비도 드래곤 형태로 전격이나 화염을 쏘면 에너지를 많이 소비하는지, 그 후로 한동안은 소비한 만큼 보충하려고 대식가가 되어 버린다나. 그래서 현재는 드래곤 형태로 활약할 수는 없었다.

"일단 와이번 기병대한테는 본대에서 화살 등 부족한 물자를 가져오도록 말해 뒀는데…… 편도로 반나절은 걸리는 거리였으니까 서둘러도 내일 밤까지는 걸리겠지. 아직 한동안은 이 나라의 병사와 드라트루퍼만으로 싸울 수밖에 없겠네."

"그렇다면…… 어떻게 두 나라의 병사를 지휘할지 정할 필요가 있겠는데."

그러더니 율리우스는 내 쪽을 봤다.

"하지만 정말로 괜찮겠나? 나한테 프리도니아 군의 지휘까지 맡기다니."

"……뭐, 이 상황에서는 어쩔 수 없겠지."

참모 역할인 카에데와도 논의하여, 일시적이지만 원군 본대와 합류할 때까지는 드라트루퍼의 지휘를 율리우스에게 맡기기로 한 것이었다. 이것은 프리도니아군, 라스타니아군의 차이에 따른 지휘 계통의 혼란을 피하기 위한 처치였다.

"현재 가장 군의 지휘에 뛰어난 건 당신이니까. 나는 지위는 위라도 문관 쪽 인간이고, 드라트루퍼는 용맹한 이들이지만 두뇌파는 아니야. 현재 인원 가운데 지휘가 가장 능숙한 사람은 카에데지만 그녀는 작전 입안 능력은 뛰어나도 전장 한가운데서 지휘를 할 수 있는 인재가 아니지. 요컨대 장군형 인간은 그쪽밖에 없어."

"그건 이해하겠는데…… 너나 네 부하가 나를 신용할 수 있겠느냐고 묻는 거다. 신용할 수 없다면서 지시를 무시해도 곤란해. 드라트루퍼를 쓸데없이 혹사하지는 않을까…… 그런 걱정은 없나?"

살짝 신경질적으로 그렇게 묻는 율리우스를 보고 나는 쓴웃음을 지으며 말했다.

"지금 상황에서 그런 짓을 할 이유도 없겠지. 게다가 혹시 네가 이상한 움직임을 보인다면, 이쪽으로 오는 원군 약 6만이 적으로 돌아설 거야."

"……그도 그렇군."

나는 성벽 가장자리에 몸을 기대고 밤으로 넘어가려는 가을 하늘을 올려다봤다.

"설마 너와 함께 싸우는 날이 올 줄은 몰랐어."

"그건 네가 할 말이야. 설마 원수에게 도움을 받는 날이 오다니……."

율리우스 또한 팔짱을 끼며 성벽 가장자리에 기댔다. 과거의 적이 지금은 동료. 세상 일이란 알 수 없는 것이구나. 그 사실을 곱씹듯 침묵의 시간이 흘러갔다.

한동안 그렇게 있다가, 율리우스가 무겁게 입을 열었다.

"가르쳐 줘. 아버님…… 가이우스 8세의 최후는 어땠지?"

"……어땠냐, 니?"

"병사에게 들은 이야기에 따르면, 아버님은 나와 헤어진 뒤에 '아미도니아인으로서의 기개를 보이겠다.' 고 그러신 모양이야. 아버님은 숙원을 이루신 걸까?"

"…………."

질책하는 말투가 아니었다. 율리우스는 순수하게 알고 싶을 뿐이겠지.

아미도니아 공왕 가이우스 8세의 최후가 어땠는지를.

"……무서웠어. 내 목을 노리고서 한결같이 돌진하는 가이우스는 정말로 무시무시했어. 실제로 그 사람의 칼날은 내 바로 한 걸음 앞까지 왔어."

그날 있었던 일은 지금도 가끔씩 꿈에 나온다.

그때와 달리, 꿈에서는 최후의 힘으로 던진 검이 똑바로 내 가슴을 꿰뚫는다. 그만큼 그날 일이 트라우마가 된 거겠지. 악마 같은 형상으로 내게 살의를 드러내는 가이우스의 얼굴을 나는 평생 잊을 수 없을 거다.

그렇게 이야기하자 율리우스는 크크크 웃었다.

"확실히 그 아버님이 노려본다면 그것만으로도 다 죽었다는 기분이겠네."

"웃음도 안 나와. 진심으로 죽음을 각오하고, 약혼자에게 유언을 남기려고 했을 정도야."

"그런가…… 아버님은 기개를 보이셨군."

율리우스는 쓸쓸하게 표정을 누그러뜨리고는 마음을 다잡듯 자신의 뺨을 두드렸다.

"아버님은 마지막까지 무인으로서 살아가셨다. 이제 와서 내가 이러쿵저러쿵할 것도 아니야. 아버님이 그러셨듯이 나는 내가 정말로 바라는 삶의 방식을 관철하고 싶어."

"……어떤 방식이지?"

"최선을 다하여 사랑하는 사람을 지키며 살아가는 것. 그러니까 소마, 티아 공주와 이 나라를 지키기 위하여 네 힘을 빌려 줘."

그러더니 율리우스는 나를 향해 머리를 숙였다. 정말로……
변했구나.

나는 율리우스의 어깨를 툭 두드리고 걸어갔다.

"가자, 율리우스. 네가 군사 회의를 맡아야지."

"그래. 알았다."

그리고 우리는 모두가 기다리는 저택으로 향했다.

한편 그 무렵. 저택 근처에 있는 감시탑 앞에는 크고 작은 사람
들이 있었다.

소마의 여동생인 토모에와 그녀의 호위를 맡은 이누가미였
다.

어두워진 주위의 풍경 가운데, 탑 입구 앞에 붙인 화톳불만이
새빨갛게 타올랐다. 그런 이상한 분위기를 자아내는 탑 앞에서
이누가미가 걱정스럽게 물었다.

"……정말로 가시는 겁니까?"

이누가미의 물음에 토모에는 고개를 단단히 끄덕였다.

" '이 안에 있는 몬스터와 대화가 가능한지 시험해 줘.' 라고,
오라버니께서 부탁하셨어요. 그리고 가능한 한 정보를 모아 줬
으면 한다고."

토모에는 이 안에 있는 몬스터…… 즉, 아까 전투에서 붙잡아
둔 리자드맨을 자신의 능력을 사용하여 조사하려는 것이었다.

리자드맨의 생태를 알 수 있다면 앞으로의 작전에 살릴 수 있다. 하지만 상대는 사람을 먹으려고 하는 몬스터. 섣불리 상대의 말을 알아들었다가는 토모에에게 트라우마가 될 수도 있는 것이다.

소마도 그 점을 무척 걱정했지만 무언가 도움이 되고 싶다는 토모에의 열의에 패배하여, 떨떠름하게나마 정보 수집을 부탁하기로 한 것이었다.

이누가미는 걱정스러운 마음에 토모에에게 주의하도록 신신당부했다.

"폐하께서는 절대로 무리하지 말라고 엄명하셨습니다. 토모에 님의 기분이 나빠진다든지 했을 경우, 제가 판단하여 억지로라도 그 자리에서 떼어 놓을 터이니."

"예. 그때는 부탁드릴게요. 이누가미 씨."

토모에는 살며시 이누가미의 손을 붙잡았다. 요랑족인 토모에와 회랑족인 이누가미였기에 손을 잡으면 부녀로밖에 안 보였다. 두 사람은 손을 잡은 채로 탑의 문을 열고 안으로 들어갔다. 그리고 아래로 이어지는 나선 계단을 내려가서 어느 감옥 앞에 섰다.

그 안에서는 리자드맨 한 마리가 두 팔 두 다리를 쇠사슬로 묶여 있었다.

"키샤―!"

리자드맨은 그들의 모습이 시야에 비치자 절그럭절그럭 쇠사슬을 울리며 엄니가 늘어선 입을 크게 벌렸다.

"으……."

"토모에 님?! 이 자식!"

휘청거리며 무릎을 꿇은 토모에를 감싸듯 이누가미가 앞으로 나와, 토모에와 리자드맨 사이로 끼어들었다. 토모에는 불쾌한 기분을 떨쳐 내듯 고개를 내저었다.

"저, 전 괜찮아요."

토모에는 식은땀을 훔치며 이누가미의 팔을 붙잡고 일어서더니, 그의 팔을 단단히 붙잡은 채로 다시금 리자드맨과 마주했다.

"……이 리자드맨 씨한테는 '굶주림' 밖에 없어요. 저희도 먹을 것으로밖에 안 봐요. 먹고 싶다, 그것뿐이에요. 대화도 불가능해요."

"겉모습 그대로의 행동 원리라는 말씀이십니까."

"예. 하지만…… 으~응?"

토모에는 어쩐지 고개를 갸웃거렸다. 무언가 마음에 걸리는 일이라도 있을까.

"왜 그러십니까?"

"……어째서일까요. 어쩐지 이 리자드맨 씨, 이상한 느낌이 들어요."

"이상한 느낌, 말입니까?"

이누가미가 되묻자 토모에는 고개를 끄덕였다.

"어떻게 말하면 될지 모르겠지만…… 생물로서 있어야 할 것이 없는 듯한, 그런 느낌이 들어요. 뭔가 무척 중요한 게 없는 것 같이…….”

　“???”

　토모에의 말은 이누가미로서는 이해할 수 없었다.

　토모에 본인이 제대로 말로 할 수 없으니까 당연하리라. 토모에는 답답하게 생각하면서도, 이윽고 포기한 듯 고개를 가로저었다.

　“안 되겠어요. 뭐라고 말하면 좋을지 모르겠어요. 어쨌든 오라버니한테 지금 알게 된 걸 이야기할게요.”

　토모에가 리자드맨에게 느낀 위화감.

　그들이 그 정체를 알게 되는 것은 아직 먼 훗날의 이야기였다.

　완전히 해가 졌을 무렵. 초가 켜진 라스타의 저택에 있는 한 방에, 프리도니아 왕국과 라스타니아 왕국의 주요 인물들이 모여 있었다.

　멤버는 프리도니아 왕국 측에서는 나, 아이샤, 로로아, 나덴, 할버트, 카에데, 루비까지 일곱 명, 라스타니아 왕국 측에서는 라스타니아 왕으로부터 병사의 총지휘를 맡은 율리우스, 병사장 로렌, 난민으로 구성된 의용병 리더인 지르코마까지 세 사람에 더하여 왕족으로서 지켜보고 싶다며 티아 공주가 참가했다.

　다만 머리를 쓰는 것이 서툰 아이샤는 내 호위 역할로 참가했고, 군사 부분은 전문이 아닌 로로아와 티아 공주는 구석에서 이 자리에 앉아 있을 뿐이었다.

그리고 "우리도 군사 회의에 나가고 싶어!"라며 시끄러웠기에, 쿠와 레폴리나의 톨기스 공화국 주종 콤비도 구석에서 얌전히 있겠다는 약속으로 참가했다.

"그럼 군사 회의를 시작하도록 할까."

두 나라 군대의 전체적인 지휘를 맡아서 군사 회의의 진행자 역할이기도 한 율리우스가 여러 장수를 둘러보며 입을 열었다.

"우선 먼저…… 이번에 나는 라스타니아 국왕으로부터 라스타니아 군의 총지휘를 맡게 되었다. 그리고 또한 원군으로 와 준 프리도니아 왕국 드라트루퍼의 지휘도, 이곳에 계신 소마 님에게 맡았다. 그 사실에 이의가 있는 자는 있나? 특히 프리도니아 왕국 여러분에게 묻고 싶군."

"……상황이 상황이니, 거짓말을 하는 것도 좀 그럴 것 같으니까 솔직하게 말하지."

율리우스의 질문에 할이 머리를 벅벅 긁적이며 말했다.

"나는 아무래도 불안해. 예전에 적이었던 당신의 지휘로 과연 싸울 수 있을지."

"할. 그런 식으로 말하지 않아도……."

루비가 타이르려고 했지만 할이 손을 들어 그것을 제지했다. 카에데도 루비의 어깨에 손을 얹고 조용히 고개를 가로저었다. 루비가 입을 다문 참에 할은 이야기를 계속했다.

"아직 200명 정도이지만 나는 드라트루퍼의 대장을 맡고 있어. 내게는 아직 수천의 병사를 지휘할 기량은 없거든. 이 안에서 대군을 가장 잘 움직일 재능을 가진 사람이 당신이라는 건 알고, 그렇기에 소마는 당신에게 드라트루퍼의 지휘를 맡겼을 테지."

"…………."

"하지만 나 역시도 200명이라고는 해도 대원의 목숨을 등에 지고 있어. 각오가 어중간한 녀석에게 동료들의 목숨을 맡길 수는 없지."

할의 말을 율리우스는 묵묵히 듣고 있었다.

"우리는 당신의 적이었을 터다. 제대로 지휘를 맡을 수 있겠나?"

할의 물음에 율리우스는 잠시 눈을 감은 뒤에 천천히 입을 열었다.

"서로 생각하는 바가 없지는 않겠지. 내게 원망하는 심정이 없다고 할 수도 없어. 하지만 지금 내게는 이 나라가 전부야. 이 나라를 지키기 위해서라면 어떤 상대와도 손을 잡을 수 있고 누구에게도 머리를 숙이지. 그것으로 신뢰를 얻을 수 있다고 하면 할버트 경, 그대에게도 마찬가지야."

"…………."

"우꺄꺄, 겉보기랑은 다르게 뜨거운 소리를 하잖아, 아얏."

외야에서 쿠가 농담을 던졌지만 옆에 있는 레폴리나에게 옆구리를 찔려서 아파했다. ……시끄럽다고, 역시 밖으로 내보냈어야 했나.

그런 생각을 하는 사이, 험악한 얼굴의 할이 표정을 누그러뜨렸다.

"그런가. 그만한 각오가 있다면 더는 아무 말도 않겠어. 우리 대장이 맡기겠다고 정했다면 우리는 그 판단에 따를 뿐이야. 그렇지?"

할이 이쪽으로 시선을 보냈기에 나는 고개를 끄덕였다.

"율리우스한테는 카에데를 참모로 붙이겠어. 둘이서 논의하여 정한 작전이라면 엉뚱하기는 해도 무모하진 않겠지. 그 점은 신용해도 될 거라 생각해."

"……고맙다. 그럼 군사 회의로 들어가지."

율리우스는 우리에게 인사를 하고는 이곳 라스타니아 왕국과 그 주변의 지도를 테이블 위에 펼쳤다. 그리고 먼저 우리가 있는 라스타를 가리켰다.

"우선은 상황을 확인하지. 일단 라스타니아 왕국군 말인데, 오늘 작전으로 또 사망자와 중상자가 나오고 말았다. 지금 싸울 수 있는 건 백성들 사이에서 징병한 자들도 포함해서 2800명 정도. 그리고 이에 프리도니아 왕국의 드라트루퍼 200을 더해서 대략 3천 명이, 지금 우리의 총 병력수가 되겠지."

3천 명인가…… 민병이 대다수임을 생각하면 걱정되네.

다음으로 율리우스는 라스타 근교의 삼림지대를 가리켰다. 그곳은 폭격을 피한 리자드맨들이 숨어 있는 장소였다.

"다음으로 리자드맨 말인데, 오늘 폭격으로 큰 타격을 받았을 테지. 숫자도 아마 800~900까지 격감했을 터. 하지만 이제까지의 상황을 바탕으로 생각해도, 숫자는 시간이 지나면 회복되겠지. 페이스는 하루에 수백 정도다."

"응? 상대는 전력을 소규모씩 투입하는 건가?"

전략적으로는 하책이라고 생각하는데…… 아니, 리자드맨에게 전략을 생각할 수 있는 지능은 없다. '맨'이라고는 해도 인간처럼 생긴 몬스터일 뿐이다.

"그렇다는 건, 조금씩만 늘어나는 이유라도 있다는 건가?"

그렇게 묻자 율리우스는 고개를 끄덕이고 라스타 북쪽에 있는 큰 강을 가리켰다.

"동방 제국 연합과 마왕령의 국경선은 다비콘 강이라는 큰 강이다. 폭은 맞은편이 어렴풋이 보일 정도의 넓고, 깊은 곳에서는 라이노사우루스마저 잠길 정도의 수심을 가진 이 강이 마왕령에서 접근하는 몬스터들을 막고 있지. 다만 자연적인 강이라서 수심은 제각각이라 장소에 따라서는 도하하기 쉬운 지점도 있다. 이곳 라스타 북쪽에도 폭은 좁지만 얕은 여울이 된 부분이 있어서, 리자드맨은 그곳을 건너서 이곳으로 오는 거겠지."

"그렇군. 얕은 여울이 좁으니까 조금씩만 도하할 수 있다는 건가…… 아니, 어라? 그렇다면 혹시 강 건너편에는 다비콘 강에 가로막힌 터무니없는 숫자의 리자드맨이나 몬스터들이 있다는 말인가?"

그렇게 묻자 율리우스는 무겁게 고개를 끄덕였다.

"아마도…… 몇만은 있겠지."

"몇만인가……."

제국에서도 마나미가 격렬한 지점 가운데 하나라고 그랬으니 그 정도는 당연할지도 모른다. 다비콘 강이 없었다면 이 나라는 순식간에 유린당했으리라.

뭐, 그렇기에 다비콘 강이 국경선이 되었을 테지만.

"그쪽은 루드윈이 데려오는 본대를 기다릴 수밖에 없겠네."

"그래. 그쪽은 프리도니아 왕국의 원군에 부탁할 수밖에 없겠지. 하지만 본대가 도착하기 전에, 이 자리에 있는 병력으로 해두고 싶은 일이 있다."

그러더니 율리우스는 지도의 한 부분에 주먹을 쾅 내리쳤다.

폭격으로 도망친 리자드맨들이 숨어 있는 숲이었다.

"카에데 양과도 협의했는데, 이곳에 있는 3천의 병력으로 숲에 숨은 잔존 리자드맨을 섬멸했으면 한다. 숫자가 줄어든 지금이 절호의 기회야."

"아니, 이봐. 전력이 적은데도 우리가 공격에 나서는 건가? 숫자가 줄어서 부담이 줄어든 상황이니까, 원군이 올 때까지 농성하면 되지 않나?"

"할, 그래서는 상대측에 수적 회복을 허락하게 되어 버리는 거예요."

할의 의문에 대답한 것은 카에데였다.

"좀 전에 율리우스 경이 말했다시피, 나날이 리자드맨은 늘어나는 거예요. 지금은 숫자가 크게 줄어들었으니 리자드맨들은 상황을 살피고 있겠지만, 머릿수를 회복하면 또 쳐들어오겠죠. 싸움에서 중요한 건 한 번의 전투에 투입할 수 있는 아군 병력을 얼마나 늘리고, 반대로 적의 병력수를 줄일 수 있는지에 걸려 있는 거예요.

예를 들어 5천의 병력으로 3천의 적과 싸울 경우와, 5천의 병력으로 천의 적과 세 번에 나누어 싸우는 경우에는 후자 쪽이 아군의 피해를 줄일 수 있는 거예요.”

　아, 그 이야기는 들은 적이 있다. 그렇기에 전력은 조금씩 투입하는 게 아니라 가능한 만큼 한 번에 집중해서 투입해야 한다…… 그런 이야기였던가.

　“다시 리자드맨이 집결한 상황에서 농성전을 벌이는 것보다, 리자드맨의 숫자가 줄어든 지금 야전으로 섬멸하는 편이 아군의 피해가 적은 거예요.”

　“그에 더해서 이 땅의 리자드맨을 섬멸할 수 있다면 라스타로 이어지는 보급선을 부활시킬 수 있다.”

　말을 이어받은 율리우스는 다비콘 강 근처를 가리켰다.

　“여기 얕은 여울 근처에 요새가 있다. 정규병만으로는 도저히 지킬 수 없었기에 이번 마나미에서는 서둘러 포기했지만, 이 땅의 리자드맨을 섬멸하고 증원군을 격파, 북진해서 이 땅에 병력을 투입할 수 있다면 이 요새에서 여울을 건너오는 리자드맨을 막을 수 있겠지. 그렇게 된다면 라스타는 몬스터의 포위에서 해방된다. 보급선도 부활할 테니 원군은…… 기대할 수 없겠지만, 지원 물자는 전달될 터.”

　이 나라가 무너지면 다음은 남쪽 나라들이 위태로워질 테니까.

　지원 물자를 보내어 조금이라도 버텨 주기를 기대할까. 게다가 지금은 돈을 벌 기회라고 본 행상인 따위도 올지도 모른다.

부상병을 치료하기 위한 의약품도 전달될지 모른다. 좋은 일들만 있을 것처럼 들리지만…… 단 하나, 걸리는 점이 있었다.

"리자드맨에 대한 대처만을 생각한다면 그래도 되겠지만, 지금 성벽 밖에는 무수한 이형의 몬스터들이 어슬렁거리잖아?"

율리우스와 성벽에서 살펴봤을 때에 본, 몸의 부위가 제각각인 키메라 같은 몬스터들. 성벽 밖으로 떨어진 수비병이나 리자드맨의 시체를 게걸스럽게 먹던 녀석들이 아직 수천이나 있다.

"성벽에서 공격하러 나선다면 그 녀석들이 습격하지 않을까?"

"……그게 고민이야."

율리우스는 이마를 손으로 누르며 불쾌한 듯 말했다.

"몬스터들 하나하나는 대단치 않아. 원거리에서 활이나 마법으로 공격하면 손쉽게 쓰러뜨릴 수 있겠지. 하지만 저렇게까지 무리를 지으면 성가시다. 우리가 리자드맨과 싸우다 다친 상황에서 습격당하기라도 한다면 도저히 버틸 수 없을 거야."

"결국에 저 몬스터들과도 싸워야만 한다는 말이로군요."

"용의 모습으로 날뛰어도 된다면 저런 녀석들 따위 간단히 흩어 버릴 수 있는데."

아이샤가 팔짱을 끼며 말하자 나덴도 그렇게 큰소리쳤다. 칼로리가 한정된 지금 상황에서는 나덴이랑 루비도 풀 파워로 싸우지는 못하니까 말이지.

율리우스는 작게 한숨을 내쉬었다.

"몬스터와 리자드맨이 연계하지는 않는 게 그나마 다행이로군. 몬스터들에게는 우리도 리자드맨도 죽으면 먹잇감이 되는 존재에 불과해."

"자칼이나 대머리독수리 같은 스캐빈저인가……. 차라리 리자드맨을 습격해서 먹어 준다면 편하겠지만 말이야."

"몬스터들은 리자드맨보다도 힘이 뒤처진다. 그래서 시체를 뒤지기만 하는 거겠지."

내 불평에 율리우스는 어이없다는 듯 말했다. 아니, 그냥 말해 봤을 뿐이니까 그렇게 진지한 톤으로 대답할 건 없는데…… 응?

'몬스터가 리자드맨을 덮치지 않는 건 리자드맨보다 약하니까…… 어라? 그렇다면 어째서 리자드맨은 몬스터들을 안 덮치지?'

이 군사 회의가 시작되기 전에, 나는 토모에로부터 포획한 리자드맨에 대해 보고를 받았다. 토모에의 말로는 포획한 리자드맨에게는 '굶주림' 밖에 안 느껴졌다고 한다. 토모에도 먹이로밖에 보지 않았다고.

그렇게까지 굶주리고 있다면, 어째서 리자드맨은 몬스터들을 먹으려고 하지 않는 걸까? 나는 떠오른 그런 의문을 모두에게 이야기했다.

"리자드맨이 몬스터를 먹지 않는 이유인가. 그건 생각해 본 적도 없었군."

"확실히 이상하네요. 리자드맨은 우리를 포식 대상으로 삼고 있어요. 하지만 함께 싸우는 것도 아닌 몬스터가 포식 대상에서 벗어났다는 건 위화감이 드네요."

내 의문을 듣고 율리우스도 카에데도 생각에 잠겼다.

"먹을 수 없는 거 아냐? 독이 있다든지."

할이 그렇게 말했지만 나는 "아니." 하고 고개를 가로저었다.

"이전에 잔느 경한테서 들었는데, 몬스터 중에는 먹을 수 있는 것도 있다고 해. 아마도 잔느 경이 먹은 건 날개가 달린 뱀……이었던가?"

"그런 예쁜 얼굴로 꽤나 와일드한 짓을 하는군……."

잔느와 면식이 있는 율리우스가 기가 막힌다는 듯 말했다. 응, 나도 같은 의견이야.

"하지만…… 그렇다면 더더욱 알 수가 없는데. 어째서 리자드맨들은 그렇게까지 굶주렸으면서도 자신보다 약한 몬스터를 습격해서 먹지 않는 거지?"

모두 고개를 갸웃거리는데, 쭈뼛쭈뼛 손 하나가 올라왔다.

"저기, 괜찮을까요?"

그러면서 손을 든 것은 아이샤였다.

아이샤는 우리 나라 최강의 전사이지만 머리를 쓰는 것은 특기가 아니다. 이 군사 회의에 참가하기는 했지만 내 호위가 메인으로, 군사 회의 중에도 딱히 발언하지도 않고 얌전히 있었다. 그런 아이샤가 이 상황에서 무언가 발언하고 싶은 것이 있다고 한다.

"아이샤? 무슨 일이야?"

물어 보자 아이샤는 횡설수설하며 말했다.

"저기…… 여러분의 이야기를 듣고서 생각했는데, 리자드맨이 몬스터를 먹지 않는 건…… 그게…… 단순히 맛이 없어서 그런 게 아닐까요? 왜, 고기는 날것으로 먹기에는 냄새가 너무 강한 경우도 있으니까."

으, 음식이 화제로 나와서 나선 건가?

음식이라기보다는 몬스터에 대한 화제였는데 말이지…….

"아니, 하지만 잔느 경은 실제로 먹었으니…… 잠깐, 어라?"

거기까지 말하다가 나는 아이샤의 어느 말이 마음에 걸렸다.

'고기는 날것으로 먹기에는 냄새가 너무 강한 경우도 있으니까.'

……날고기? 그렇다. 아무리 잔느 경이 몬스터의 고기를 먹은 적이 있다고는 해도, 그건 날것이 아니었겠지. 정체 모를 고기일수록 제대로 익혀서 먹었을 터. 고기를 익혀서 먹는 인류와, 아마도 날것으로 먹고 있을 리자드맨.

키포인트는…… '가열 조리법'의 유무.

그리고 나는 한 가지 결론에 다다랐다.

"리자드맨은 몬스터를 어떻게 먹는지 모르는 거야."

나는 모두에게 들리도록 그렇게 말했다. 율리우스가 미간을 찌푸렸다.

"몬스터를 어떻게 먹는지?"

"고기에 붙어 있는 기생충이나 병원균……이라고 해도 모르려나. 체내에 있는 작은 벌레 같은 건데, 그런 게 붙은 고기를 먹으면 건강이 상하거나 최악의 경우에는 죽음에 이르기도 해. 하지만 고기를 익히면 그런 것들이 죽어서 식중독에 걸릴 가능성이 확연히 낮아지지. 이게 가열 조리이자 가열 살균이야."

"……미안한데, 네가 무슨 소리를 하는 건지 모르겠군."

율리우스가 의아하다는 표정으로 그렇게 말했다. 다른 이들도 마찬가지로 고개를 끄덕였다.

의사인 힐데랑 브래드를 중심으로 의료 개혁을 진행하고는 있지만, 의학이나 생물학적 지식이 일반적으로 보급된 것은 아니니까 당연한가. 지금은 무리더라도 조금 더 학문이 보급되면 방송을 이용해서 지식을 심어 놓을 수도 있겠지…… 아니, 지금은 장래를 생각할 때가 아니라 여기에 있는 이들을 이해시키는 게 먼저다.

"내가 무슨 말을 하는지는 모르겠더라도, 다들 체험적으로는 알고 있을 텐데? 오래된 고기를 제대로 익혀서 먹잖아? 어째서지?"

"우꺄꺄. 날것으로 고기를 먹으면 '걸릴' 때가 있으니까."

쿠가 그렇게 끼어들었다. 나는 고개를 끄덕였다.

"그래. 설령 자세한 구조를 설명할 수는 없더라도, 우리 인류는 날고기를 먹으면 걸릴 위험이 있으니 제대로 익혀서 그런 위험성을 확 낮출 수 있다는 걸 '체험'을 통해 알고 있어. 실제로 자신이 경험한 게 아닐지라도, 경험자의 체험을 부모에게서 자신으로 계속 구전하여 '마치 경험한 것처럼' 말이야."

"'경험'이 구전되어 '지식'이나 '상식'이 된다……는 이야기인가."

율리우스가 납득했다는 듯 고개를 끄덕였다. 역시 이해가 빠르네. 예리한 겉모습과 마찬가지로, 율리우스는 상당히 깨우친 사람인 듯했다. 그런 생각을 하며 나는 계속 이야기했다.

"그런 지식이 리자드맨들에게는 없겠지. 이야기를 듣기로는, 리자드맨은 날고기를 먹는 모양이잖아. 저렇게 정체도 모르는 몬스터의 고기를 날것으로 먹는다면 식중독에 걸려도 이상하지 않겠지?"

"확실히 날것으로는 먹고 싶지 않네요."

아이샤가 싫다는 표정으로 말했다. 식욕 대마왕인 아이샤라도 그런가 보다.

"잔느 경 일행도 몬스터의 고기를 먹었을 때는 충분히 주의를 기울여서 익혔을 테지. 즉, 몬스터의 고기를 날것으로 먹고 식중독에 걸린 리자드맨이 있었으니까 리자드맨들은 몬스터의 고기를 먹지 않게 된 게 아닐까?"

"그렇군요. 그것이 잔느 경과 리자드맨의 차이라는 이야기군요."

생각에 잠긴 표정으로 이야기를 듣던 카에데가 그렇게 말했다.

"그렇다면 리자드맨들에게 가열 조리라는 것을 가르칠 수 있다면, 굶주린 리자드맨들이 몬스터들을 모조리 사냥하게 될지도 모르는 거예요."

"무슨 말이 하고 싶은 건지는 알겠는데 말이지. 가르쳐 준다니, 구체적으로 어떻게? 상대는 대화가 성립되기는커녕 의사소통조차 불가능할 것 같은 녀석들이라고?"

할이 뺨을 괴며 그렇게 말했다. 문제는 바로 그 부분이란 말이지.

"상대가 어느 정도의 지능을 가지고 있는지에 따라서 다르겠지."

토모에의 이야기로는 머릿속에 그저 상대를 먹는 것밖에 없어서 의사소통은 불가능하다고 그랬다. 애당초 토모에의 능력도 라이노사우루스 같이 지능이 낮은 동물을 상대로는,

토모에: [화물, 운반, OK?]

라이노사우루스: [맛있는 풀, 귀여운 암컷, OK.]

그렇게 단편적인 느낌으로 커뮤니케이션이 된다나.

그런 커뮤니케이션마저 거절할 법한 상대에게 무언가를 가르치려고 하는 것도 힘들겠지. 배우기 위해서는 학습 능력이 있어야만 한다. 리자드맨들이 몬스터들을 사냥하도록 만든다는 이 안건은 암초에 걸린 것으로 여겨졌다.

"아니, 지능이 없는 건 아니라고 생각하는데."

그러자 율리우스가 그런 이야기를 꺼냈다.

"실제로 싸워 보고 느낀 감각이지만 말이야. 문을 무시한다든지 제대로 된 공성전을 벌일 수는 없는 건 분명하지만, 적어도 방어가 약하다고 여겨지는 장소를 고르거나 불리해졌다고 생각하면 철수하는 행동을 취하는 정도로는 지능이 있는 모양이야."

"그렇군…… 강자와의 접촉은 피하고 약자를 우선적으로 덮치는 것 같았어."

"움직임에 약아 빠진 면이 있다, 그런 느낌이었죠."

율리우스와 함께 싸웠던 지르코마와 로렌도 동의했다.

"그건 지능이 어느 정도지? 산적 정도는 될까?"

"인류에 비할 정도는 아니지만, 그래도 평범한 짐승보다는 이해득실을 생각할 수 있을 것 같네. 가장 가까운 존재라면 성성이나, 그보다 위일지도 몰라."

"성성이…… 그 원숭이인가."

원숭이보다 지능이 위인가. 그렇다면 간단한 일은 학습하게 만들 수 있을지도 모른다.

하지만 대화는 불가능하다는 토모에의 보고가 있는 이상, 이쪽이 직접 무언가를 가르칠 수는 없겠지.

'……잠깐. 직접 가르치지 않는다면 어떻게 되지?'

제대로 가르치지는 않더라도 원숭이처럼 인간을 흉내 내도록 만든다면 가르친 것과 마찬가지의 행동을 취하도록 만들 수 있지 않을까. 그러고 보니 전에 있던 세계에서 이런 사례를 어디선가 들은 적이 있는 것 같은데. 그게 아마…….

"고구마 씻어 먹는 원숭이……."

"뭐야, 그건."

"내가 있던 세계에 존재한 원숭이의 이야기야. 원숭이 한 마리가 바닷물에 고구마를 씻는 걸 익혔더니, 무리의 어린 원숭이들도 마찬가지 행동을 취하게 되었다고 해."

아마도 그것을 바탕으로 동물의 세계에도 문화가 있는 것이 아닐까, 그런 이야기가 되었다. 뭐, 거기서부터 비약해서는 '섬의 원숭이 백 마리가 고구마를 씻는 행동을 기억했을 무렵, 멀리 떨어진 산의 원숭이 가운데도 같은 행동을 하는 원숭이가 나타났다.(텔레파시 실존의 가능성)' 라는 오컬트적인 이야기도 나왔지만, 이건 미심쩍은 이야기겠지. 주목해야 할 부분은 오컬트가 아니라 원숭이의 학습 능력이다.

혹시 리자드맨에게 무언가를 학습하는 능력이 있다면…….

"리자드맨 한 마리가 구운 몬스터의 맛을 기억하도록 만들고 그걸 어떻게 제조하는지 과정을 보여 준 다음에 무리로 돌려보내서, 그 녀석이 몬스터를 구워 먹기 시작하면………."

"그걸 본 무리의 리자드맨들도 그 행동을 흉내 내기 시작할지도 모른다는 건가. 아마도 딱 적당한 녀석을 붙잡아 뒀지?"

"그래. 한 마리 생포해서 탑에 가둬 놨지."

그렇게 대답하자 율리우스는 내 눈을 보며 물었다.

"……가능할 거라 생각하나?"

"글쎄. 시험해 볼 가치는 있겠지. 최악의 경우라도 적인 리자드맨이 한 마리 늘어나는 것뿐이야. 하고자 하면 지금부터 반나절도 안 걸려."

"흠…… 혹시 안 되더라도 현재의 전력으로 리자드맨과 몬스터를 상대하는 것뿐인가. 억지로 공격해서는 피해가 커질 테니 가급적 피하고 싶지만…… 그렇게 되지 않도록 만들기 위해서라도 반드시 이 안건을 성공시켰으면 좋겠군."

"알고 있어. 순서를 정하지. 우선은 먹이로 쓸 몬스터를 조달해야 하는데……."

그 후로는 나와 율리우스와 카에데가 함께 작전을 짰다.

그것도 아니다, 이것도 아니다, 그러는 편이 낫다, 이러는 편이 낫다. 그런 대화를 나누며 서서히 즉흥적인 작전에 실현성이라는 이름의 살이 붙었다. 이 감각은 하쿠야와 함께 아미도니아 공국을 상대할 작전을 짜던 때 이후로 처음 느끼는 것일지도 모르겠다.

뭐, 지금 같이 작전을 짜는 건 그때의 적이었던 인물이지만.

'그렇기에, 의지가 된다.'

나는 율리우스의 진지한 옆얼굴을 보며 그런 생각을 했다.

"뭔가, 신기한 기분이네."

작전을 짜는 소마와 율리우스의 모습을 보며 로로아가 그렇게 중얼거렸다.

"뭐가 말인가요?"

그러자 옆에 오도카니 앉아서 군사 회의를 조용히 지켜보던 티아가 고개를 갸웃거렸다. 혼잣말이 들렸다는 사실이 부끄러웠는지 로로아는 뺨을 긁적이며 쓴웃음을 지었다.

"음─. 달링이랑 오빠가 얼굴을 마주하고 작전을 짜는 이 광경이 말이다, 도저히 현실이라고는 여겨지지 않아가 당황했다. 원수라고 해도 되는 사이고, 그야말로 목숨을 걸고서 싸운 관계였는데, 지금은 같은 목적을 위해서 협력하고 있다 아이가?"

"…………."

"어쩐지 꿈같은 광경이구나 싶어가…… 아, 아얏?!"

정신이 드니 티아가 로로아의 뺨을 가볍게 꼬집고 있었다.

"뭐, 뭐 하는데?!"

뺨을 문지르며 항의하는 로로아를 보고 티아는 온화하게 미소를 지었다.

"꿈이 아니에요."

그러더니 티아는 로로아의 손을 붙잡고 자신의 손으로 감쌌다.

"이 광경은 틀림없는 현실이에요. 로로아 공주."

"현실……."

티아의 그 말에 로로아도 눈앞의 광경이 현실임을 실감할 수 있었다.

자신이 사랑하는 사람과 자신과 피를 나눈 오빠가 같은 목적을 위하여 행동한다. 더는 오빠를 적대시하지 않아도 되는 것이다. 오빠 앞에서도 소마를 연모해도 되는 것이다.

"……그라네, 이건 틀림없이 현실이네."

그 사실을 실감한 로로아는 티아의 미소에 이끌리듯 미소를 지었다.

"고마워, 큰언니."

"아, 큰언니라니 너무 빨라요. 게다가 제 쪽이 연하고."

부끄러운지 쭈뼛쭈뼛하는 티아.

"아아 정말이지, 큰언니도 참 귀엽네~."

"히익?!"

그 동작이 귀여워서 로로아는 티아를 끌어안았다.

'‘저 두 사람은 아까부터 뭘 하는 거야?’'

　두 사람의 모습을 곁눈질로 바라보며 소마와 율리우스는 나란히 고개를 갸웃거렸다.

♚ 제7장 ✦ 맛있게 구웠습니다

날짜가 슬슬 바뀔 무렵의 심야.

달이 구름이 가려져 무척 어둡게 느껴졌다.

그런 어둠 속, 성벽의 화톳불 근처에 나, 아이샤, 로로아, 나덴, 할버트, 카에데, 루비, 율리우스까지 여덟 명이 있었다. 붉게 일렁이는 불꽃을 받으며 나는 준비해 둔 서간을 아이샤에게 건넸다.

"이걸 파르남 성의 하쿠야에게 전해 줘."

"알겠습니다."

아이샤는 서간을 받아들고는 데리고 있던 전서 쿠이에게 그 서간을 묶어서 날렸다. 풀려난 전서 쿠이는 어두운 밤하늘을 그저 남쪽으로 날아갔다.

"편지인가?"

율리우스가 그렇게 물었기에 나는 고개를 끄덕였다.

"왕도에 남아 있는 재상에게 이쪽 상황이랑 지형 같은 걸 알리는 편지야. 다비콘 강 건너편에 리자드맨이 몇만이나 있다면 원군이 도착하더라도 대책을 세워 두고 싶으니까, 하쿠야라면 이쪽의 상황에 맞는 작전을 세워서 원군 총대장인 루드윈에게 지시를 내려 주겠지."

그렇게 설명하자 율리우스는 "과연……." 하며 고개를 끄덕였다.

"작전 입안을 그 검은 옷 재상에게 모조리 맡기는 건가."

"비꼬는 건가? 결국에는 남한테 맡기느냐고."

"억측이 심하군. 이래 보여도 감탄하는 거야."

율리우스는 쓴웃음을 지으며 작게 한숨을 내쉬었다.

"과거 공국에서는 공왕의 의견이 절대적이었으니까 말이야. 공왕은 망설임을 드러내지 않으며 모두를 이끄는 존재이고, 가신들은 그에 따를 뿐이었지. 그 선택이 올바른지 그른지 관계없이 말이야. 거기서…… 너희와 차이가 생기고 말았을 테지. 아버님이 패배한 이유도, 지금이라면 알 것 같아."

"오빠……."

로로아가 걱정스러운 얼굴을 하자 율리우스는 훗, 하고 웃었다.

"로로아도 약혼자도, 내게는 성가신 상대였어. 하지만 지금은 그 성가신 상대가 동료로 있어. 이만큼 든든한 일은 달리 없지. 안 그런가?"

"……내는, 옛날의 오빠가 그렇게 성가신 상대라고는 생각 안 했다."

"시원하게 말해 주는구나……."

"하지만, 지금의 오빠랑은 이제 안 싸울란다. 전보다 훨씬 버거울 것 같으이까."

그러더니 로로아는 히죽 웃었다. 이 남매도 해빙 모드구나.

과거에 다투기도 했으니까 완전히 녹을지는 모르겠지만, 그럼에도 무턱대고 서로를 증오하는 일은 더 이상 없겠지. 두 사람을 보고 있자니 로로아에게서 가족을 빼앗고 말았다는 사실에 대한 부채감도 조금이나마 가벼워진 기분이었다.

'바로 그렇기에…… 어떻게든 이 나라를 지켜야 해.'

나는 나덴의 어깨에 손을 툭 얹었다.

"그럼 갈까? 나덴."

"……알았어."

나덴은 고개를 끄덕이더니 단숨에 거대한 용의 모습으로 변했다.

내가 나덴의 등에 타자 아이샤가 걱정스러운 표정으로 달려왔다.

"역시 두 분만 가시는 건 걱정돼요! 저도 같이 가는 편이……."

"아까도 설명했듯이, 지금부터 하려는 일은 기동력과 탐색 능력이 중요해. 그러려면 나랑 나덴만 가는 편이 효율적이야. 호위가 붙으면 너무 눈에 띌 테고. 얼른 가서, 얼른 일을 마치고, 얼른 돌아올 테니까 안심해."

"그렇게 말씀하셔도…… 역시 불안해요."

아직도 걱정하는 아이샤를 보고 나는 히죽 웃었다.

"이 사태를 극복하기 위해서는 모두가 할 수 있는 일을 해야만 해. 부하가 무리하고 있으니까 나도 내가 할 수 있는 일이 있다면 해야지. 괜찮아, 만에 하나라도 일이 생기면 할 쪽에서 도와

줄 테니까."

내가 그렇게 말하자 할이 웃으며 가슴을 탁 두드렸다.

"그래. 위험해지면 구하러 가 줄게. 그렇지, 루비?"

"응. 나덴도, 네 서방님을 확실하게 지켜야 한다?"

[말할 필요도 없어.]

용의 모습인 나덴이 고개를 끄덕였다. 나는 그런 나덴의 등을 쓰다듬으며 말했다.

"그럼 가자, 나덴!"

[맡기시라!]

나와 나덴은 성벽에서 날아올라 밤하늘로 떠올랐다.

나덴은 날개 달린 몬스터가 다다를 수 없는 고도까지 상승하여 그곳에서 체공했다. 날개가 없는 나덴이 하늘을 헤엄치는 것은 무척 조용하고, 검은 색깔도 더해져서 밤의 어둠에 잘 녹아들었다.

나덴의 마력으로 보호를 받고 있으니 추위 같은 것은 느끼지 않지만 귓가를 지나가는 바람소리가 시끄러워서 굉장히 높은 장소에 있음을 실감케 했다.

그리고 나덴이 긴 목을 이쪽으로 향했다.

[소마.]

"알고 있어. 지금 찾는 중이야."

바람소리에 의식을 빼앗기지 않도록 두 귀를 손으로 막고 집중했다.

지금 나는 능력인 【리빙 폴터가이스트】로 나무 조각 쥐 여섯 마리를 조종하여 지상을 탐색하고 있었다. 지상에는 키메라 같은 몬스터들이 와이번 기병대가 진행한 폭격으로 불탄 리자드맨의 사체를 뒤지고 있었다. 그야말로 아귀도처럼 보이는 광경 가운데, 몬스터의 울음소리와 사체를 씹는 소리가 들렸다. 보고 있으면 기분이 나빠질 법한 광경이 머릿속으로 흘러들어 저도 모르게 구역질이 나오려 했지만 어떻게든 참고 탐색을 계속했다.

몬스터의 습격을 받지 않을 만큼 안전한 고도에서 지상의 상황을 자세히 파악했다.

이것은 지금 이곳에 있는 이들 가운데서는 나와 나덴 콤비만이 할 수 있는 일이었다.

평소부터 스스로 할 수 없는 일을 할 수 있는 인재에게 맡기고 있다. 나만이 할 수 있는 일이라면 솔선해야 가신들에게 모범이 된다.

'기분이 나쁘다느니 그런 소리를 할 때가 아니야. 빨리 찾아야지.'

악전고투하는 나를 나덴이 걱정스러운 표정으로 바라봤다.

[괜찮아? 너무 무리하진 않는 게…….]

"괜찮아. ……………찾았어."

목적한 것을 발견한 나는 얼른 나덴에게 지시를 내렸다.

"3시 방향으로 200미터 정도 가 줘."

[알았어.]

나덴은 내 지시대로 하늘을 헤엄쳐서 어느 지점에 다다랐다.

그리고 꼼꼼하게 장소를 확인하고서, 나는 나덴에게 출발 사인을 날렸다.

"그럼 미리 이야기한 그대로 부탁할게."

[맡겨 둬! 단단히 붙잡아!]

그러더니 나덴은 지상을 향해 거꾸로 강하했다.

"으그극……."

마치 제트코스터의 가장 높은 곳에서 떨어질 때 같은 감각이 덮쳤다. 나덴의 마력으로 풍압 같은 것은 상당히 경감될 텐데, 그럼에도 몸이 뒤로 끌려갈 뻔했다. 나덴의 등에 타고 하늘을 헤엄치는 것에는 상당히 익숙해졌을 텐데도 이 급강하는 정말로 무서웠다.

순식간에 지상이 가까워진다.

구름 사이로 엿보이는 달빛을 받아, 지상을 꿈틀대는 몬스터들의 눈이 번쩍이는 모습이 또렷하게 보였다. 그 눈이 이쪽을 향하지 않은 사이에 나덴에게 지시를 내렸다.

"지금이야, 쳐! 나덴!"

[으냐아아아아아아!!]

용 형태인 나덴의 하얀 갈기가 곤두서고 채찍 같은 두 줄기 수염이 보라색 전기를 띠었다. 그리고

그오오오오오오오오오오!!

나덴의 포효와 함께 거대한 전기가 지상을 향해 쏟아졌다.

갑작스러운 환한 빛에 눈이 부셨다. 이어서 날아든 충격음이 콰광, 하고 뱃속을 울렸다. 나덴의 가차 없는 일격에, 벼락의 착

탄 지점에 있던 몬스터들은 검게 탔고 그곳에서 더욱 광범위하게 있던 몬스터들이 마비되어 경련했다.

착탄 지점 근처로 나덴은 내려섰다.

[자, 소마. 서둘러.]

"알고 있어."

나는 준비한 석궁을 들어 목표를 향해 발사했다. 석궁에서 발사된 화살은 똑바로 날아가서, 목표로 한 소형 몬스터의 등에 박혔다.

그것을 보고 나덴이 감탄한 듯 말했다.

[멋지다. 단번에 명중하다니 꽤 하잖아.]

"무술을 지도하는 오엔한테서 잔뜩 훈련받으면서, 석궁에 가장 소질이 있다며 칭찬받았거든. ……뭐, 다른 건 흔해 빠진 병졸 수준이라면서 혼이 나고 있지만."

[……쏘는 것뿐이라면 어린애라도 할 수 있는 거구나.]

한심하지만 그 말이 맞았다. 검술은 초보보다 살짝 나은 정도이고, 같은 사격 무기라도 활 같은 건 전혀 안 맞으니까 말이지.

그밖에 칭찬한 거라면…… 수영인가. 수영만큼은 오엔보다도 능숙했지만, 예순을 넘은 상대에게 이겨 봐야 으스댈 일도 아니겠지. 오엔은 엄청 분하게 여겼지만.

미묘한 분위기 속에서, 나는 허리에 달아 두었던 실을 붙잡았다.

이 실은 고무의 대체 기술로도 사용되는 누에의 실이다. 튼튼하고 신축성도 있으며 쉽게 끊어지지 않는 물건이라, 허리에 묶은 실의 반대쪽은 지금 막 발사한 화살의 살깃 근처에 묶어 두었다. 내가 그 실을 잡아당기자 화살이 박힌 소형 몬스터는 질질 땅바닥을 따라 끌려 왔다. 몬스터가 움직이는 기척도 화살이 빠지는 기척도 없다…….

확인을 마친 나는 나덴의 등에 손을 얹으며 말했다.

"좋아. 돌아가자, 나덴. 오래 머무를 필요는 없어."

[맡겨 둬!]

몬스터가 모여들기 전에, 나덴은 얼른 상공으로 날아올랐다.

우리는 몬스터의 사체를 늘어뜨린 채 그대로 동료들 곁으로 귀환했다. 인간 모습으로 돌아온 나덴과 함께 성벽에 내려서자 로로아와 아이샤가 달려왔다.

"어서 와라, 달링. 일은 어떻게 됐어?"

"무사하셔서 다행입니다. 어디 다치신 곳은 없으신가요?"

"괜찮아. 다친 곳도 없고 일도 잘 풀렸어."

두 사람의 머리를 톡톡 두드렸다. 그러자 그것을 보던 나덴도 부러웠는지 살며시 머리를 내밀어서 같이 마구 쓰다듬었다.

"나덴도 수고했어. 번개가 엄청나더라."

"흐흥, 당연하지."

나덴은 기고만장한 느낌으로 가슴을 폈다.

그렇게 온화한 분위기를 즐기는데, 율리우스와 다른 이들도 고개를 가볍게 내저으며 다가왔다. 율리우스는 로로아의 어깨를 툭 두드려 물러나도록 하고는 내 앞에 서서 물었다.

"분위기 좋을 때 방해해서 미안한데, 사냥감을 확인하고 싶군."

"……알았어."

나는 허리에 동여 맨 실로 늘어뜨리고 가져온 몬스터를 화톳불 밑에 풀어 놓았다.

크기는 개보다 조금 큰 정도이고 비늘로 덮인 몸통은 두꺼워서, 전에 있던 세계에서 본 상상도의 *츠치노코 같았다. 등에는 비둘기 같은 날개가 달려 있고 머리는 평평하지만 틀림없이 뱀이었다. 뭉뚱그려서 형용한다면 날개 달린 츠치노코였다.

나는 모두의 얼굴을 둘러보며 말했다.

"아마도 이게 잔느 경이 먹었다는 몬스터겠지."

————날이 밝기 전. 저택 근처에 있는 탑 안.

낮에도 어스름하고 밤에는 거의 캄캄한 어둠이라고 할 수 있을 장소에서는 지금, 돌바닥 위에 모닥불이 이글이글 불타며 리자드맨이 갇힌 감옥을 노을빛으로 물들이고 있었다.

그 모닥불을 둘러싼 것은 나, 아이샤, 로로아, 율리우스, 토모에까지 다섯 명이었다. 너무 많으면 리자드맨을 흥분시켜 버릴지도 모르니까.

"그럼…… 시작한다."

나는 모두에게 그렇게 말하고는 날개가 둘 달린 둥글넓적한 뱀 몬스터(다음부터는 기니까 [날개 츠치노코]로 가칭)를 깨냈다.

---

* 일본의 전승으로 전해지는 미확인 생물. 뱀과 유사하지만 몸통이 짧고 두꺼운 모습으로 묘사된다.

이미 죽은 날개 츠치노코의 입부터 꼬리 앞부분에 있는 구멍(배설구?)까지 쇠꼬챙이를 꿰고, 그 쇠꼬챙이 한쪽 끝에는 핸들을 달았다. 이것은 고기를 돌리며 불로 굽기 위한 도구였다.

그렇게 꼬치로 꿴 날개 츠치노코를 모닥불 양옆에 설치된 Y자 걸쇠에 걸었다. 그리고 핸들을 돌리자 날개 츠치노코가 불에 익으며 돌아가기 시작한다.

날개 츠치노코에게는 전혀 손을 대지 않았다.

날개도 뜯지 않고, 비늘도 떼지 않고, 아무런 간도 하지 않고 그저 불에 올려 구울 뿐이었다.

이번 취지는 우리가 먹으려는 것이 아니고 어디까지나 리자드맨에게 몬스터를 불에 구워서 먹는 방법을 가르치는 게 목적이니 이걸로 충분하겠지.

불에 계속 익히자 날개가 타서 떨어지고 통통한 몸통 부분에서는 기름이 떨어졌다. 떨어진 기름으로 불의 기세가 강해졌기에 준비해 둔 물을 뿌려 조정했다.

점차 고기가 구워지는 향긋한 냄새가 감돌았다.

"실력이 좋군……."

내가 몬스터를 굽는 모습을 보고 율리우스가 감탄한 듯 말했다.

"국왕보다도 요리사가 더 어울리는 게 아닌가?"

"하하하…… 부정은 못 하겠네."

"아니 아니, 달링. 그건 부정해야 하는 거 아이가?"

로로아가 어이없다는 듯 말했다.

어떤 직업이든 국왕보다는 적성이 있다고 생각하는데 말이

지…… 뭐, 지금은 몬스터를 굽는 데 집중해야지. 나는 토모에를 근처로 불러서는 작게 물었다.

("어때? 리자드맨은 제대로 이쪽을 보고 있어?")

("아, 예, 오라버니. 리자드맨 씨의 시선은 완전히 이쪽에 못 박힌 것 같아요.")

토모에도 작은 목소리로 그렇게 대답했다. 토모에가 몬스터나 마족과 의사소통이 가능하다는 사실은 극비 사항이라서 율리우스에게는 알리고 싶지 않았던 것이다.

그리고 토모에는 조금 무서워하며 리자드맨을 봤다.

("조금 전까지는 우리도 먹이로만 보는 모양이었어요. 하지만 고기를 굽는 냄새가 감돌 때부터 구워지는 몬스터만 보고 있어요. 전해지는 건 '그 고기를 먹고 싶다.' 는 감정뿐이에요.")

쾅!

"히익!"

리자드맨이 철창에 몸을 부딪치는 소리가 울리고 토모에는 허둥지둥 도망치더니 아이샤 등 뒤에 숨었다. 조금 전 토모에의 의견을 긍정하듯 리자드맨은 감옥 철창을 붙잡고서 틈새로 입을 삐죽 내밀고 있었다.

'괜찮은 느낌으로 달려드는 것 같네…….'

그동안에도 점점 고기가 익어 갔다. 모닥불로 떨어지는 기름이 치익치익 소리를 내고, 이런 겉모습(둥글둥글 살찐 뱀)인데도 맛있게 보였다.

"아이 언니, 침! 침 흘러!"

"이런…… 실례했습니다."

로로아의 지적에 아이샤가 손등으로 입가를 훔쳤다. 배고픈 다크 엘프한테는 음식 테러 같은 광경이었나 보다. 식량이 풍부했다면 야식이라도 만들어 주겠는데 말이지…….

"자 그럼…… 이만하면 됐나."

몬스터 고기가 구워진 정도를 밑에서 들여다보고 확인했다. 아무래도 날개 츠치노코를 굽는 것은 처음이라 어느 정도 구워야 맛있는지는 모르겠지만, 일단 충분히 익혔다고 생각한다. 나는 날개 츠치노코를 모닥불에서 꺼내어 높이 들었다.

"맛있게 구웠습니다―."

"……이 이상한 자세는 뭐지?"

"아니, 이런 장면의 양식미이려나 해서……."

"???"

율리우스가 영문을 모르겠다는 얼굴을 했다. 당연한 반응이다.

나는 마음을 다잡고 아직 타닥타닥 소리를 내는 날개 츠치노코를 큰 쟁반 위에 놓고 핸들이 달린 쇠꼬챙이를 뽑았다. 날개 츠치노코 통구이 완성.

"그럼 '시식!'을 시켜볼까."

나는 목재를 운동장 정비에 쓰는 T자 모양 빗자루처럼 조합해, 돌바닥 위에 내려놓은 통구이가 담긴 큰 쟁반을 감옥 쪽으로 밀었다.

고기가 다가오는 것을 알고 리자드맨은 철창 사이로 팔을 내밀어 붕붕 휘저었다. 이윽고 큰 쟁반을 바로 앞까지 밀어 놓자

리자드맨은 날개 츠치노코 통구이를 붙잡고 와작와작 게걸스
럽게 먹기 시작했다.

……그래, 으적으적이 아니라 와작와작이다.

안의 뼈는 신경도 쓰지 않고, 물고, 뜯고, 씹었다.

"너무 야성적이라 기분이 나쁜데……."

보고 있으면 기분 좋은 모습은 아니었다.

고기를 굽는 냄새로 북돋운 식욕이 단숨에 떨어지는 것을 느
꼈다. 돌아보니 다른 사람들도 비슷하게 떨떠름한 표정이었다.
아이샤만은 부러워하는 것 같은 표정이었지만. 나는 다시 한번
토모에를 곁으로 불러서 물었다.

("토모에. 리자드맨의 상태는?")

("기뻐하고 있어요. 굶주림이 조금이나마 채워져서…….")

("그런가…… 이걸로, 이 리자드맨은 몬스터의 고기 맛을 기
억했네.")

이쪽 세계에서도, 한번 사람의 맛을 기억한 짐승은 또다시 사
람을 덮친다고 한다. 이 리자드맨은 몬스터의 고기 맛을 기억했
으니까, 또다시 몬스터를 먹으려고 들 것이다.

나는 율리우스에게 말했다.

"이걸로 계획의 첫 번째 단계는 종료야. 바로 두 번째 단계로
넘어가지."

"……지금부터가 진짜라는 거로군?"

율리우스의 물음에 나는 고개를 끄덕였다.

♚ 제8장 ✦ 라스타 해방전

―――――날이 밝았다.

동쪽 대지에서 태양이 떠오르고 주위가 단숨에 밝아졌다.

대륙 북반부에 위치해서 왕국보다도 온화한 이 땅에서도 이 계절, 이 시기는 서늘하게 느껴졌다. 그런 아침 공기 가운데 할버트, 카에데, 루비, 지르코마, 로렌, 쿠, 레폴리나까지 일곱 명이 서쪽 성문 근처에 서 있었다. 그리고 일곱 명 뒤에는 라스타니아 왕국의 병사들이 죽 서서 싸움의 시간을 기다리고 있었다.

"그럼 시작할까? 루비."

"응. 가자, 할."

루비가 레드 드래곤의 모습으로 바뀌고 그녀의 등으로 할버트가 뛰어올랐다.

"할버트 님. 루비 님. 부디 잘 부탁드립니다."

병사장 로렌이 그런 두 사람에게 머리를 숙였다.

"알고 있어. 그쪽도 조심해."

[성벽 밖에서 작업하는 거니까, 위험한 건 마찬가지야.]

할버트와 루비가 그렇게 말하자 지르코마가 탄탄한 가슴을 턱 두드렸다.

"이쪽은 맡겨 둬. 작업 부대는 우리가 목숨을 걸고 지키겠어."

"우꺄꺄! 이쪽에는 우리도 가세하니까 걱정 없어. 할이야말로 까불다가 실수하지 말라고!"

"도련님께서 하실 말씀인가요……."

여전히 근거도 없이 자신만만한 태도의 쿠를 보고 레폴리나가 머리를 부여잡았다.

그리고 카에데가 할버트와 루비에게 다가가서, 루비의 앞발에 손을 댔다.

"루비 씨. 할을, 잘 부탁하는 거예요."

[나덴의 말을 빌린다면 '맡기시라.' 야.]

"할도, 괜히 까불다가 너무 설치면 안 되는 거라고요? 루비 씨도 있으니까 절대로 무리하지 말라는 거예요."

"알고 있다니까."

그리고 카에데는 두 사람에게서 한 걸음 물러나, 병사들을 돌아보고 말했다.

"폐하와 율리우스 경은 다음 움직임에 대한 준비에 착수하셨으니, 이곳의 지휘는 제게 일임하신 거예요. 여러분, 열심히 해 봐요."

"""오오!"""

카에데의 호령에 모두가 응하는 것과 동시에, 할버트와 루비가 하늘로 날아올랐다.

지상을 떠날 때, 루비는 준비해 두었던 사각형 물체를 뒷발로 움켜쥐어 가져갔다. 여섯 면 가운데 다섯 면은 철이 붙어 있는 그 물체는, 앞서 몬스터의 고기를 먹인 리자드맨을 넣은 우리였다.

그런 우리를 들고 날며 루비는 할버트에게 물었다.

[우선은 이 리자드맨을 서쪽 숲 근처에 풀어놓는 거네.]

"그래. 지상으로 내려가야만 하니까 주의해."

[나도 알아.]

혼자서 날고 있으니 하늘을 날 수 있는 키메라 몬스터들이 모여들었다. 한 사람과 한 마리만 나타난 그들을 절호의 먹잇감으로 생각한 것이리라.

몬스터들은 두 사람의 역량을 전혀 알지 못했다.

"할버트 마그나, 당당히 지나가겠다!"

할버트는 애용하는 두 자루 창을 휘둘러, 상공에서 덮쳐드는 몬스터들을 갈라놓았다. 그리고 창 하나에 불꽃을 둘러 던졌다. 창이 몬스터 하나에 박힌 순간,

퍼엉!!

불꽃이 터지고 주위에 있던 몬스터들까지 휘말려 불타올랐다.

"자, 한 발 더 간다!"

할버트는 다른 창 하나와 연결된 사슬을 끌어당겨 그 불꽃 안에서 창을 회수하더니, 이번에는 반대쪽 창에 불꽃을 두르고 던졌다. 그것을 되풀이하여 주위에 화염의 꽃을 피웠다. 창을 휘두르며 할버트는 미소를 띠었다.

"역시 일회용이 아니라 계속 쓸 수 있어서 편리하네. 제작한 타르한테 감사해야겠어."

[카에데도 까불지 말라고 그랬잖아? …… 지상으로 내려갈게.]

"응."

할버트가 루비의 등에서 몸을 낮추자, 루비는 가져온 우리의 문을 열고 얼른 다시 날아올랐다.

할버트는 시야 아래로 우리에서 기어 나온 리자드맨의 모습을 포착했다. 리자드맨은 곧바로 달려가서, 동료들이 잠복한 서쪽 숲으로 들어갔다.

"좋아, 리자드맨 해방에 성공. 다음은 숲 상공으로 가자."

[응.]

루비는 크게 날개를 펼치고 느긋하게 날아서, 하늘을 나는 몬스터들을 이끌고 숲의 상공으로 향했다. 최대한 많은 몬스터를 끌고 가야만 했기에 속도를 높일 수가 없어서, 비행 속도가 빠른 몬스터에게는 따라잡히고 말았다.

부웅─……!

거대한 외눈박이 벌 같은 몬스터가 날갯소리를 내며 덮쳐들었다.

[어떻게든 처리해! 벌레가 꼬이는 건 사양이야!]

"맡겨 줘!"

할버트가 벌 몬스터를 두 자루 창으로 사삭, 십자로 갈랐다. 벌 몬스터는 체액을 흩뿌리며 추락했고, 반투명한 날개만이 좀처럼 떨어지지 않고 하늘을 맴돌았다.

"버텨, 루비! 지금부터가 진짜야!"

[나도 안다고!]

그오오오오오오오오오!!

할버트의 외침에 루비가 울부짖었다. 불꽃을 뿜거나 가시를 날리는 등, 원거리 공격을 가하는 몬스터도 있었다. 몇몇 공격은 루비의 몸을 스치기도 했지만, 그럼에도 루비는 그저 일정한 페이스로 계속 날았다.

그리고 마침내 그들은 리자드맨들이 숨어 있는 서쪽 숲 상공까지 몬스터들을 끌어들이는 데 성공했다. 루비는 포효했다.

[단번에 결판내겠어! 단단히 붙잡아!]

"알았어!"

할버트가 루비의 등에 매달리자, 루비는 급가속하며 동시에 몸을 세워 상공으로 올라가서는 그곳에서 공중제비를 돌듯 급강하하여 몬스터의 배후를 찔렀다.

순식간에 쫓는 자와 쫓기는 자가 뒤바뀌었다.

[당한 건 100배로 갚아 주겠어!]

화아아아아아아아아아아악!!

루비는 입을 크게 벌리고 하늘을 나는 몬스터들을 향해 특대형 화염을 발사했다. [드래곤 브레스]. 한 나라마저도 불태운다는, 드래곤의 대명사라고도 할 수 있는 공격이었다.

루비의 [드래곤 브레스]를 맞고 통구이가 된 몬스터들이 뿔뿔이 숲속으로 떨어졌다. 그 광경을 보고 할버트는 긁적긁적 뺨을 긁었다.

"……힘이 너무 넘친 거 아냐? 몬스터, 새카맣다고?"

[고, 고기는 웰던이 더 맛있는 거야.]

"나는 레어가 더 좋지만 말이지."

아무래도 상관없는 이야기를 나누는 두 사람.

말이 많은 것은 역할을 무사히 완수하고 긴장감에서 해방되었기 때문이리라.

할버트는 구워진 몬스터들이 떨어진 숲을 봤다. 여기서도 리자드맨들이 술렁이는 것을 알 수 있었다. 풀려난 리자드맨이 이렇게 구워진 몬스터를 먹으면, 다른 굶주린 리자드맨도 마찬가지로 구워진 몬스터들을 먹을 것이다.

그리고 그들이 몬스터의 맛을 기억하게 되면…… 계획은 세 번째 단계로 넘어간다.

"돌아가자, 루비. 다른 사람들이 걱정이야."

[그러네.]

두 사람은 이제까지 날아온 공역으로 몸을 돌렸다.

그들이 몬스터들을 유인할 무렵, 지상에서도 움직임이 있었다.

도시 성벽의 문이 열리고 무장한 병사들이 속속 나왔다. 그 숫자, 약 600명.

병사들은 성벽 밖으로 나오더니, 타 죽은 리자드맨의 고기를 먹고 있는 지상의 몬스터들에게 공격을 개시했다. 먹는 것에 정신이 팔린 몬스터들의 허를 찔러 재빨리 검으로 베고, 활로 쏘고, 마법을 맞추어 죽였다.

이들 600명의 병사들은 전투에 익숙했다. 그도 그럴 터.

이 병사들은 라스타니아 왕국의 정규병, 난민 의용군, 그리고 프리도니아 왕국의 정예 드라트루퍼의 혼성 부대였다. 전투에 특화된 이 무리에게, 하늘을 날지도 않고 리자드맨보다 힘이 강하지도 않은 몬스터 토벌은 사냥이나 다름없었다.

병사장 로렌은 소리를 질렀다.

"할버트 님이 하늘을 나는 몬스터들을 이끌고 간 사이에 우리는 길을 낸다! 도망치는 몬스터를 쫓을 필요는 없어! 그저 후속 부대의 안전을 확보하는 것이 최우선이다!"

그런 집단 가운데, 병사장 로렌이 손에 든 큰 방패로 소형 몬스터를 쳐 내며 외쳤다. 중무장한 로렌은 빠른 움직임에는 맞지 않지만 단단히 자리를 잡고 한 지점을 방어하는 데에는 걸맞았다. 검으로 베어 쓰러뜨리고, 지금 자신이 있는 장소를 견고히 지켰다. 힘이 약한 몬스터들은 쉽게 쓰러뜨릴 수 없는 상대임을 깨닫자 즉시 그 자리에서 벗어났다.

"훌륭하군요. 로렌 님."

쿠크리를 손에 들고 달려온 지르코마가 무심코 감탄을 흘렸다.

"포위당한 것 같아서 달려왔는데, 불필요한 걱정이었나 봅니다."

"이래 봬도 저는 직업 군인이니까요. 이 정도는 별것 아닙니다."

로렌은 지르코마에게 득의양양한 미소를 띠었다…… 싶더니, 그 미소는 금세 쓴웃음으로 바뀌었다.

"병사장이라면 몰라도, 몬스터와 문제없이 싸울 수 있다는 건 여성 입장에서는 조금 부끄럽기도 하지만요. 공주님처럼 단아하신 여성도 동경하는 대상이기는 하지만, 저로서는 아무래도……."

아하하…… 그렇게 힘없이 웃는 로렌. 그런 그녀의 태도에 지르코마는 고개를 갸웃거렸다.

"강하고 억센 여성이 뭐가 나쁘다는 겁니까. 저희 부족에서는 여자는 강하고 억센 편이 미덕으로 여겨집니다. 그런 여자가 더 강한 자식을 낳을 수 있으니까요."

"자, 자식?!"

자식이라는 말에 로렌을 뺨이 뜨거워지는 것을 느꼈다.

"저기…… 지르코마 님은 강한 여성을 좋아하십니까?"

"? 그렇습니다. 여동생도 말괄량이였는데, 바람직하다고 생각합니다."

"그, 그렇습니까!"

로렌은 아주 잠깐 미소를 반짝이더니, 그 후에는 마음을 다잡듯 방패를 든 손에 힘을 실었다. 그리고 오른손에 든 검으로 전방을 가리켰다.

"그럼 지르코마 님. 최대한 광범위하게 안전을 확보하고 싶으니, 그대는 주위 몬스터의 배제를 부탁드립니다. 이 지점의 수비는 제게 맡겨 주십시오."

"아니, 하지만……."

"괜찮습니다! 저는 '강한 여자' 입니다!"

힘껏 내민 가슴을 두드리는 로렌. 그런 그녀의 서슬에 지르코마는 어안이 벙벙한 표정으로 "아, 예……." 라며 수긍할 수밖에 없었다.

"알겠습니다. 하지만, 무리하진 마시길."

"예. 지르코마 님도 조심하시고."

로렌의 배웅을 받듯 지르코마는 달려갔다.

덮쳐 든 비쩍 마른 고블린 같은 몬스터를 손에 든 두 자루 쿠크리로 쓰러뜨리며 달려가는데 미묘한 표정의 쿠가 합류했다.

쿠는 손에 든 곤을 휘둘러 출렁출렁 돌아다니는 도마뱀 형태의 몬스터를 때려잡고는 지르코마와 등을 마주하며 물었다.

"너…… 혹시 진심으로 그러는 건가?"

"진심? 무슨 소립니까?"

어리둥절한 표정인 지르코마를 보고 쿠는 절레절레 고개를 가로저었다.

"제대로 책임은 지라는 거야."

"책임? 저기, 무슨 뜻입니까?"

"글쎄, 스스로 생각하라고!"

쿠는 지르코마에게 그렇게 말하고는, 이쪽을 향해 맹렬한 스피드로 접근하는 몬스터와 대치했다. 다른 몬스터들과 비교하면 커다란 체구에 염소 머리를 한 타조 같은 그 몬스터는 쿠를 두 뿔로 받아 버리려는 듯 머리를 숙이고 돌진해 왔다.

쿠는 곤을 등 뒤에서 돌리더니 그 몬스터를 향해 달려갔다.

"쿠 님?!"

이대로 부딪힐 것이라 생각한 지르코마가 저도 모르게 소리를 질렀지만, 쿠는 몬스터 바로 앞에서 슬라이딩하더니 그 기세 그대로 축이 된 몬스터의 왼쪽 다리를 걸어찼다.

"으랏차."

우득, 하는 소리가 울렸다. 앞으로 나아가려는 힘, 쿠가 처박은 힘, 그리고 자신의 체중이 더해져서 몬스터의 왼쪽 다리가 뚝 부러진 것이었다. 한쪽 다리를 쓸 수 없게 된 몬스터는 기세 그대로 지면에 격돌했다. 쿠는 그 모습을 보며 우꺄꺄 웃었다.

"생각한 대로, 발밑이 소홀했나 보네!"

휘익…… 퍽!

그리고 날아온 화살 하나가, 일어서지 못하고 땅바닥에서 발버둥 치던 염소 머리 몬스터의 목덜미에 박혔다. 그 화살로 염소 머리 몬스터는 숨이 끊어져 더는 움직이지 않았다. 그리고 쿠 곁으로 활을 든 인물이 달려왔다.

"도련님, 보고 있으면 조마조마해지는 일은 그만하세요!"

쫓아온 레폴리나가 지친 표정으로 그렇게 말했다.

"저희 임무는 작전 지점에서 몬스터를 배제하는 거예요. 이쪽에서 먼저 돌진하는 건 아니니까 좀 자중하시라고요!"

"우꺄꺄, 난 멀쩡하니까 됐잖아."

쿠는 곤으로 자신의 어깨를 툭툭 두드리며 사납게 웃었다.

레폴리나가 반성이 없는 쿠의 태도에 토라진 표정을 짓는데, 시야 한편으로 성문 쪽에서 제2진이 나오는 모습이 보였다. 제2진은 제1진과는 달리 2천 명을 넘고 무기 대신에 통나무나 장작 등 많은 목재를 들고 있는 모양이었다.

레폴리라는 쿠의 옷자락을 잡아당겼다.

"자, 도련님. 제2진이 나왔으니까 저희는 저 사람들을 수비해야 돼요."

"이런, 그랬지. 너무 놀았다가는 형님한테 혼날 거야."

"저로서는 한번 단단히 혼이 나셨으면 좋겠지만…… 타르 씨랑 함께 설교 타임을 마련하는 편이 나을까요."

"타, 타르한테 말할 필요는 없잖아?!"

타르의 이름이 나오자 쿠는 당황한 것 같은 목소리로 말했다.

쿠는 소마나 아버지 고우란에게 질책을 당하는 정도는 태연하고 태평했지만, 아무리 그래도 좋아하는 여자한테 기나긴 설교를 당하는 것은 사양이었다.

쿠는 이야기를 얼버무리듯 손뼉을 짝짝 치며 레폴리나를 재촉했다.

"자, 수비하러 가야지? 얼른 가자고."

"정말이지……."

레폴리나는 어깨를 으쓱이며 달려간 쿠를 뒤따랐다.

"서두르는 거예요. 몬스터들이 돌아오기 전에 끝내는 거예요."

쿠와 레폴리나가 달려간 곳에 있는 제2진을 지휘하던 자는 카에데였다.

제2진은 라스타니아 왕국에서 징병된 백성들이었다. 장비는 최소한이고 짐수레나 인력 등을 사용하여 통나무나 장작 및 짚단 따위를 옮기는, 요컨대 수송 부대였다. 이 수송 부대의 안전을 확보하기 위해서 쿠나 지르코마 일행은 주위의 몬스터를 정리한 것이었다.

수송 부대가 그들이 지키는 지점, 라스타의 성벽에서 리자드맨들이 숨은 숲과의 중간에 도착하더니 가져온 목재 등을 그 자리에 내렸다. 그리고 병사들은 가져온 통나무를 피라미드 모양으로 조립하고, 안에 장작을 쌓고, 짚을 채워 넣었다.

그리하여 그들이 만들어 낸 것은 높이가 5미터는 될 거대한 모닥불이었다. 이 건설 작업은 몇 곳에서 동시에 진행되고 있었다.

카에데도 토 속성 마법(중력 조작)을 사용하여, 커다란 통나무를 중력을 무시하고 들어 올려 조립 작업의 효율화를 꾀했다.

그런 가운데, 카에데 곁으로 로렌이 달려왔다.

"카에데 님. 몬스터도 대부분 쫓아냈으니 저희도 도울까요?"

로렌의 제안에 카에데는 고개를 가로저었다.

"아뇨, 여러분은 계속해서 주위를 경계해 주시면 되는 거예요. 할과 루비를 따라간 몬스터가 돌아오지 않는다는 보장은 없어요. 작업 중인 사람들이 몬스터의 습격을 당하지 않도록 충분히 주의를 기울여 주시는 거예요."

"아, 예! 알겠습니다!"

로렌은 경례하고 자기 자리로 돌아갔다.

카에데가 지휘하는 제2진 수송 부대는 로렌이 지휘하는 제1진 병사들의 보호를 받으며 건설 작업을 계속하여, 약 한 시간 남짓으로 열 개 정도의 모닥불을 건설했다.

마침 그때, 서쪽 하늘에 거대한 그림자가 보였다.

커다란 날개를 펼치고서 나는 그 모습은 역할을 마치고 귀환한 할버트와 루비였다. 두 사람이 무사히 돌아왔다는 사실에 안도하면서도, 카에데는 표정을 다잡고 명령했다.

"오래 머물러서는 안 돼요. 모닥불에 불을 붙이고, 성 안으로 귀환해요!"

"옛! 불을 붙여라!"

막 조립된 모닥불에 일제히 불을 붙였다.

짚이 활활 타기 시작하고, 불 때문에 오렌지색을 띠는 연기가 피어올랐다. 타오르기 시작한 모닥불을 등지고 우선은 제2진 수송 부대가 서둘러서 성 안으로 철수, 이어서 제1진 병사들이 몬스터의 추격에 대비하며 천천히 철수했다.

"이 작전이 잘 풀린다면 좋겠는데……."

최후미 부대 안에서 로렌이 불안스럽게 말했다. 카에데는 후 훗 웃었다.

"우리가 할 수 있는 건 다 했어요. 뒷일이 잘 풀리길 기도하죠."

◇ ◇ ◇

그와, 그르르.

어제의 전투로 동포를 다수 잃고 어스름한 숲속에 몸을 숨기고 있던 리자드맨들.

그런 리자드맨들이 일제히 하늘을 올려다봤다.

올려다본 도마뱀의 눈에 붉은 선이 비쳤다.

아까부터 하늘에 몇 번의 붉은 선이 번쩍였다.

저건 뭐지?

그렇게 생각하며 바라보고 있었더니 하늘에서 우수수 떨어지는 것이 있었다.

다가가 보니 그것은 불에 탄 몬스터였다.

파직파직 소리를 내는 몬스터의 소사체에 리자드맨들은 코끝을 가져다 댔다.

고기를 굽는 향기로운 냄새가 났다.

그 냄새에 굶주린 리자드맨들의 식욕이 동했다.

하지만 직전에 그만두었다. 이전에 비슷한 몬스터를 덮쳐서 고기를 먹었더니, 많은 동포가 복통을 앓고 십여 마리가 죽었으니까.

그것이 먹은 몬스터가 지닌 독 때문인지, 몬스터의 체내에 잠복한 병원균 때문인지, 기생충 때문인지…… 그들은 알 수 없다.

리자드맨들에게 그것을 알 수 있는 방법은 없고, 알려고 할 지능도 없다.

그저 '뒤섞인 몬스터를 먹으면 죽는 경우가 있다' 는 정보만
이, 그다지 크지 않은 리자드맨의 뇌에 입력되었다.

그래서 리자드맨들은 아무리 굶주려도 뒤섞인 몬스터는 먹으
려고 하지 않았다. 그때…….

키샤—! ……덥석!

한 마리 리자드맨이 검게 놀은 몬스터를 먹기 시작했다.

그것도 맛있다는 듯. 몇 마리나.

무리의 리자드맨들은 그 개체를 주시했다.

뒤섞인 몬스터를 저렇게나 먹고 있는데, 저 개체는 죽기는커
녕 복통을 앓는 기색마저도 없었다.

어째서지?

보아 하니 그 개체는 잘 구워진 고기를 먹고, 설구워진 고기는
피하는 듯했다.

이때 리자드맨의 뇌에 입력되어 있던 '뒤섞인 몬스터를 먹으
면 죽는 경우가 있다' 는 정보는 '뒤섞인 몬스터를 먹으면 죽는
경우가 있지만, 잘 구워진 고기라면 먹을 수 있다' 는 형태로 덧
씌워졌다.

다음 순간, 리자드맨들은 잘 구워진 몬스터의 고기로 몰려들
었다.

굶주리기도 해서 앞 다투어 고기를 뜯어 먹었다.

첫 개체를 직접 보지 않았던 리자드맨들도, 첫 개체를 흉내 낸
다른 개체를 보고서 같은 정보를 뇌에 새기고 구운 고기 쟁탈전
에 참가했다.

이윽고 그 정보는 무리 전체로 퍼졌다.

하지만 800마리는 있는 리자드맨에 비해 잘 구운 고기는 너무 적었다.

순식간에 잘 구운 고기는 사라지고 설익은 몬스터의 고기만이 남았다.

어떻게 하느냐, 그렇게 생각했을 때에 숲 출구 부근에 빛이 보였다.

살펴보니 불꽃이 활활 타는 장소가 있었다.

저 불꽃을 사용하면 이 설익은 고기를 구울 수 있다.

그렇게 생각한 리자드맨들은 설익은 고기를 들고 불에 다가가서 던져 넣었다.

구워진 것을 먹는다.

또한 무리 안에는 스스로 불꽃을 뿜을 수 있는 개체도 있어서, 그 개체는 직접 구워서 먹고 있었다.

하지만 설익은 고기도 수에 한계가 있다.

좀 더 먹고 싶다.

그렇게 생각하며 주위를 둘러보니…… 동포의 사체를 뒤지는 '날고기'가 잔뜩 있었다.

────리자드맨들은 '사냥'을 시작했다.

"······굉장하군."

"그러게······."

태양이 완전히 떠서 눈부시게 빛나는 오전 10시경.

성벽에 선 나와 율리우스는 시야 아래의 광경을 보고 감탄을 흘렸다.

우리가 바라보는 곳에서는 리자드맨들이 모닥불을 둘러싸고, 사냥한 몬스터의 고기를 구워서 먹는 모습이 보였다. 마치 원시인의 잔치 같았다. 리자드맨들은 우리의 생명을 위협하는 존재인데 원시의 행위를 보여주는 것 같아서 무어라 형용할 수 없는 기분이 들었다.

"폐하. 저기 한편에는 불꽃을 뿜을 수 있는 리자드맨을 중심으로 한 그룹이 생긴 모양이에요."

먼 곳을 잘 보는 아이샤가 손을 들어 가리키며 그렇게 가르쳐 주었다.

우리가 '구워서 먹는다' 는 개념을 가르쳐 주어, 리자드맨 무리의 파워 밸런스가 크게 바뀐 듯했다. 불이 꺼지지 않도록 나덴과 루비에게 정기적으로 장작이나 짚을 상공에서 던지도록 하고 있지만, 모닥불을 이용할 수 있는 숫자는 그렇게까지 많지 않아서 필연적으로 힘이 더 강한 개체가 모닥불을 점령하게 된다.

그렇게 되자 이번에는 스스로 불꽃을 뿜을 수 있는 개체가 우위에 선다.

모닥불에 다가갈 수 없는 리자드맨들은 불꽃을 뿜을 수 있는 개체에게 사냥감을 구워 달라며, 그 개체가 먹을 만큼의 몬스터를 사냥해서 바치는 듯했다. 이해관계에 따른 지극히 단순한 계약. 리자드맨 가운데 명확한 '계층'이 생기는 상황이었다.

"어쩐지 사회의 축소판을 보는 것 같아서 남 일 같지가 않네."

내가 그렇게 말하자 율리우스도 고개를 끄덕였다.

"정말 그렇군. 몬스터의 행위에서 사회성을 느끼는 날이 오다니, 꿈에도 생각해 본 적이 없었어."

"앞으로 천 년 정도 지나면 문명이라고 부를 수 있는 것도 생기지 않을까?"

"그럴지도 모르지만…… 우리한테 그 천 년을 기다릴 여유는 없어."

"……그러네."

인류와 몬스터의 관계는 죽이느냐 죽느냐, 그저 그것뿐이었다.

지금 대화가 불가능한 이상, 물리치지 않으면 소중한 사람들에게 위해가 미친다. 잔혹할지도 모르겠지만 우리에게는 지켜야만 하는 이가 있다.

율리우스는 도시 성벽 안쪽의 가장자리에 서서, 명령을 기다리는 병사들에게 말했다.

"몬스터의 숫자는 줄었다! 이제부터 리자드맨들을 섬멸한다!"

율리우스의 말과 함께 북쪽과 남쪽의 성문이 활짝 열렸다.

◇ ◇ ◇ ◇

"북쪽과 남쪽 군대는 공격을 개시하라!"

율리우스는 라스타의 서쪽에 모여 있는 리자드맨 무리를 상대로, 우선 북문과 남문에서 1천의 병력을 보내어 빙 둘러서 무리의 북서쪽과 남서쪽으로 돌렸다.

"간다. 우리는 다리를 이용해서 후방으로 돌아 들어가는 것이다!"

"저희는 남측에서 공격합니다! 모두 늦어지지 않도록!"

북측 군대는 지르코마가, 남측 군대는 로렌이 지휘했다.

리자드맨들은 식사에 정신이 팔려 있기도 해서, 이들 두 군대의 접근을 간단히 허락하고 말았다. 그 광경을 성벽에서 보고 있던 카에데가 오른손을 들었다.

"지금이에요, 봉화를 올리세요!"

카에데의 명령으로 서문의 봉화가 올랐다.

봉화를 본 지르코마와 로렌의 군은 각자 북서쪽과 남서쪽에서 리자드맨 무리를 덮쳤다. 2천 명의 군대에 팔(八) 자 형태로 공격을 당한 리자드맨들은, 기습을 당하기도 하여 라스타가 있는 동쪽으로 밀려나는 형태가 되었다.

그것을 본 카에데는 성벽 안쪽의 가장자리에서 얼굴을 내밀어 시야 아래에 있는 인물을 향해 말했다.

"때가 되었어요! 부탁드리는 거예요, 율리우스 경!"

"알았다!"

성벽에서 이동하여 백마를 탄 율리우스는 검을 뽑아 드높이 들었다.

그의 주위에 있는 천 명의 병사들은 대부분이 정규병과 드라 트루퍼로 구성된 정예였다. 이제나저제나 출진을 기다리는 병사들을 향해 율리우스는 말했다.

"이 나라의 운명, 이번 일전에 달렸다! 이 성벽 안쪽에서 불안에 떨고 있는 가족들을 위해서라도, 성 밖의 리자드맨들을 섬멸하라!"

"""우오오오오오오오오!!"""

남자들의 함성을 들으며 율리우스는 초병에게 명령했다.

"문을 열어라!"

서문이 활짝 열리고, 율리우스가 지휘하는 1천의 병사들이 뛰어나갔다.

병사들은 그 기세 그대로 혼란에 빠진 리자드맨 무리를 덮쳤다.

"이 목숨, 라스타니아 왕국을 위하여!"

"냉큼 뒈져 버려라, 도마뱀 놈들!"

성벽 공방의 울분을 풀려는 듯, 눈에 띄는 리자드맨들을 제물로 삼았다. 율리우스도 백마를 달리며 검을 휘둘러 차례차례 리자드맨의 목을 베었다. 그가 지나간 뒤로는 리자드맨의 피가 선을 만들었다.

"이대로 단숨에 밀어붙여라!"

그 선의 끝에서 율리우스는 검을 서쪽으로 향하며 호령을 내렸다.

◇ ◇ ◇

"훌륭한 지휘네."

서문이 열리고 출진한 천 명의 병사들이 동쪽으로 밀려난 리자드맨을 덮쳤다. 삼면으로 공격을 당하는 리자드맨들은 공황 상태에 빠졌다.

그런 광경을 나와 할은 나덴과 루비의 등에 타고서 상공에서 보고 있었다.

율리우스가 지휘하는 군대는 딱 삼각형 형태로 리자드맨들을 포위했다. 그러면서도 포위를 완전히 닫지는 않고, 지르코마와 로렌의 부대 사이인 서쪽으로 살짝 퇴로를 남겨 놓았다. 완전히 닫아 버리면 적의 주의는 아군으로 향하지만 조금이라도 퇴로가 있다면 리자드맨들은 그쪽으로 정신이 팔리게 된다. 리자드맨의 주의가 서쪽으로 향한 참에, 율리우스가 지휘하는 군대가 동쪽에서 무리에게 압박을 가했다.

왠지 모르겠지만 크림을 짜는 도구가 떠올랐다.

"내가 있던 세계라면 이런 전법을 * '욕금고종' 이라고 하는데, 이 말로는 의미가 전해지지 않겠네. 차라리 '크림 추출기 전법' 같은 식으로 부르면 어떨까."

[아니 아니, 쓰기 싫어질 것 같은 전술명은 안 되지.]

---

* 손자병법 36계 중 16계에 해당되는 전략. '대어를 낚으려면 짐짓 풀어 줘라.' 라는 의미이다.

나덴이 텔레파시로 그렇게 딴죽을 걸었다. 흠…….

"그럼 용의 턱 형태랑 닮았으니까 '나덴의 입' 같은 건 어때?"

[멋대로 내 이름 쓰지 말라고!]

"전장이라면 이런 느낌이 되려나? '여기선 나덴의 입을 쓰죠!', '이것이야말로 나덴의 입입니다.', '누군가 나덴의 입을 격파할 자는 없느냐?!'."

[그만해애애!]

"너희…… 내가 말하는 것도 뭣하지만, 전투 중이니까 좀 긴장감을 가지라고."

루비의 몸을 움직여 다가온 할이 어이없다는 듯 말했다. 루비도 동의했다.

[나덴도 그래. 좀 더 진지하게 해.]

[이번에는 내 잘못이 아니잖아?! 바보 같은 소릴 하는 건 소마뿐인걸.]

[……그도 그러네.]

"걱정하지 않아도, 제대로 잘 지켜보고 있어."

이 싸움에서 내 역할은 예측 못 한 사태에 대비해 주위를 감시하는 것이었다.

갑자기 새로운 적이 나타나서 전장으로 난입하는 경우도 없다고 단정할 수는 없다. 그래서 나는 【리빙 폴터가이스트】로 나무 조각 쥐를 넓게 퍼뜨려서 전장 주위를 감시하고 있었다.

그런 이야기를 하는 사이에 반응이 있었다.

"할, 북쪽에서 리자드맨 무리가 와. 강을 건넌 새로운 적이야.

숫자는 50."

"알았어! 얼른 섬멸하고 올게. 가자, 루비!"

[응!]

루비는 크게 날개를 퍼덕여 북쪽으로 날아갔다.

할과 루비의 임무는 유격이었다. 공격력과 기동력을 살려 무너질 것 같은 장소를 보조하거나 지금 같이 예측 못 한 사태에 대비했다.

"자, 그럼……."

아래를 보니 일방적인 전투가 전개되고 있었다.

율리우스가 지휘하는 군대에 밀린 리자드맨들이 서쪽의 좁은 탈출로를 목표로 모여들었다. 마구 밀려들어 짓눌리는 개체도 있는 듯했다.

하지만 약간의 리자드맨은 그 탈출로를 통해 포위를 벗어난 모양이었다.

그대로 숲으로 도망치려고 하는 것 같지만…… 마음대로 되지 않는다. 이번 싸움은 섬멸전. 뒤에 화근을 남기지 않기 위해서라도 놓칠 수는 없다.

"그러니까, 마무리는 부탁한다. 아이샤."

숲속으로 도망친 녀석들을 기다리는 것은 최강의 약혼자였다.

숲속으로 도망친 리자드맨들은 완전히 빠져나왔다고 생각했으리라.

하지만 안도할 틈도 없이, 그들에게 재앙이 바로 머리 위에서 내려왔다.

"으랴아아아앗!"

콰앙, 커다란 소리를 내며 지면까지 휘두른 대검이 커다란 리자드맨 한 마리를 대나무 쪼개듯 세로로 갈랐다. 둘로 나뉜 리자드맨의 시체가 무너져 내렸다.

왕국 최강의 전사 아이샤. 아이샤는 리자드맨과 함께 지면도 쪼개질 정도로 중량감이 있는 대검을 한손으로 들어 올리더니 아무렇게나 휘둘러 피를 털었다.

"이 감각…… 오랜만이네요."

아이샤는 대검을 눈앞으로 들었다.

"오늘은 폐하의 약혼자로서도, 호위로서도 아닌 한 사람의 전사로서 무력을 휘두르도록 하죠. 신호의 숲의 아이샤, 갑니다!"

아이샤는 대검을 옆으로 고쳐 들고 달려갔다.

그리고 갑작스러운 습격에 어리둥절하던 리자드맨들 사이를 빠져나가자마자 일격, 한 번에 세 마리의 몸을 둘로 베었다.

"키샤—앗!"

정신을 차린 리자드맨들은 아이샤를 향해 뛰어들었지만, 아이샤는 근처에 있던 나무둥치에 발을 딛더니 폴짝폴짝 나무들을 옮겨 타며 회피했다.

"난 곳도 자란 곳도 신호의 숲입니다. 숲에서의 싸움에는 제가 그래도 좀 더 낫겠죠."

아이샤는 자신만만하게 말했다. 다만 말해 봐야 리자드맨들에게 전해지지도 않겠지만. 아이샤는 자신을 덮치려고 뭉쳐 있던 리자드맨들을 향해, 대검의 측면을 아래로 향하고 휘둘렀다.

마치 파리채로 후려친 파리처럼 리자드맨 몇 마리가 으스러졌다.

아이샤는 조금 전과 마찬가지로 피를 털고는 다음 사냥감을 찾듯이 리자드맨들을 바라봤다. 그녀의 눈빛에 리자드맨들은 완전히 삼켜졌다.

"오지 않을 건가요? 그렇다면 제가 갑니다!"

아이샤는 가장 가까운 곳에 있는 리자드맨부터 차례차례 물리쳤다.

반대로 먼 곳에 있는 리자드맨에게는 벨 수 있는 풍압, 【소닉 윈드】를 날려 베었다. 【소닉 윈드】는 리자드맨만이 아니라 주위의 나무들도 한꺼번에 베어 내며, 그 모습은 흡사 폭풍 같았다.

이 녀석은 위험하다. 절대로 상대해서는 안 된다.

본능으로 그렇게 느낀 리자드맨들은 뿔뿔이 도망치려고 했다. 하지만,

"이런, 숲에서 싸우는 데 익숙한 건 아이샤 양만이 아니라고."

도망치려던 리자드맨의 앞길을 막은 쿠가, 곤으로 리자드맨의 턱 밑을 퍽 쳐서 날렸다. 또 다른 방향에서는 숲의 나무들 사

이를 누비며 날아온 화살이 리자드맨의 이마를 꿰뚫었다. 근처에 자란 큰 나뭇가지에서는 레폴리나가 활을 들고 있었다. 쿠는 나뭇가지를 옮겨 타며 꼬리로 매달려서 즐거운 듯 웃었다.

"우리 설원족(雪猿族)은 나무타기가 특기고 레폴리나는 사냥꾼 가문이야. 숲속에서 우리한테 이기려면 천 년은 이르다고."

"너무 들떴다가는 호된 꼴을 당한다고요."

나뭇가지를 옮겨 다니며 다가온 레폴리나가 쓴소리를 던졌다.

"이것 참, 호된 꼴을 당할 리가, 우왁?!"

레폴리나가 쿠가 매달린 나뭇가지로 올라서자, 나뭇가지가 흔들리며 감겨 있던 꼬리가 빠져서 쿠는 머리부터 땅바닥으로 추락했다.

레폴리나는 당황하여 밑을 들여다봤다.

"잠깐, 도련님! 괜찮으세요?!"

"아야야…… 낙법을 조금 실패했어."

아픈 듯 머리를 문지르고 있지만 크게 다치지는 않은 듯했다. 레폴리나는 안도했지만 뾰로통하니 토라진 표정을 지었다.

"정말이지, 걱정되잖아요."

"미안 미안. ……자, 나머지를 정리해 버릴까!"

쿠는 곤을 등에 지고 달려가고 레폴리나도 황급히 그를 뒤따랐다.

이미 이 숲에는 도망친 리자드맨을 소탕하기 위해 쿠랑 레폴리나, 그리고 아이샤 같이 숲에서의 전투에 뛰어난 이들이 숨어 있는 것이었다. 키메라 같은 몬스터를 사냥하던 리자드맨들이 이제는 사냥당하는 쪽으로 바뀌었다.

숲속에서의 전투가 끝날 무렵, 마침 평원 쪽도 전투가 정리된 듯했다.

전투를 시종일관 우위에서 진행한 만큼, 시체가 첩첩이 쌓인 리자드맨과 비교해서 라스타니아 · 엘프리덴 연합군의 피해는 경미했다.

라스타 근교의 전투는 승리로 마무리되었다.

하지만 아직 모든 싸움이 끝난 것은 아니기에 멈춰 설 수는 없었다.

병사들 가운데서 율리우스가 크게 외쳤다.

"라스타 해방에는 성공했다! 하지만 이대로는 또다시 포위당하고 만다! 우리는 이대로 북상하여, 도하 지점에 있는 요새를 탈환하고 방어선을 밀어 올린다! 그렇게 되면 드디어, 성 안에 있는 가족들이 평온한 밤을 맞이할 수 있는 것이다!"

그리고 율리우스는 검을 하늘 높이 내질렀다.

"앞으로 한 번만 더 견뎌라! 가자아아아!!"

""""와아아아아!!""""

3천의 병사들은 그대로 북쪽 요새를 향해 진군했다.

가는 도중, 남하하던 수십 마리 전후의 리자드맨 무리를 격파하며 다비콘 강으로 진군, 도하 지점에 있는 요새로 다가갔다.

요새 안에도 리지드맨이 적지 않게 둥지를 틀고 있던 모양이지만, 리자드맨에게 공성전을 벌일 지능도 없으니 재빠르게 퇴치하여 요새를 탈환했다.

"모두 잘했다! 승리의 함성을 높여라!"

""와아아아아아아아아!!""

석양이 드리우는 요새에 승리한 병사들의 함성이 메아리쳤다.

소마와 율리우스는 이 요새를 거점으로 삼아, 도하하는 소수의 리자드맨들을 섬멸하며 프리도니아 왕국의 원군 본대가 도착하기를 기다렸다.

해방된 라스타에는 동방 제국 연합의 각국으로부터 지원 물자가 도착하게 되고, 돌아온 와이번 기병들이 전선의 요새로도 물자를 실어 나를 수 있게 되었다.

─────그로부터 일주일 뒤. 프리도니아 왕국의 원군 약 6만이 마침내 도착했다.

제9장 ✦ 조력자 내습

"폐하! 무사하셔서 참으로 다행입니다."

원군 본대를 지휘하던 루드윈이 내 얼굴을 보자마자 달려왔다.

3천의 병사가 머무르는 소규모 요새로 프리도니아 왕국의 원군 6만이 들어올 수 있을 리도 없으니, 본대는 근처 평원에 야영하며 수뇌부만이 요새를 방문한 것이었다.

요새에 있는 우리도 주요 멤버가 모여 그들을 마중했다. 루드윈은 내 앞에 한쪽 무릎을 꿇더니 손을 앞으로 모아 보고했다.

"루드윈 아크스. 지금 원군을 이끌고 착진하였습니다."

"수고했다. 편히 있도록 해라."

형식상의 인사를 나누고, 루드윈은 일어서더니 곧바로 직언을 던졌다.

"하지만 폐하, 너무하십니다! 선발대에 폐하께서 직접 동행하시다니 무슨 생각을 하시는 겁니까! 게다가 비전투원인 로로아 님과 여동생분도 데리고서!"

"라스타에는 적이었던 율리우스가 있어. 드라트루퍼만이라면 제대로 연계를 취할 수 있을지 알 수 없잖아? 나랑 로로아가 사이에 개입할 필요가 있었어. 게다가 더 정보를 모으려면 토모에의 능력은 필수고. 이쪽에는 아이샤도 나덴도 있으니까, 위험할 것 같다면 도망칠 수도 있으니 문제없겠지."

참고로 로로아와 토모에도 라스타에서 이 요새로 오도록 했다. 토모에의 호위로는 항상 이누가미가 붙어 있고, 위험하다면 나덴에게 옮겨 달라고 해서 피난시키면 괜찮겠지. 루드윈은 관자놀이에 손을 대며 한숨을 내쉬었다.

"하지만 만에 하나의 일도 벌어질 수 있겠죠. 공주님께서 들으신다면……."

"으…… 리시아한테는 숨기고 싶으려나……."

제대로 이유가 있는 행동이지만 리시아는 걱정하겠지.

우리를 걱정해 주는 만큼 잔소리 시간은 길어질 터.

걱정해 주는 건 기쁘지만 최대한 화를 내지 않았으면 하니까.

그렇게 생각했지만 루드윈은 고개를 절레절레 가로저었다.

"몬스터에게 포위당한 절체절명의 성으로 폐하께서 직접 선발 부대를 이끌고 뛰어들었다는 이야기는, 이미 원군 병사들 사이에서는 미담으로 퍼져 있습니다. 병사들이 귀환하면 머지않아 공주님의 귀에도 들어가겠죠."

"……자수할 수밖에 없나."

소문으로 듣는 것보다는 내가 자백하는 편이 그래도 잔소리가 줄어들겠지.

하지만 말이지…… 평소에는 용사답지 않다는 소리를 듣는 내가 웬일로 용기가 필요한 행동을 하면 리시아에게 잔소리를 듣는다니, 어쩐지 부조리하지 않아?

"자 자, 그만큼 시아 언니한테 달링이 소중하다는 거잖아?"

"그렇군요. 제대로 받아 주세요."

"나는 소마한테 부탁을 받아서 옮겨 줬을 뿐이니까~."

로로아와 아이샤와 나덴이 나란히 그런 소리를 했다.

"아니, 세 사람도 잔소리의 대상 아닐까? 나덴은 공범이고, 로로아는 나랑 같이 비전투원인데도 무모한 짓을 했고, 아이샤는 우리 감시 책임을 추궁당하는 형태로 말이야."

"……아이 언니, 나뎃찌, 우리는 한동안 시아 언니랑 만나러 가지 말까?"

"그, 그렇군요."

"알았어."

"치사하지 않아?!"

그런 대화를 나누는 사이, 율리우스와 지르코마, 로렌 세 사람이 다가왔다.

루드윈은 율리우스의 존재를 깨닫고는 표정이 험악해졌다.

반 근교에서 엘프리덴 왕국군과 아미도니아 공국군이 격돌한 그 전투에서 루드윈은 왕국군의 총지휘관으로, 율리우스는 가이우스 8세와 함께 총대장으로 참전했다. 두 사람은 말하자면 직접 전쟁을 치른 사이였다.

"……율리우스 아미도니아 경."

루드윈이 중얼거리듯 그렇게 말하자 율리우스는 오른손을 내밀었다.

"아미도니아의 가문명은 로로아 것이다. 지금은 그저 율리우스에 불과해. 왕국의 근위병단장 루드윈 아크스 님."

"저를 아십니까?"

"나는 그 전투에서 아버지를 대신하여 전선에서 지휘를 했다. 싸운 상대의 이름 정도는 기억해. 견실한 지휘에 무너뜨릴 장소가 보이지 않아 성가신 상대라고 생각했지."

"……그렇군요. 공국군은 사기가 낮았음에도 좀처럼 무너지지 않았던 것은 귀공이 계셨기 때문이었군요."

루드윈은 율리우스와 단단히 악수를 나누었다.

나와 율리우스가 오랜만에 얼굴을 마주했을 때 같은 어색함은 없었다.

아마도 두 사람 모두 무인이자 병사를 지휘하는 입장이었으니 서로 통하는 무언가가 있는 걸지도 모르겠다. 루드윈은 붙임성이 좋고 멋진 청년이라 각을 세우기도 쉽지 않고.

"폐하로부터 귀공의 활약은 들었습니다. 라스타니아 왕족분들로부터 통수권을 받아, 3천의 병사로 포위를 격파하셨다고요. 함께 싸울 동지로서 든든하기 그지없습니다."

"아니, 그것도 드라트루퍼의 조력이 있었기에 가능한 일이었지. 게다가 라스타니아 병사만으로는 강 건너편에 수만은 존재할 리자드맨을 섬멸할 순 없어. 조력해 주어 정말 감사할 따름이다."

"예. 함께 이 위기를 극복하죠."

두 사람이 그런 대화를 나누고 있을 때였다.

"오라버니!"

갑자기 그런 활기찬 목소리가 들렸다.

한순간 로로아인가 했지만, 로로아였다면 호칭은 '오빠'였을 터.

목소리가 들린 쪽을 보니 지르코마의 여동생인 코마인이 달려왔다.

그 뒤에는 병참 관리를 맡은 폰초와 그의 보좌를 부탁한 메이드장 세리나의 모습도 있었다. 코마인은 지르코마를 향해 똑바로 달려왔다.

"오라버니! 무사하셔서 다행이에요!"

프리도니아 왕국에 남겨 두었을 터인 여동생의 등장에 지르코마는 눈을 동그랗게 떴다.

"코마인?! 어째서 네가 여기 있느냐?!"

"소마 폐하께서 주선해 주셨거든요. 모시고 있는 분을 시중을 들러 왔어요."

"모시고 있는 분이라니?"

"폰초 경이에요."

그러면서 코마인은 느릿느릿 다가온 폰초 옆에 섰다.

폰초는 머리 위에 오른손을 얹으며 지르코마에게 꾸벅꾸벅 인사를 했다.

"오, 오랜만입니다, 지르코마 님. 코마인 씨께는 업무 보좌 등으로, 항상 큰 신세를 지고 있습니다, 예."

"아아, 모신다던 분이 폰초 님이었습니까. 귀공은 난민 모두가 힘들어 할 때, 식량 지원을 해 주신 은혜가 있죠. 동생에게 도움이 될 것이 있다면 마음껏 부려먹어 주시길."

"아뇨, 부려먹다니 그런……."

"안심하세요. 폰초 경은 사람을 부려먹을 만큼 뻔뻔하지 않으시니까요."

코마인과는 반대쪽에 선 메이드 옷 여성이 덧붙이듯 말했다.

지르코마는 전장임에도 메이드 옷을 입은 그 여성을 보고 고개를 갸웃거렸다.

"당신은? 폰초 경의 메이드입니까?"

"처음 뵙겠습니다. 왕성에서 메이드장을 맡고 있는 세리나라고 합니다."

세리나는 메이드복의 긴 치맛자락을 들며 인사했다.

"제 주군은 리시아 공주님이시지만, 인연이 닿아 지금은 폰초 경을 보좌하고 있습니다. 그렇군요…… 코마인 님의 동료라고 생각해 주시면 됩니다."

"동료…… 말입니까?"

뭐, 실제로는 동료라기보다 폰초의 요리에 매료된 동지 관계이지만, 유능한 여자인 세리나는 전혀 그런 내색을 하지 않았다.

그때 코마인이 오빠 뒤에서 무료하게 서 있는 갑옷 차림 여성의 존재를 깨달았다.

"오라버니? 그쪽 여성분은 누구신가요?"

"아, 소개하는 걸 잊었네. 이쪽은 우리가 신세를 지고 있는 라스타니아 왕국에서 병사장을 맡고 있는 로렌 님이야. 로렌 님, 이 아이는 제 동생인 코마인이라고 합니다. 그리고 동생이 신세를 지고 있는 프리도니아 왕국의 폰초 경과 세리나 경입니다."

그러더니 지르코마는 로렌의 등을 툭 밀며 모두에게 소개했다.

로렌은 살짝 긴장한 표정으로 세 사람에게 경례했다.

"벼, 병사장 로렌입니다. 지르코마 경의 동생분이십니까? 하, 항상 지르코마 님께는 크게 신세를 지고……."

코마인을 보고 허둥지둥 당황하는 로렌.

폰초와 지르코마는 첫 대면인 사람과 만나서 긴장했을 것이라 생각한 모양이지만, 코마인과 세리나는 딱 온 듯했다. 코마인은 세리나에게 작게 물었다.

("저기…… 세리나 씨. 이건 어떻게 생각해요?")

("어떻게라…… 당신의 생각대로일 거라고 생각하는데요?")

역시 그런가, 코마인은 어깨를 떨어뜨렸다. 로렌이라는 이 병사장은 아무래도 지르코마를 마음에 둔 모양이었다. 그렇다면, 궁금한 점이 있었다.

("오빠는 이분의 마음을 깨닫고 있을까요?")

("깨닫지 못한 거 같은데요. 봐요, 폰초 님과 마찬가지로 연하의 소녀를 다정하게 지켜보는 표정이고.")

("아—…… 그렇다면 분명 깨닫지 못한 거네요.")

코마인은 긁적긁적 뺨을 긁었다. 딱히 오빠의 연애사에 끼어들 생각은 없지만, 그 상대와 접하는 것은 여동생으로서 묘하게 겸연쩍은 느낌이 있었다. 그렇지만 나쁜 사람은 아닌 것 같으니, 코마인은 무척 긴장한 로렌에게 어색하나마 웃음을 띠었다.

"저기…… 죄송해요. 오빠가 항상 신세를 지는 모양이네요."

"아뇨! 오히려 제가 폐를 끼치기만 해서……. 지르코마 님은 위험한 상황에서 몇 번이나 절 구해 주셨습니다."

뺨을 물들이며 로렌은 그렇게 말했다. 아아…… 완전히 빠졌네. 코마인은 그렇게 이해하고 이렇게까지 빠지게 만들어 놓고도 자각이 없는 오빠의 벽창호 기질에 같은 여성으로서 짜증이 났다. 코마인은 일부러 애교 있는 미소를 띠고 물었다.

"오빠와 사이가 좋으시네요. 혹시 이미 연인 사이신가요?"

"여, 연인 사이?! 아니, 저희는, 그런 게……."

명백하게 허둥지둥 우물쭈물하는 로렌. 겉모습은 의연한 여기사 타입인데 행동은 묘하게 소녀 같아서 귀여웠다. 하지만 당사자인 벽창호는 어떠냐면,

"갑자기 무슨 소리냐. 로렌 님께 실례잖아? 우리는 그런 관계가 아니야."

그렇게 전혀 깨닫지 못했다. 로렌이 살짝 풀이 죽은 것을 알 수 있었다.

"……실례되는 건 오라버니 쪽이에요."

"응? 무슨 말이지?"

코마인이 벽창호에게 하나부터 열까지 설명해 주고 싶었지만, 입에서 나올 뻔했던 불평을 아슬아슬한 시점에서 집어삼킨

모양이었다. 여기서 자신이 지적해 버리면 로렌에게 폐가 된다고 생각한 거겠지. 그러자 그런 코마인에게 세리나가 귓속말했다.

("어쩐지 재미있…… 아니, 큰일인 것 같네요.")

("지금 재미있겠다고 그러시려던 거 아닌가요?!")

("이런 타입의 남성분은 직설적인 말이 아니라면 전해지지 않아요. 그러니까 지금은 역시 로렌 님이 확실하게 전달하도록 만들어야 하지 않을까요?")

("그건 그럴지도 모르겠지만…… 솔직하게 마음을 털어놓아 줄까요.")

("어머, 그거라면 간단해요.")

세리나의 입가가 올라갔다.

아주 살짝 띤 미소였지만 그 안으로 S 기질이 엿보이는 것 같았다. 그리고 세리나는 연인 사이냐는 질문에 아직도 들뜬 기분인 로렌에게 물었다.

"로렌 님. 지르코마 님과 아이는 몇 명 정도 원하시나요?"

"셋은 원합니다!"

즉답이었다. 어지간히도 구체적인 미래 예상도가 있었던 거겠지.

주위가 순식간에 조용해지고, 지르코마도 놀라서 눈을 부릅떴다.

"로, 로렌 경……."

"……앗."

그제야 간신히 정신을 차리고 자신의 실수를 깨달은 로렌은 순식간에 얼굴이 붉게 물들었다.

"으아…… 아으……."

얼굴이 목까지 새빨갛게 물든 로렌은 눈물을 글썽이며 차마 의미를 이루지 못하는 말을 꺼냈다. 그리고 다음 순간에는 엄청난 속도로 달려갔다.

그녀의 뒷모습을 멍하니 바라보던 지르코마에게 코마인이 물었다.

"……오라버니. 이걸로 누가 잘못했는지 자각하셨나요?"

"어어…… 어, 아니, 하지만……."

이번에는 지르코마가 허둥댈 차례였다.

아무리 벽창호라도 이제는 그녀의 마음을 깨달았을 테지. 깨달았다기보다는 해답을 공개한 것 같은 형태였지만. 코마인이 어이없다는 듯 물었다.

"그래서, 오라버니는 어떤가요? 제가 저 사람을 큰언니라고 부르게 될 가능성은?"

"로렌 님은…… 호감이 간다고 생각해. 하지만 나는 고향 탈환을 꿈꾸며 이 땅에 머무르는 몸이야. 그런 내가 가정을 꾸리다니……."

"그렇군요…… 그런 거였나요."

아무래도 지르코마가 로렌의 마음을 깨닫지 못했던 것은 단순히 벽창호라는 이유만이 아니라, 고향으로의 귀환을 꿈꾸는 난민 의용군을 지휘하는 입장으로서 자신의 행복을 뒷전으로 미

루어 생각한 것도 컸던 모양이다. 그리고,

"훗. 괜찮지 않나."

율리우스가 그런 지르코마의 어깨를 툭 두드렸다.

"난민 의용군 가운데도 이 나라에서 가정을 가진 자는 있어. 로렌 병사장을 귀엽게 생각한다면, 그 마음에 응해 주면 돼."

그렇게 말하는 율리우스는 히죽 웃고 있었다. 지르코마는 퍼 뜩 깨달았다.

"설마 율리우스. 티아 공주님과 네 사이를 두고 놀린 것에 앙 심을 품고 있는 거냐?!"

"뭐, 네가 건넨 말을 되갚아 주는 것뿐이야. '아무래도 그만 포기해야 될 것 같은데, 지르코마. 축하해. 뭐, 그저 시간 문제 였을 테고.'"

"으으윽······."

지르코마는 아무런 대답도 못 하고, 이윽고 체념했는지 모두 가 재촉하는 대로 달려간 로렌 병사장을 뒤쫓았다.

"············."

그런 대화를 나는 조용히 보고 있었지만 마음속으로는 이렇게 생각했다.

'전장에서 가정을 가지느니 어쩌느니 하는 이야기는 사망 플 래그 같으니까 그만두자고!'

나중에 지르코마한테 품속에 회중시계라도 넣어 두라고 말해 야 할까, 아니 이 세계에서는 날붙이에 당하는 경우가 많으니까 미늘 갑옷이 더 낫나, 진지하게 그런 생각을 해 버렸다.

뭐, 그들 일은 본인에게 맡기기로 하고, 지금은 강 건너편에 있는 리자드맨들의 무리를 대처해야 한다. 나는 루드윈에게 물었다.

　"루드윈. 강 건너편의 상황은?"

　"예. 정찰에 나선 와이번 기병의 보고에 따르면, 강 건너편에는 5만 정도의 리자드맨이 모여 있는 모양입니다. 또한 다른 다양한 종류의 몬스터들이 있다는 것을 확인했습니다. 하늘을 나는 몬스터 따위도 다수 있다고 합니다."

　루드윈이 그렇게 보고했다.

　리자드맨 5만 마리에 무수한 몬스터인가…… 많네.

　이쪽은 6만의 정규군에 와이번 기병 같은 공군 전력도 데리고 있다. 전군을 한꺼번에 투입한다면 전술도 진형도 없는 리자드맨을 상대로 패배하지는 않겠지. 하지만 그러기에는 지형 문제가 있었다.

　"강 건너편의 대군이라는 점이 성가시네. 저쪽이 얕은 여울을 소수로만 건너 올 수밖에 없듯이, 우리도 전군을 단숨에 건너갈 수는 없겠지?"

　"소수 단위로 파견하여 도하 지점을 확보하려고 한다면 선발 부대는 포위당하고 맙니다. 아군의 피해는 커지겠죠. 와이번 기병의 폭격으로 엄호할 수도 있겠지만……."

　"아니, 그만두는 게 나아."

　이야기를 듣고 있었는지 율리우스가 끼어들었다.

　"한 방향에서 공격해서는 기껏 모인 녀석들이 뿔뿔이 흩어져.

분산되면 그만큼 피해 범위가 넓어지고, 토벌할 때까지 시간이 걸리겠지. 어떻게든 그 무리를 단숨에 섬멸할 수단은 없을까?"

"그렇게 말해도 말이지……."

나는 긁적긁적 뺨을 긁었다.

율리우스의 의견도 알겠지만, 단번에 섬멸하기 위해서는 많은 병사를 강 건너편으로 신속하게 옮길 필요가 있다. 우리 나라 안이라면 라이노사우루스 트레인이나 로로아마루처럼 다양한 운송 수단을 고려할 수 있겠지만 이곳은 다른 나라. 선택지에는 제한이 있다.

"다비콘 강은 큰 강이지? 배를 그러모으면 단숨에 보낼 수 있을까?"

"아니, 얕은 여울도 있는 이 강에서 대형 선박은 사용할 수 없어. 그렇다고 소형선만으로 6만이나 되는 병사가 도하하는 건 현실적이지 않군."

"그럼 소형선을 이어서 선교를 만드는 건…… 아니, 그건 먼저 맞은편 강가로 밧줄을 넘기지 않고서는 안 되나."

나와 율리우스는 골똘히 생각했지만 좋은 지혜는 떠오르지 않았다.

그렇다면 의지할 수 있는 건 그 남자뿐이겠지. 나는 루드윈에게 물었다.

"하쿠야에게서는 뭔가 지시를 받았나?"

최후의 의지처는 우리 나라의 두뇌, 검은 옷의 재상 하쿠야 쿠온민이었다.

전서 쿠이를 이용해 이쪽 상황을 자세하게 적어서 원군 본대와 왕도 파르남으로 보내 두었다. 이쪽 상황만 알려 두면 머리 좋은 하쿠야가 이 상황을 타개할 무언가 대책을 고안할 거라고 생각했으니까. 루드윈은 "예."라며 고개를 끄덕였다.

"재상은 폐하께서 보내신 정보를 바탕으로 유효한 수단을 고안했습니다. 그 수단을 위하여 필요한 인재도 이미 보내 주었습니다."

역시 하쿠야, 준비가 좋다. ……그런데, 필요한 인재?

"그 인재는 누굴 말하는 거지?"

"그건……."

"우후후, 저예요. 폐하."

갑자기 들린 아름다운 목소리에 돌아보니 푸른 머리의 미녀가 서 있었다.

한순간 주나 씨인가 싶었지만, 그 미녀는 주나 씨와는 다르게 관자놀이에 작은 사슴뿔이 나 있고 풍만한 가슴께가 벌어진 기모노 같은 옷을 입었으며 엉덩이에서는 나덴과 비슷한 파충류 계통의 꼬리가 길게 뻗어 있었다.

"엑셀?!"

주나 씨의 할머니이자 국방군 총대장인 엑셀 월터였다.

의외의 인물이 등장했기에 내가 놀라서 소리를 지르자 엑셀은 부채로 입가를 가리며 우후후 즐겁게 미소 지었다.

"어머 어머, 폐하. 슬슬 주나와 결혼하시는 거죠? 엑셀이 아니라 장모님이라고 불러 주셔도 된다고요?"

"아니, 하지만 엑셀이면 조모님이……."

"무슨 말씀이신가요? 폐·하?"

"아뇨, 아무것도 아닙니다. 장모님."

엑셀의 박력 있는 미소를 마주하고 나는 곧바로 백기를 들었다.

이분을 화나게 만들면 틀림없이 꺼림칙한 상황이 될 것 같으니까 말이지…… 비교적 그냥 넘어가지는 못할 느낌으로. 나는 헛기침을 한 번 한 다음, 마음을 다잡고 엑셀에게 물었다.

"그래서, 어째서 엑셀이 여기 있지? 내가 자리를 비운 동안 나 대신 왕국을 지키도록 명령했잖아?"

"재상한테 부탁받았어요. 제 힘이 필요하니까 폐하와 합류해 달라고. 걱정하지 않으셔도 이곳의 전투가 정리되는 대로, 왕국으로 돌아갈게요."

그러더니 엑셀은 나른하게 어깨를 빙글빙글 돌렸다.

"정말이지. 폐하도 재상도 연장자를 너무 거칠게 다루시네요."

"……연장자 취급하면 화낼 거면서."

"자학하는 거라면 괜찮아요. 다른 사람이 그러는 건 용서 못 하지만."

"그러십니까……."

뭐, 이 상황에서 백전연마의 지장인 엑셀이 하쿠야의 책략을 들고 와 주었다는 것 자체는 기쁜 일이었다. 적당한 작전이 떠오르지 않기도 했고.

그리고 엑셀은 앞쪽에서 내 목에 팔을 두르고 몸을 밀착했다.

"후후, 제가 왔으니까 이제 편안하게 계시면 돼요."

"가까워가까워가까워!"

명백하게 친족의 거리감이 아닌데?!

주위의 시선이 있는 가운데, 겉모습은 젊디젊고 글래머러스한 엑셀이 다가오니 엄청나게 버거웠다. 루드윈이나 율리우스의 시선이 따갑다. 그런 생각을 하는데 갑자기 엑셀이 몸을 뗐다. 안도하여 가슴을 쓸어내리는데.

다음 순간 파직, 창백한 섬광이 얼굴 옆을 지나갔다.

돌아보니 나덴이 화난 얼굴로 머리카락을 곤두세우고 있었다. 상당히 분노했음을 한눈에 알 수 있을 만큼 몸 주위에 파직파직 전기 불꽃이 튀고 있었다.

그때 갑자기 누군가가 양손을 붙잡는가 싶었더니 뒤로 확 잡아당겼다. 두세 걸음 휘청거린 참에 양팔에 아이샤와 로로아가 안겨들었다.

"월터 공! 장난이 지나치세요!"

"그래. 시아 언니랑 주나 언니가 없다고 해서, 달링한테 추파를 던지면 안 된다."

"……다음에는 맞출 거야."

내 등에 업힌 나덴이 그렇게 말했다. 계속 전기를 띠고 있는 탓인지 내 머리카락까지 곤두섰다. 귓가에서 파직파직 소리가 나는 것이 꽤 무서웠다.

그런 약혼자들의 반응을 본 엑셀은 더욱 유쾌하게 웃었다.

"후후후, 필사적이라 귀엽네."

"부탁이니까 약혼자들을 놀리지 말아 줘."

"어머, 정기적으로 부채질하는 편이 서로의 사랑을 확인할 수 있어서 좋지 않나요?"

"권태기도 아닌데 부채질해 봐야 속이 쓰릴 뿐이라고."

"……너도 집안일에는 고생하는군."

율리우스까지 동정하는 눈빛으로 바라봤다. ……어쩐지 슬펐다.

그런 우리의 반응에 만족했는지 엑셀은 손에 든 부채를 착 펼치고는 유쾌한 표정으로 말했다.

"자 자, 폐하. 제가 온 이상 일기당천이에요. 갑작스럽지만 강 건너편에 있는 도마뱀 여러분을 퇴치하기 위한 회의를 시작하죠."

……정말로, 이분은 인생을 즐기고 있구나.

달이 밝은 가을밤. 소마와 동료들이 하쿠야가 입안한 작전 회의를 마쳤을 무렵에는 이미 완전히 밤이 되었다.

요새 안마당에서는 라스타니아 왕국과 프리도니아 왕국의 병사들이 쉬고 있었다.

하지만 작은 요새라서 프리도니아 왕국군 5만 명 전원을 수용할 수도 없으니, 프리도니아 왕국 대부분의 장병들은 요새 밖에 설치된 야영 진지에서 휴식 중이었다.

작전 회의를 마친 율리우스는 그런 야영지를 둘러봤다. 그때……

"유, 율리우스 님?!"

"오오, 틀림없어! 율리우스 님이야!"

율리우스는 프리도니아 왕국군 군복을 입은 남자들 몇 명에게 둘러싸였다. 왕국군에는 일찍이 자신과 적대했단 자도 많았기에 율리우스는 경계했지만 남자들은 손을 앞으로 맞잡고 인사를 했다.

"저희는 예전에 공국군이었던 병사입니다."

"반 근교 전투에서는 당신께서 지휘하셨죠."

"다행히, 다행히도 무사하셨군요."

전우의 눈물을 흘리며 재회를 기뻐하는 이도 있어 율리우스는 어깨의 힘을 뺐다.

"그런가…… 그대들은 아미도니아 출신이로군."

"예. 저희의 힘이 부족했기에 율리우스 님을 지켜드리지 못하고……."

아마도 가이우스, 율리우스 부자에게 충성을 맹세했던 자들이리라. 자신을 버렸다고 생각했던 고향에도 아직 자신을 생각해 주는 사람이 있었다. 그것만으로도 율리우스는 구원받은 기분이었다. 그래서 눈물을 흘리는 이의 어깨에 손을 얹고 팔을 맞대며 말했다.

"제군이 와 주었기에 지금의 내가 구원받은 것이다. 감사하마."

"율리우스 님……."

"어떤가? 소마랑 로로아는 제대로 아미도니아를 통치하고 있나?"

율리우스가 그렇게 묻자 남자들은 잠깐 망설이고는 고개를 끄덕였다.

"아, 예. 안정되어 있다고 생각합니다."

"공국군도 국방군으로 통일되어 재편되었고 융화가 진행 중입니다."

"전날에는 가이우스 님의 위령제를 개최하여 주셨습니다."

"아버님의 위령제…… 그런가. 그 남자답군."

율리우스는 소마의 의도를 올바르게 이해했다.

'틀림없이 이득과 정에 따른 판단이겠지.'

도시의 백성들에게 가이우스는 두려움의 대상이었지만, 무예를 중시하는 군인 등에게는 경애의 대상이었다. 위령제를 개최하면 그런 이들의 반발을 억누를 수 있겠지. 왕국과 공국의 융화를 추진하고 싶은 소마에게는 이로운 일이었다.

그리고 정이란 로로아에 대한 정이다. 가이우스와 로로아의 사이는 무척 차가웠다고는 해도, 친아버지를 공격하고 말았다는 사실에 대한 죄책감이 소마에게는 있었던 게 아닐까.

'무른 소리지만…… 역시 부정할 생각은 안 들어.'

지금의 율리우스에게는 목숨과 맞바꾸어서라도 지키고 싶은 존재가 있다.

라스타에 남겨 두고 온 티아 공주. 그녀가 눈물짓게 만들지 않기 위해서라면, 그녀가 웃게 해줄 수 있다면 아무리 비효율적이고 귀찮은 일이라도 해 버릴 것이다. 불평은 하면서도.

뇌리에 떠오른 티아의 평화로운 미소에 율리우스의 입가가 느슨해졌다.

"율리우스 님."

"……아니, 아무것도 아냐."

율리우스는 진지한 얼굴로 말했다.

"아버지 가이우스는 패배하긴 했으나 마지막에는 아미도니아인의 기개를 보여 주셨다고 들었다. 그 결과에 자식인 내가 원망한다면 아버지의 최후를 모독하게 되겠지. 그렇기에 내게 소마나 로로아를 원망하는 마음은 없다. 제군은 앞으로도 두 사람을 보살펴 다오."

"오오, 이 어찌나 대단한 각오이신지!"

"율리우스 님! 저희는 반드시 로로아 님을 지키겠습니다!"

감동하여 또다시 눈물을 흘리는 병사들을 보고 율리우스는 쓴웃음을 지을 수밖에 없었다.

이야기에 거짓은 없지만 율리우스로서는 이제 와서 "공국으로 돌아와 주십시오."라는 소리를 듣고 싶지는 않았기에 넌지시 "나는 나대로 잘 하고 있으니까, 너희는 너희대로 마음껏 살아 다오."라는 뜻을 전한 것이었다. 아미도니아 공왕가에 미련 따윈 없었다.

'티아를 남겨 두고 귀국할 수는 없고, 그렇다고 데려가고 싶지도 않아. 티아가 사랑하고, 티아를 사랑해 주는 사람들이 있는 이 나라에서 떼어놓고 싶지 않으니까.'

율리우스는 쓴웃음을 지으며 병사들의 어깨에 손을 얹었다.

"나는 나라를 통치하지 못했지만, 그런 나를 받아들여 준 이 나라를 지키고 싶다. 부디 한번 더, 제군의 힘을 내게 빌려주게."

"훌쩍…… 처음부터 그럴 생각입니다!"

"또다시 율리우스 님과 함께 싸울 수 있다는 사실을 자랑스럽게 생각합니다!"

병사들은 눈물을 훔치더니 저마다 그렇게 말했다. 율리우스는 힘차게 고개를 끄덕였다.

"그렇다면 지금은 쉬어라. 내일은 크게 힘써야 할 테니까."

"""옛, 그럼 실례하겠습니다."""

병사들은 경례를 하고 돌아갔다. 그런 병사들을 지켜본 뒤, 갑자기 조용해진 분위기 가운데 율리우스는 한숨을 한 번 내쉬었다.

"……나도 쉬도록 할까."

율리우스는 건물 안으로 들어가서, 자신의 방으로 사용하고 있는 방 앞으로 향했다.

오늘은 어쩐지 피곤했다. 내일에 대비해서 슬슬 쉬어야겠다며 문을 열었다.

"어서 오세요, 율리우스 님."

"어어……?!"

피곤하기도 하여 얼빠진 대답을 해 버렸지만, 이곳에 있을 리 없는 인물의 목소리가 들려 율리우스는 퍼뜩 고개를 들었다. 그곳에는 라스타에 두고 왔을 터인 티아가 서 있었다.

"티아 공주?! 어째서 이곳에?!"

"에헤헤. 와 버렸어요."

"와 버렸다니, 어떻게……."

"로로아 님 일행이 곤돌라를 이용해서 요새로 가신다고 해서, 짐 사이에 숨어서."

"밀항?! 대체 무슨…… 지금쯤 라스타는 큰 소동이 벌어졌을 텐데."

"아, 그건 괜찮아요. 여기에 온다고 편지를 남겨 뒀으니까."

"그런 문제가 아니라!"

율리우스는 머리가 아파 관자놀이를 짚었다. 이런 행동력은 로로아에게 필적한다고 할 수 있으리라. 복잡한 표정의 율리우스에게 티아는 불안한 듯 말을 건넸다.

"저기, 죄송해요. 하지만 저, 아무래도 율리우스 님이 걱정돼서……"

사과하는 티아를 보고 율리우스는 체념한 듯 한숨을 내쉬었다.

"……이 방으로 들어올 때까지 누군가에게 들키셨습니까?"

"아뇨, 천을 뒤집어쓰고 몰래 숨어들었으니까 아무도 못 봤을 거예요. 다들 바삐 돌아다니고 계셨으니까."

"뭐, 발견되었다면 더욱 큰 소동이 벌어졌을까."

율리우스는 티아를 자기 방 침대에 앉히고 자신도 옆에 앉았다.

"공주. 모든 결판이 날 때까지는 이 방에서 나오지 마십시오. 요새에 공주님이 있다는 사실이 알려지면, 라스타니아 장병들의 마음이 흐트러집니다."

"아, 알았어요. 방해되지 않게 방에서 얌전히 있을게요."

티아 공주는 끄덕끄덕 고개를 끄덕였지만, 잠시 후 율리우스를 올려다보며 물었다.

"저기…… 제가 여기에 있다면 율리우스 님도 마음이 흐트러지시나요?"

쭈뼛쭈뼛 묻자 율리우스는 고개를 저으며 어깨를 으쓱였다.

"……아니, 오히려 마음을 다잡았어. 이제 절대로 질 수는 없다고."

"율리우스 님은 이기실 거예요. 반드시."

"훗, 공주가 그러니까 이상하게 정말로 그럴 것 같아……. 후아…… 실례하지."

연일 이어진 전투나 내일의 준비로 지쳤는지 율리우스가 하품을 흘렸다. 티아는 한순간 어리둥절했지만 무언가를 떠올린 듯 자신의 허벅지를 탁탁 두드렸다.

"율리우스 님. 피곤하시면 제 여길 베개로 써 주세요."

"어, 아니, 아무리 그래도 그건……."

"제 무릎은 살집이 없으니까 불편하신가요?"

"……알았어."

시무룩한 티아를 보고, 율리우스는 체념하고 몸을 눕혀 그녀의 무릎에 머리를 얹었다. 티아는 만족한 듯 무릎 위에 있는 율리우스의 머리를 부드럽게 쓰다듬었다.

"무운을 기도할게요. 율리우스 님."

"티아 공주…… 그렇다면 나는 기사도 이야기처럼, 당신에게 승리를 바치지."

그것은 결전 전야라고는 여겨지지 않을 만큼 평온한 시간이었다.

요새 안의 주방에서는 폰초와 세리나가 요리 준비를 하고 있었다.

내일은 틀림없이 식량이 대량으로 필요하다. 결전을 앞둔 영양 보급에 더하여, 승리한 뒤의 연회에도 요리는 필요하다. 아직 이긴 것도 아닌데 성급하다고 생각할지도 모르겠지만, 연회 준비를 하지 않는다면 패배하는 게 아니냐는 인상을 주고 만다. 그렇기에 이겼을 때를 상정하여 그들은 식사 준비를 진행하는 것이었다.

"저기, 역시 저도 도울게요."

큰 냄비를 뒤섞는 폰초에게 코마인이 말했다.

"폰초 씨랑 세리나 씨가 일을 하시는데 저만 쉬다니……."

"괘, 괜찮습니다. 인원은 충분하니까요. 예."

폰초는 곤란한 듯 웃으며 말했다. 확실히 주방에는 두 사람 말고도 요리사 몇 명이 준비를 돕고 있었다. 하지만 모두 무척 바빠 보였다.

"하지만……."

"당신은 내일, 전장에 나가는 거죠? 오늘은 이만 쉬고 조금이라도 주무세요."

더욱 말을 꺼내려는 코마인을 세리나가 단호하게 타일렀다. 코마인은 내일 결전에 전사로서 지원했다. 오빠 지르코마와 함께 싸우기 위해서.

폰초도 앞치마에 손을 닦고는 코마인의 머리에 손을 툭 얹었다.

"전 지르코마 경처럼 전장에 나가서 싸우지는 못해요. 한심한 소리지만, 완력으로는 세리나 경한테도 아득히 못 미치겠죠, 예."

"최소한의 호신술은 메이드의 덕목이니까요."

세리나가 시원스러운 표정으로 태연하게 그런 말을 꺼냈대.

야생의 커다란 늑대가 노려보는 것 같은 기백을 가진 세리나의 무술이 최소한인지…… 코마인은 메이드라는 직업을 더더욱 알 수 없었지만, 그것을 지적해 봐야 명백한 답변이 돌아오지 않는다는 것은 알았기에 잠자코 있었다.

그런 코마인을 향해 폰초는 어색하게 웃으며 말했다.

"저, 저는 이런 사람이라 전장에서 코마인 양을 도울 수는 없어요, 그 대신이라고 하면 그렇지만, 맛있는 밥을 만들고서 기다릴 테니 부디 무사히 돌아오세요, 예. 그리고 셋이서 같이 식사를 하죠."

"폰초 씨……."

다정한 폰초의 말이 코마인의 가슴에 살며시 스며드는 것 같았다.

"마치 전장으로 향하는 남편을 배웅하는 아내 같네요."

"그, 그렇군요—. 저도 참 흐리멍덩하네요, 예."

세리나가 기가 막힌다는 듯 지적하자 폰초는 부끄러운 듯 웃었다.

그런 두 사람의 따뜻한 분위기를 접하고 코마인도 온화하게 웃었다.

"예, 반드시 무사히 돌아올게요. [이시즈카 가의 식탁]이 제가 있을 곳이니까요."

토모에와 이누가미는 부상병을 들이는 큰 방으로 짐을 나르고 있었다.

　주위를 둘러보면 붕대를 감은 병사들이 앉아 있었다. 누워 있는 것은 큰 부상을 입은 사람으로, 그런 사람에게는 광 속성 마도사가 곁에 붙어서 회복을 진행했다.

　그렇게 자칫 울적해질 것 같은 광경 가운데, 토모에는 일부러 밝은 목소리로 말했다.

　"붕대와 미츠메딘 추가분을 가져왔어요."

　그러자 부상병 치료를 맡고 있던 의무병이 경례했다.

　"토모에 님, 수고하십니다!"

　"의무병 여러분도 수고 많으세요. 부상당하신 분이 많은가요?"

　"아뇨, 이곳에 있는 건 비교적 경상인 사람들뿐입니다. 외상이 큰 자는 우선적으로 광 속성 마도사가 치료를 맡고, 더욱 중상인 자는 라스타로 이송합니다. 대부분은 약을 바르고 붕대를 감아 두면 쾌차할 사람들뿐이죠."

　"그런가요. 다들 힘내세요."

　토모에와 이누가미는 가져온 짐을 의무병들에게 건넸다.

　짐을 모두 건넨 뒤에, 이누가미는 토모에에게 작게 말했다.

　"여동생분도 슬슬 휴식을 취하시는 편이 어떠실까요?"

　이누가미는 걱정하는 마음에 말했지만 토모에는 고개를 가로저었다.

　"제가 할 수 있는 일은 뭐든 하고 싶어요. 도움이 되고 싶어요."

　"무슨 말씀이십니까. 요전에 라스타에서 벌어진 전투에서도,

여동생분 덕분에 저희는 리자드맨의 생태를 알 수 있었고 해결법도 발견한 겁니다."

"그래도…… 좀 더 도움이 되고 싶어요."

"우꺄꺄, 기특하네."

밝은 목소리에 고개를 들자 마침 쿠와 레폴리나가 들어오는 참이었다. 그러자 이누가미가 슬쩍 앞으로 나와서 토모에와 두 사람 사이로 끼어드는 위치에 섰다.

그리고 이누가미의 얼굴을 본 쿠가 고개를 갸웃거렸다.

"이것 참, 그건 또 무슨 표정이야? 내가 무슨 화나게 할 짓을 했나?"

"혹시 토모에 씨의 보호자 분이신가요? 그게 도련님, 전에 구애했으니까."

레폴리나의 그 말에 쿠는 손뼉을 짝 쳤다.

"그래, 확실히 분위기가 닮았네. 우꺄꺄, 괜찮아. 타르도 없는 곳에서 형님의 동생한테 구애하진 않는다고."

"보통은 있는 곳에서 더 자중하는 법이라고 생각하는데요……."

"…………"

레폴리나가 어이없다는 듯이 말해도 이누가미는 묵묵부답이었다.

'어떤 표정인 걸까…….'

이누가미가 어떤 표정인지 토모에의 위치에서는 보이지 않았다.

"그런데, 두 분은 어째서 이곳에? 어디 다치셨나요?"

토모에가 그렇게 묻자 레폴리나가 곤란하다는 듯 웃으며 대답했다.

　"어, 아뇨. 남는 천이 없을까 해서 찾고 있어요."

　"남는 천?"

　"낮에 전투에서 내 곤이 꽤 더러워져 버려서 말이지."

　그러면서 쿠가 내민 곤은 리자드맨의 피가 곳곳에 들러붙어 있었다. 이미 말라서 검게 변했지만 문지른 듯한 흔적도 있었다.

　"손질에 사용하던 천이 찢어졌거든. 이것도 꽤 닦아 낸 건데, 세세한 장식이 많은 탓에 전부 닦이지가 않네. 무기는 제대로 손질하지 않으면 목숨과도 연관이 되니까 말이지."

　"타르 씨는 손질이 귀찮아질 뿐이라고 그랬는데, 도련님이 멋있는 장식을 꼭 달고 싶다며 물러서지 않으셨잖아요."

　"우꺄? 그랬던가?"

　웃으면서 얼버무리는 쿠를 보고 레폴리나는 허리에 손을 대며 한숨을 내쉬었다.

　그런 두 사람의 대화를 보고 있다가,

　"제게도 싸울 힘이 있다면, 좀 더……."

　토모에가 그렇게 중얼거렸다. 그것을 들은 쿠가 "우꺄?" 하고 고개를 갸웃거렸다.

　"뭐야, 아가씨. 싸우고 싶어?"

　"저기…… 그러면 더욱 오라버니께 도움이 되지 않을까 해서요."

"어―. 그건 힘들겠네."

쿠는 단호하게 잘라 말했다.

"이것만큼은 자질의 문제야. 아가씨는 전장에 나서기에는 너무 다정해. 형님을 위한 일이고 상대는 사나운 몬스터라고 해도, 목숨을 확실하게 빼앗지는 못하겠지? 게다가 아가씨가 아무리 몸을 단련해도 일개 병사가 될 뿐이야. 도움은 안 돼."

"…………."

쿠가 꺼낸 정론에 토모에는 아무런 말도 할 수 없었다. 그저 자신의 옷자락을 꾹 붙잡을 뿐이었다. 그런 토모에를 이누가미는 어떻게든 위로하려고 했지만, 쿠가 한 이야기 자체는 전혀 잘못되지 않았기에 무슨 말을 건네면 좋을지 떠오르지 않았다.

그런 무거운 분위기를 신경 쓰지도 않고 쿠는 계속 말했다.

"애당초 아가씨는 원래부터 특별한 힘을 가지고 있잖아? 동물이랑 이야기할 수 있는 능력이었나? 그 힘으로 수송용 라이노사우루스의 마릿수를 늘렸다고 그러던데."

"어, 아, 예……."

"내 입장에서는 말이지, 그냥 무력보다는 그쪽 능력이 훨씬 매력적으로 느껴지거든. 우리 나라의 겨울 이동 수단이라면 누마스인데 좀처럼 늘어나질 않아서 말이지. 아가씨의 능력이 있다면 번식 환경을 더욱 갖추어 줄 수 있을 텐데……."

거기까지 말하다가 쿠는 갑자기 생각에 잠긴 표정을 띠었다.

"응? 아가씨의 힘을 빌리는 건 의외로 나쁘지 않은데…… 아가씨가 누마스랑 이야기를 해 주면……."

"저기, 실례입니다만, 여동생분은 선대 국왕 부부의 양녀로서 지위는 왕족이십니다. 호위는 붙을지라도 토모에 님만을 공화국으로 보내는 건……."

이누가미가 그렇게 직언했지만 쿠는 팔랑팔랑 손을 내저었다.

"그런 쪽으로는 괜찮겠지. 국외로 나갈 필요는 없어. 누마스는 이쪽에서 수배할 테니까, 공화국이랑 왕국의 국경선에 가까운 도시나 마을로 와 주면 거기서 대화할 수 있을 거야."

"그것도 폐하의 허가가 필요합니다."

"형님도 누마스를 몇 마리 원하더라고. 국방 문제도 있고 애당초 숫자가 많지 않으니까 거절했지만, 왕국과 공화국에서 정보를 공유하여 번식 환경을 갖출 수 있다면 몇 마리는 줄 수 있어. 왕국에서도 남쪽은 추우니까 사육할 수 있겠지. 뭐…… 아버지의 허가는 필요하니까 당장 진행할 수는 없겠지만, 다음에 형님한테 이야기를 해 볼게."

그러더니 쿠는 토모에를 향해 히죽 웃었다.

"그때는 아가씨의 힘, 믿을게. 우꺄꺄."

"……예! 열심히 할게요!"

양손을 꽉 쥐며 토모에는 의지를 다졌다. 자신에게도 할 수 있는 일이 있다는 사실을 알게 되어 기쁜 것이리라. 이누가미와 레폴리나는 흐뭇한 표정으로 보고 있었다.

한편 그 무렵, 프리도니아 왕국의 원군 총대장인 루드윈과 참모 카에데는 순서를 마지막으로 확인하고 있었다. 내일 작전에서 루드윈은 본진에서 묵직하게 대기하고 카에데가 전선 가까운 위치에서 지휘를 맡게 된다.

"나로서는 전선에서 지휘를 하는 편이 좋은데."

"총대장께서 그러시면 곤란한 거예요. 이번에는 얌전히 계세요."

"아하하…… 알았어."

그리하여 최종 확인을 마치고 두 사람은 작전실을 나섰다.

"그럼 내일은 잘 부탁하지."

"예. 루드윈 님께도 무운이 있으시길."

문 앞에서 루드윈과 헤어진 카에데가 잠시 걸어가자, 모퉁이 쪽에 할버트와 루비가 서 있었다. 두 사람의 존재를 깨달은 카에데는 어리둥절해서 고개를 갸웃거렸다.

"안 자고 기다려 준 건가요?"

"……마침 잠이 안 오길래 말이지."

"말이야 그러지만, 카에데의 얼굴을 보고 싶었을 뿐이야."

루비가 시원스럽게 밝히자 할버트는 얼굴을 새빨갛게 물들였다.

"아니, 루비! 너 말야!"

"후후후, 저도 두 사람의 얼굴을 볼 수 있어서 기쁜 거예요."

카에데는 쿡쿡 웃으며 그렇게 말했다.

"할과 루비는 하늘 위에서, 저는 지상에서 싸우게 돼요. 할, 그쪽이 위험할 테니까 조심하는 거예요. 그리고 루비도 무리하게 두면 안 되고요."

"알고 있다니까. 너도 실수로 다치면 안 된다고. ……네가 위험에 처한다면 반드시 구하러 가 줄 테니까. 그렇지? 루비."

"후훗, 그래. 할도 루비도 내가 지켜 줄게."

셋이 저마다 잘난 듯 이야기했기에 세 사람은 나란히 웃음을 터뜨렸다.

그렇게 셋이 웃고 있는데,

"어머나, 사이가 좋아 보여서 좋네."

갑자기 목소리가 들려 셋이서 돌아보니 엑셀이 미소와 함께 서 있었다. 갑작스러운 국방군 총대장의 출현에, 군 소속인 세 사람은 황급히 경례를 했다.

"아, 아니 월터 공! 계신지 몰라서 실례했습니다."

"어─. 이미 밤도 늦었으니까 그런 건 됐어."

대표로 사죄하는 할버트에게 엑셀은 손을 팔랑팔랑 내저으며 말했다. 말을 잃은 할버트 대신에 카에데가 물었다.

"저기, 엑셀 공은 어째서 이곳에 계시죠? 이미 쉬고 계실 거라 생각했는데."

"으~응…… 폐하가 걱정이 되어서 방에 살펴보러 갔는데 아이샤 씨한테 문전박대를 당해 버렸거든. 정말로 사랑받고 계시는구나~."

엑셀은 검지를 입술에 대며 곤란하다는 듯 말했다.

정말로 이 사람은 뭘 하는 걸까, 그들은 싸늘한 시선으로 쳐다봤지만 장본인인 엑셀은 사실 진지하게 소마를 걱정하던 것이었다.

'작전 회의 때, 폐하께서 조금 무리하시는 거 같아 걱정했는데, 뭐 방에는 로로아 씨나 나덴 씨가 있는 모양이니까…… 괜찮으려나.'

엑셀은 기분을 전환하듯 손뼉을 짝 쳤다.

"그런데, 세 사람은 카스토르가 있는 항모에 있었지? 여러분이 봤을 때, 그 바보 같은 아이는 제대로 함장을 하고 있었나?"

"어, 카스토르 함장 말씀이십니까?"

할버트는 카에데랑 루비와 얼굴을 마주 봤다.

"으—음…… 예. 의지가 되는 함장이라고 생각합니다."

"함장이 되어서도 갑판 청소 같은 일을 하니, 승무원들도 잘 따르는 거예요."

"레드 드래곤이랑 붉은 드래고뉴트라니 닮았구나, 그러면서 싹싹하게 말을 걸어 줬어요."

셋의 의견을 듣고 엑셀은 싱긋 웃었다.

"그런가요. 제대로 할 일은 하는 모양이네요."

"아, 예. 물론이죠."

"뭐, 그렇게 잘 따르는 승무원이랑 어울려서, 조—금 장난이 지나친 가게에 갔다는 이야기는 들었지만요. 우후후후후……."

세 사람은 주위의 체감 기온이 10도 정도 내려간 것처럼 느꼈다.

그리고 엑셀은 카에데와 루비를 봤다.

"두 사람은 할버트 경의 약혼자였죠?"

"아, 예."

"그런 거예요."

두 사람의 대답에 엑셀은 고개를 끄덕이더니 타이르듯 말했다.

"남성이란 쉽게 우쭐해지는 법이에요. 그러니까 여성이 제대로 고삐를 잡아야만 해요. 때로는 칭찬하고, 때로는 격려하고, 때로는 추어올리고, 때로는 질책하고, 때로는 엉덩이를 때리고. 어디로든 치우쳐서는 안 되죠. 그렇게 상대의 기분을 상하게 만들지 않고서 주도권을 붙잡는 것이 원만한 가정의 비결이에요. 알겠죠?"

""아, 예!""

나란히 경례를 하는 카에데와 루비. 할버트만이 머리를 부여잡고 있었다.

'나는 이 이야기를 어떤 표정으로 들어야 하냐고…….'

그런 셋의 모습에 엑셀은 만족스러운 듯 미소 짓더니, 가슴께에서 부채를 꺼내어 확 펼쳤다. 그리고 부채로 입가를 가리며 무척 유쾌하다는 듯 웃었다.

"뭐, 제 딸이자 카스토르의 아내인 악셀라도 그저 기다릴 뿐인 여자가 아니니까요. 카스토르도 조만간 몸소 알게 되겠죠."

우후후후후, 의미심장하게 웃는 엑셀을 보고 할버트는 등줄기가 오싹했다.

'결혼하면 카에데랑 루비도 이런 느낌이 되려나…….'

할버트는 그렇게 생각하며 결코 둘을 거스르지 않겠노라 다짐

하는 것이었다.

◇ ◇ ◇

모두가 저마다의 시간을 보낼 무렵, 나는 방에서 서류를 훑어보고 있었다.

왕성에 남겨 둔【리빙 폴터가이스트】로 지금도 서류 업무는 하고 있지만, 본체도 손이 비면 일을 할 수 있도록 중요하지 않은 업무를 가져온 것이었다.

묵묵히 책상 앞에 앉아서 모두 훑어본 서류에 사인을 하는데,

"저기 저기 달링. 그건 지금 해야만 되는 일이가?"

"정말. 이런 곳까지 와서 일에 절어 있다니."

뒤에 있던 로로아와 나덴이 그런 소리를 했다.

돌아보니 싱글 베드에 로로아와 나덴이 앉아서 이쪽을 보고 있었다.

둘 다 원피스 잠옷 차림으로, 나덴은 잘 때 쓰는 벙어리장갑 같은 모양의 커버로 사슴뿔을 덮어 두었다. 이전에 사람 모습으로 자면 베개가 사슴뿔에 구멍이 나 버린다는 말을 듣고 내가 짜 준 물건이었다. 고유 명칭은 없지만 우리는 '뿔 커버'라고 불렀다.

……그보다도 둘 다 여기서 잘 생각이 가득한 모습이네.

참고로 아이샤는 문 너머에서 경비를 서 주고 있었다. 아까는 우리를 놀리려고 방으로 들어오려던 엑셀을 쫓아내 준 모양이었다. 굿 잡!

나는 서류를 훑어보며 두 사람에게 말했다.

"일은 계속 있으니까. 조금이라도 소화해야 쌓이지 않거든."

"그라이까 왕성에도 남겨 둔 의식으로 일은 하고 있잖아?"

"내일 싸움에 대비해서 오늘은 쉬어야 하는 거 아냐?"

"⋯⋯나도 알지만 말이지."

그러자 두 사람은 무어라 소곤소곤 이야기했다.

"이건 그기다, 나넷찌."

"그래. 그런 거겠지."

그거, 라느니 그런 거, 라느니 대체 무슨 이야길 하는 걸까.

그리고 두 사람은 일어서서 내 양옆에 서더니 내 팔을 단단히
붙잡았다.

"시아 언니네도 그랬다. '소마가 밤에 필요 이상으로 일을 할
때는⋯⋯.'"

"'정신적인 부담으로 잠들지 못하는 탓이니까 주의해.' 라
고."

"으⋯⋯."

정곡이었다. 리시아, 아이샤, 주나 씨는 내가 가장 정신적으
로 몰려 있던 시기를 알고 있다. 하지만 로로아와 나뎅은 모를
테니, 이 두 사람이 알고 있다는 것은 약혼자 후보 사이에서 정
보가 공유된 모양이었다.

"나뎃찌. 그쪽 들어라."

"맡겨 둬. 으─차."

두 사람은 나를 책상에서 떼어 내더니, 나를 침대에 앉혔다.

그리고 놓치지 않겠다는 듯 양옆에서 팔을 단단히 고정했다.

"그래서, 뭘 그렇게 걱정하는데? 이길 수 있다는 계산은 됐다 아이가."

"……그래도, 역시 마음이 무거워. 내 명령으로 사람이 죽는다는 게."

나난 체념하고 속마음을 털어놓기로 했다.

"이번 상대는 잔인한 몬스터야. 그들에게는 생존 본능이 있을 뿐이고, 해치우지 않으면 피해가 커지는 이런 상황에선 몬스터들은 섬멸해야 해. 그 사실에 망설임은 없어. 그러니까 공국과의 전쟁을 결단했을 때와 비교하면 그래도 심적으로는 편했어."

"소마……."

걱정스럽게 말하는 나덴의 머리를 살며시 쓰다듬었다.

"그래도, 몬스터에게 먹힌 사체를 보면 아무래도 떠올리고 말아. 내가 데려오지 않았다면, 내가 싸우라고 명령하지 않았다면 죽지 않았을 사람도 있었을 텐데. 물론 싸움을 통해 구할 수 있는 생명, 싸우지 않을 경우 잃게 될 생명의 숫자가 그보다 훨씬 많다는 건 알아. 하지만 그렇게 목숨의 숫자로 계산하는 스스로가 싫어졌어."

"하지만 그게 국왕이 할 일이잖아?"

로로아는 진지한 표정으로 말했다.

"위에 서는 사람은 밑에서 떠받혀 주는 사람들을 상대로 '할 수 있는 만큼'의 일을 한다. 할 수 있는 만큼 살리고, 할 수 있는 만큼 지키고, 할 수 있는 만큼 피해를 줄인다. 물론 할 수 있는 만큼이이까 '할 수 없는' 부분도 나오겠지. 그렇지만, 그렇게 위에서 할 수 있는 만큼의 일을 해 줄 거라 믿으니까 밑에서도 싸울 수 있다, 그런 건 달링도 잘 알잖아? 그래도 달링이 고민하는 건 분명히……."

"……그러네."

뻔한 이야기였다. 이제까지도 그렇게 해 왔으니까.

하지만 멈춰서 생각해야만 한다. 그러지 않으면…….

"익숙해져 버릴 것 같아서 무서워. 이런 고민조차 하지 않고 결단할 수 있게 되어 버린다면……. 언젠가, 무언가 '터무니없는 것'이 되어 버릴 것 같아. 그 결과로 소중한 존재를 잃어버릴 것 같아……."

국왕이라는 시스템이 되려고 한 경험이 내게 경종을 울렸다. 국왕, 용사, 이세계인, 흑룡과 계약한 자…… 남들과는 다른 직함은 사람을 매료한다. 그리고 그 힘에 매료된 사람들이 추어올리며, 자신이 아닌 무언가가 홀로 걸음을 옮긴다.

그런 불안이 항상 내 안에 있었다.

"결단을 고민하지 않는 사람이 되고 싶지 않아. 하지만 고민하면 우울해지지. 그래서 일에 집중하는 걸로 생각을 하지 않으려고 해. ……모순이려나?"

"……뭐, 어때. 소마는 그걸로."

나덴이 내 팔을 꼭 끌어안았다.

"나는 소마의 그런 임금님답지 않은 부분, 좋아하니까."

"그라네. 너무 왕답게 행동하더라도, 다른 사람들이 걱정한다고?"

로로아도 지지 않겠다며 꼭 끌어안았다. 나덴은 쿡쿡 웃었다.

"하지만 일로 도망칠 바에야 우리한테 도망쳤으면 좋겠어. 약한 소리든 투정이든 뭐든 들어 줄게."

"그래그래. 아, 술도 괜안타고? 아침까지 어울려 줄게."

로로아도 그렇게 말하니, 마음이 어쩐지 가벼워진 것 같았다.

"……밤새도록 마셨다가는 리시아한테 혼날 것 같네."

"다 같이 혼나면 되잖아."

"뭣하면 시아 언니도 끌어들이도 되고."

"아하하, 그것 괜찮네…… 후아~."

그만 하품이 나왔다. 기분이 가벼워진 순간에 잠기운이 밀려든 모양이었다. 최근 며칠의 이동이나 전투로 피로는 쌓여 있었으니 육체적으로는 잘 준비는 만반이었을 테지.

"안 되겠다…… 졸려……."

""우왓.""

내가 벌러덩 침대에 눕자 팔을 붙잡고 있던 나덴과 로로아도 함께 벌렁 드러눕게 되었다. 아——…… 단숨에 찾아온 잠기운에 점점 사고 능력이 떨어진다. 로로아는 아이들 같이 체온이 높은 듯했다. 달라붙으니 따뜻하다. 나덴은 반대로 체온이 낮은지 조금 서늘했다. 둘의 체온 모두 기분 좋아서 더더욱 잠으로 끌려 들어갔다.

멍한 의식 가운데 두 사람의 목소리가 들렸다.

"있지, 나넷찌. 이건 이대로 동침하는 패턴으로 할까."

"그, 그러네. 생각지 않은 이득이야."

"아, 시아 언니랑 아이 언니는 달링이랑 붙어가 잔 적 있다든데. 그때도 달링은 상당히 몰려 있었다고 그라든데."

"그래? 그럼 지금 소마한테도 효과적이라는 거네."

"그라네. 하지만 이 자세는 좀 그라겠지. 셋 다 침대에 옆으로 누워 있고."

"다리가 삐져나오네. 피로가 안 풀릴 것 같아."

"달링이 완전히 잠이 들면 자세를 바꿀까. 도와 도."

"맡겨 둬. 하지만, 그 전에……."

그때 나는 의식을 놓았다.

""잘 자, 달링/소마.""

두 사람은 양옆에서 내 뺨에 입맞춤했다.

♛ 제11장 ✦ 다비콘 강, 불타다

————날이 밝았다.

다비콘 강의 수면이 아침 햇살을 받아 빛날 무렵.

엘프리덴 왕국과 라스타니아 왕국의 연합군은 리자드맨 섬멸 작전을 위하여 움직이기 시작했다. 조용히, 신속하게 배치에 나섰다. 각자가, 각자의 장소에서, 각자의 사명을 다하겠노라 마음먹고 곧 찾아올 결전의 때를 이제나저제나 기다렸다.

나는 현재 나덴의 등에 타고 요새 북쪽을 흐르는 다비콘 강 위에 있었다.

[음~…….]

하늘을 헤엄치며 나덴은 불만스러운 목소리(텔레파시지만)를 꺼냈다.

사람의 모습이었다면 토라진 표정을 띠고 있었을 테지. 그 이유도 알고 있었다.

"정말 미안해, 나덴."

[정말이지. 어째서 내가 이 사람을 태워야 하는 건데!]

"우후후, 그건 제가 이 작전에 필요하니까요."

나덴이 기분 나쁜 이유. 그것은 함께 타고 있는 엑셀의 존재였다.

[드래곤이 등에 타도록 허락하는 건 반려뿐이라는 관습이 있는데.]

"어머, 그래서 저는 당신의 등에 타진 않았잖아요?"

엑셀은 나덴의 등에 올라탄 내 '무릎 위' 에 앉아 있었다.

게다가 떨어지지 않도록 내 목에 본인의 늘씬한 팔을 휘감았다.

백마 탄 왕자가 공주님을 함께 태울 때의 자세라고 할까. 이건 엑셀을 옮길 때, 드래곤이 등에 타도록 허락하는 건 반려뿐이고, 반려의 할머니에게는 아이샤 같은 경우처럼 '반려의 반려는 반려 같은 것' 이라는 논리를 쓸 수 없기에 사용한 방법이었다.

[곤돌라를 쓰면 되잖아!]

나덴이 으르르 으르렁거리며 말했지만 엑셀은 들은 체 만 체였다.

"싫어요. 재미없는걸요. 기껏 이렇게 왕국에서 날아 왔으니까, 이 정도 투정은 허락해 주세요. 그렇죠, 폐하?"

[소마도 뭐라고 좀 해!]

……나한테 어쩌라고. 나덴은 물론 소중한 약혼자이고, 엑셀도 이번 작전의 키 퍼슨이라 함부로 대할 수도 없었다. 그래서 가볍게 주의를 주는 것만으로 그쳤다.

"엑셀, 나덴을 너무 놀리지 마. 그러다간 진심으로 떨어뜨릴 거라고?"

"우후후, 죄송해요. 반응이 너무 귀여워서요."

그만, 그러더니 엑셀은 나덴의 등을 쓰다듬었다.

"게다가 나덴 씨는 묘하게 친근감이 들어. 왜, 나랑 당신은 닮았잖아. 머리에는 사슴뿔이 있고, 색깔은 다르지만 비늘이 있는 꼬리의 형태도 비슷하지?"

[……그건 뭐, 그러네.]

"우리 교룡족의 선조는 교룡(시 서펜트)이었다고 그러는데, 어쩌면 당신과 같은 용이었을지도 모르겠네."

아아, 나도 전에 그런 생각을 한 적이 있었는데.

주나 씨의 도마 가문처럼 인간다운 모습을 한 로렐라이의 자손이라면 모를까 교룡, 다시 말해 큰 바다뱀의 자손이 인간의 모습이 되었다는 건 납득이 가지 않았다. 그 교룡이라는 존재가 나덴 같은 용이었으니까 인간의 모습이 될 수도 있었을 테지.

엑셀은 후후후, 웃음 지었다.

"어쩌면 교룡족은 드래고뉴트가 아니라 반룡인(半龍人)일지도 모르겠네."

[……하지만 나는 당신처럼 포동포동 출렁출렁이 아니야.]

"그건 개인차가 아닐까."

[부조리해!]

말다툼을 시작한 두 사람. 텔레파시와 무릎 위의 대화라서 상당히 시끄러웠다.

그때 할이 드래곤 형태인 루비를 움직여 다가왔다.

"한창 노는 와중에 미안하지만, 슬슬 작전 개시 시간이야."

"……알았어. 슬슬 시작하자."

주위를 둘러보면 수백의 와이번 기병들도 명령을 기다리며 체공 중이었다.

시기는 적당. 나는 무릎에 앉은 엑셀에게 명령했다.

"그럼 엑셀. 화려하게 부탁해."

"알겠습니다, 폐하."

순식간에 미소를 거두고 진지한 가신의 표정으로 변한 엑셀은, 내 목에 두르고 있던 팔을 풀더니 손을 앞으로 맞잡고 머리를 숙였다. 이렇듯 빠른 태세 전환은 역시나 우리 나라가 자랑하는 여걸다운 모습이겠지.

"그럼 오랜만에 '엘프리덴 왕국에 그자가 있다.', '담수가 많은 장소에서는 무적의 마도사'라고 칭해지는 제 전력을 선보일까요?"

양손을 맞잡고 집중하는 엑셀. 그러자 엑셀의 몸이 기울었기에 황급히 허리에 손을 둘러 지탱했다. 의외로 가냘픈 허리를 끌어안자 엑셀은 쿡쿡 웃었다.

"감사합니다, 폐하. 그대로 계속 받쳐 주세요."

[으음~…….]

나덴이 불만스러운 목소리를 흘렸지만, 일단 작전의 일환이니까 참아 줘.

엑셀은 눈을 감고 기도하듯 움켜쥔 손에 힘을 실었다. 그러자,

쏴아아아아아아아아아아아아!!

갑자기 바로 아래를 흐르는 다비콘 강의 수면이 출렁이더니, 마치 마천루로 착각할 것 같은 거대한 물기둥이 다섯 개 솟구쳤다. 너무도 거대하여 보고 있으면 압도될 것 같다.

억지로 들어 올린 물에서 떨어지는 물보라가 연기처럼 감돌아, 우리는 순식간에 안개비 속에 있는 것 같은 상태가 되었다.

'이것이…… 엑셀의 진심…….'

나는 눈앞의 광경에 간담이 서늘했다.

엑셀이 이야기한 '담수가 많은 장소에서는 무적의 마도사'라는 세간의 평가에는 아무런 과장도 없었나 보다. 담수에 한정되어 있는 것은 바다에서는 마법 전체가 사용하기 힘들어지는 영향이겠지. 내륙의 사막 같은 곳에서 싸운다면 모를까, 담수가 풍부한 하천 위에서 엑셀과 싸우고자 한다면 와이번 기병을 전부 투입할 정도의 각오가 필요할 것이다.

[소마. 아래를 봐!]

"우와……."

나덴의 말에 아래쪽을 본 나는 무심코 감탄을 흘렸다.

어떤 강이든 강폭은 일정하지 않고 수심도 장소에 따라 다르다.

그리고 강폭이 짧고, 그러면서도 수심이 얕은 장소는 절호의 도하 지점이 된다.

다시 말해 우리 바로 밑이 그랬다. 다만 다비콘 강은 큰 강이니 도하 지점이라고 해도 강폭은 200미터 정도고, 수심도 성인 남자가 어깨까지 잠길 정도였다. 말로 건널 수 있는 아슬아슬한 깊이라고 할 수 있겠지.

하지만 지금은 엑셀이 물을 끌어 올렸고, 그 때문에 수위가 낮아져 강바닥에 있는 바위까지 보였다. 엑셀은 움켜쥔 손을 풀더니 슥 들어 올렸다.

"【수신 도래】."

엑셀이 그렇게 중얼거리자 다섯 줄기의 거대한 물기둥은 고개를 쳐든 큰 뱀 같은 모습을 갖추기 시작했다. 그리고 엑셀이 손을 내리자, 쏴아아아아아 하고 커다란 소리와 함께 물의 큰 뱀 다섯은 하류의 강물로 머리를 처박았다.

상류에서 끌어 올린 물이 얕은 여울을 지나 반대쪽 하류로 흘러들었다.

완성된 것은 물로 된 거대한 아치 다섯이었다. 이에 따라 아치 사이의 수위는 크게 낮아지고, 좁았던 여울이 크게 확장되었다.

이것이 하쿠야가 생각해 낸 작전이었다.

도하를 위한 여울이 좁아서 대군을 건너편으로 보내기에 어렵다면, 그 여울을 크게 확장하여 건너편의 리자드맨 무리 쪽에서 오도록 만들면 된다.

내가 보내 둔 정보를 바탕으로 그렇게 판단한 하쿠야는, 수 속성 마법에서는 국내 최고인 엑셀 월터를 포함하여 수 속성 마도사를 다수 보내 준 것이었다.

참고로 엑셀를 제외한 수 속성 마도사들은 강물에 띄운 소형 선에 탑승하여, 상류 측에서는 하류로 흘러드는 물의 기세를 약하게 만들고 하류 측에서는 엑셀이 흘려보낸 물이 역류하지 않도록 잘 흘려보내고 조정해 주었다.

이리하며 완성된 다비콘 강을 건너는, 물의 아치 다섯이 걸린 얕은 여울의 길.

마치 모세의 기적 한 장면을 보는 것 같았다.

"하쿠야도 굉장한 걸 생각해 냈구나……."

"폐하. 이 마법은 마력 소모가 격렬하니 빨리 작전을 진행하고 싶어요."

감탄의 한숨을 내쉬었더니, 엑셀이 힘겨운 표정을 띠며 그렇게 말했다.

이런, 안 되지. 너무도 굉장한 광경이었기에 사고가 정지해 버렸다.

나는 얼른 마찬가지로 멍한 얼굴을 하던 할에게 명령했다.

"할! 작전대로, 단숨에 리자드맨을 끌어내어 줘!"

"어?! 으, 응! 다들, 간다!"

정신을 차린 할이 그렇게 명령을 내리자, 주위에 전개하고 있던 와이번 기병들도,

""""오오오오오오!""""

함성을 내질렀다. 그리고 레드 드래곤 루비를 탄 할을 선두로, 와이번 기병 절반이 리자드맨들이 있는 건너편을 향해 날아갔다.

◇ ◇ ◇

할버트와 루비는 와이번 기병들의 선두에 서서, 건너편에 어슬렁거리는 리자드맨 무리의 상공에 도착했다.

높이 날고 있어서 리자드맨의 공격은 날아들지 않지만, 하늘을 날 수 있는 수많은 키메라 몬스터들이 그들에게 덮쳐들었다. 할버트는 다가오는 몬스터들은 두 자루 창으로 꿰뚫고 루비의 화염으로 불태우며 와이번 기병들에게 말했다.

"알겠느냐! 우리 역할은 양치기 개다! 양들을 모는 새도 하운드처럼, 저 '비늘이랑 꼬리 달린 양'들을 건너편까지 몰아가라!"

"""예!"""

와이번 기병들은 짧게 대답하고는 산개했다. 그리고 앞길을 가로막는 몬스터들을 물리치며 리자드맨 무리의 끝까지 도착해서는, 와이번이 지면을 향해 불을 뿜도록 했다.

펑, 펑 차례차례 지면에 불길이 피어올랐다.

"그갸갸갸……!"

리자드맨들은 그 불꽃을 피하려고 서로를 밀어 대며, 무리는 점점 다비콘 강 쪽으로 내몰렸다. 할버트도 루비에게 와이번과는 비교도 되지 않을 만큼 커다란 불꽃을 뿜도록 하여 리자드맨 무리를 얕은 여울 쪽으로 몰아붙였다.

"하핫, 내 약혼자는 흉포하다고! 자, 도망쳐라 도망쳐~!"

잔뜩 들떴는지 할버트가 유쾌하게 말했다.

[으~ 짜증 나는 표현이네. 나중에 카에데랑 설교할 거야!]

그ㅇㅇㅇㅇㅇㅇㅇㅇㅇㅇㅇ!

루비의 포효가 울리고 겁먹은 리자드맨은 앞 다투어 얕은 여울을 건너기 시작했다.

무리의 행동이라는 것은 한 번 흐름이 정해지면 그렇게 간단히 변경할 수는 없다. 더 이상 몰아붙일 필요도 없다고 판단한 할버트는 모여든 와이번 기병들에게 말했다.

"이것으로 리자드맨들은 건너편으로 향하겠지. 지상의 적을 처리하는 건 루드윈 경이 지휘하는 본대에 맡기고, 우리는 소마…… 폐하 곁으로 돌아가서 비행하는 몬스터 섬멸을 진행한다! 하늘에서 지상의 본대를 엄호하는 것이다!"

"""옛!"""

그리고 할버트와 루비는 와이번 기병대와 함께 남쪽으로 방향을 바꾸었다.

건너편에 있던 리자드맨 무리가 움직이기 시작했다.

'와이번 기병들은 잘해 준 모양이네.'

리자드맨들이 시야 아래에 물의 아치가 걸린 얕은 여울길을 건너갔다.

여울에 얕게 깔린 물을 철퍽철퍽 튀기며 나아가는 리자드맨들의 모습은, 옛날에 생물의 생태를 소개하는 방송에서 본 '강을 건너는 누 떼'를 연상케 했다.

'대자연 다큐멘터리라면 도중에 악어 같은 게 덮칠 텐데…….'

뭐, 무리를 이루어 건너는 녀석들이 악어 같은 얼굴이지만.

[이거, 굳이 건너편까지 끌어 낼 필요가 있어?]

같은 광경을 바라보던 나덴을 그렇게 말했다.

[무리의 절반 정도는 강 가운데 있으니까, 지금 월터 공의 마법을 해제해서 떠내려 보내는 편이 간단하지 않아?]

"뭐, 상대가 갑옷을 입은 병사 같은 경우였다면 그게 정답일 테지만, 저 녀석들은 맨몸이니까 말이지. 물에 떠내려가는 정도로는 안 죽을지도 모르잖아? 하류 쪽으로 흘려보내면 토벌하는 데 쓸데없이 수고만 더 들 테니, 전부 건너면 포위해서 섬멸해야지."

"저로서는…… 빨리 모두 건넜으면 좋겠는데 말이죠."

엑셀이 이마에 땀을 흘리며 조금 괴로운 듯 말했다.

역시나 이만큼 대량의 물을 조종하면 항상 여유만만한 모습의 엑셀도 시원스러운 표정으로 있을 수는 없는 모양이었다. 이를 악물고 손이 떨렸다.

"미안해. 조금만 더 힘내 줘."

"알고 있어요."

엑셀은 굳은 미소를 띠며 필사적으로 마법을 계속 사용했다.

이윽고 리자드맨들을 몰아내는 역할을 마친 와이번 기병들이 합류하고, 리자드맨 무리도 모두 다비콘 강을 건넜다.

"아아, 정말이지. 지쳤어요!"

엑셀은 기지개를 켜듯 양손을 하늘로 들어 올렸다.

첨버어어어어어어엉!

다음 순간에는 얕은 여울에 걸려 있던 물의 아치는 무너져, 물덩어리가 되어 떨어졌다.

지면에 처박힌 대량의 물은 큰 물보라를 올리고, 높이 피어오른 물보라가 다시 떨어지며 강 위로 일시적인 비를 뿌렸다.

보이던 강바닥은 순식간에 모습을 감추고 파도가 일어, 지상에서 엑셀을 보좌하던 수 속성 마도사들이 탄 소형선이 흔들렸다.

우리는 그런 모습을 흠뻑 젖으며 보고 있었다.

"……우비를 준비해 둘 걸 그랬나."

[내 옷은 비늘이니까 물을 튕겨 내지만.]

어쨌든 얕은 여울이 원래대로 돌아갔기에 리자드맨들의 퇴로는 완전히 끊어졌다.

제대로 풀렸다는 사실에 안도하는데, 엑셀의 몸이 풀썩 기울었다.

"엑셀?!"

허리에 손을 둘러 끌어안자 엑셀은 가냘프게 웃었다.

"하아. 하아…… 괜찮아요. 힘을 너무 사용했을 뿐이에요."

제대로 미소도 띨 수 없을 만큼 지쳤는지 엑셀은 어깨를 들썩였다. 비에 젖어 머리카락이랑 옷이 몸에 달라붙어 몹시 색기가 감돌았다.

"정말 잘해 줬어. 뒷일은 우리한테 맡기고 쉬어."

"그렇게 할게요. 후후, 폐하께 안기다니 이득 본 기분이네요. 주나가 이 모습을 본다면 무척 분하게 여겼을 테죠."

"……정말로, 성격 참 좋네."

어디까지나 즐거워 보이는 엑셀을 상대로 나는 어깨를 풀썩 떨어뜨렸다.

[으으~…… 주나 대신에 내가 감전을 시켜 줄까 봐.]

나덴이 뾰로통하게 말했다. 흠뻑 젖은 상태인 지금 번개를 맞았다가는 나까지 말려들 테니까 진심으로 그만둬.

……자, 이것으로 우리 역할이 거의 완료되었다.

뒷일은 지상의 부대가 결판을 짓겠지. 그렇게 생각했는데,

[어라?]

갑자기 나덴이 채찍 같은 두 줄기 수염이 꿈틀 움직였다.

"왜 그래?"

[으음…… 응. 뭔가 서쪽에서…… 응?]

나덴 스스로도 잘 모르겠는지 그 말은 애매모호했다.

다만 감각이 날카로운 나덴이 무언가를 느낀 모양이니, 나는 예상 밖의 사태가 벌어지는 것은 아닐지 불안을 느꼈다.

엑셀이 마법으로 확장한 여울을 건너, 맞은편에 다다른 수만

의 리자드맨이 본 것은 진을 치고 있는 프리도니아 왕국군의 모습이었다.

강 건너에서는 먹이를 얻지 못하여 공복이었던 그들의 눈에는 음식이 모여 있는 것으로만 보였다. 보아 하니 하늘을 날고 불을 뿜는 녀석도 없는 듯했다. 리자드맨들은 굶주림을 채우고자, 진을 친 프리도니아 왕국군을 향해 달려갔다.

그 모습을 왕국군 총대장인 루드윈과 율리우스가 보고 있었다.

연합군의 본진이 설치된 야트막한 언덕 위에서 두 사람은 말머리를 나란히 하고 있었다.

"리자드맨만으로 5만은 있을 것 같군. 주위 몬스터의 숫자도 더하면 이쪽보다 많겠지. 성가시게 됐어."

그런 율리우스의 분석에 루드윈은 고개를 끄덕였다.

"그렇군요. 이것이 다른 나라의 군대였다면 고전할 참이겠지만, 숫자가 많을 뿐이지 전략도 전술도 없는 짐승 무리를 상대로 실패할 수야 없겠죠."

"그래. 그럼 나도 우익을 지휘하러 가겠다."

"역시 싸우시는 겁니까? 라스타니아의 사람들은 이미 충분히 싸웠으니까, 남은 건 저희에게 맡기셔도 상관없습니다만."

걱정하는 루드윈의 말에 율리우스는 고개를 가로저었다.

"라스타니아 왕국 사람들에게, 이 싸움은 자신들의 나라를 지키기 위한 싸움이다. 가장 마지막 순간에 왕국한테만 맡긴다면 이 나라 사람들의 승리가 되진 않겠지. 전후 부흥에 탄력을 붙이기 위해서라도 승리는 이 나라 사람들의 손으로 쟁취해야 한다."

"전후 부흥……입니까."

율리우스가 이 전투 다음의 일까지 내다보고 있다는 사실에 루드윈은 그저 감탄할 따름이었다. 그가 드러낸 견해는 군의 지휘, 승패만을 생각하는 장수의 것이 아니라 나라 전체를 생각하는 왕의 것이었다. 율리우스는 사벨 칼자루를 두드렸다.

"민병은 요새에 두었지만, 정규병과 난민병은 마지막까지 싸워야겠지."

"……알겠습니다. 저도 이런 입장만 아니었다면 전선에 서고 싶습니다만."

"그런 짓을 했다간, 저기 여우 귀 부관이 화내지 않겠나?"

"예. 그러니까 카에데 양한테 혼나지 않도록 본진에서 얌전히 있겠습니다."

어깨를 으쓱이며 루드윈이 농담처럼 말하자 율리우스는 훗, 하고 웃었다.

"이건…… 총대장의 몸이 달아오르기 전에 결판을 내야겠군."

"제 몫을 남겨 주셔도 괜찮습니다만?"

"사양하겠네. 총대장의 손을 빌릴 것까지도 없이, 리자드맨들은 이 손으로 저승길로 보내 주지. ……그럼."

말을 몰아 떠나는 율리우스를 지켜보던 루드윈은 작게 한숨을 내쉬었다.

"정말로…… 인연이란 신기한 것이야."

그렇게 혼잣말을 한 뒤, 루드윈은 말 위에서 오른손을 높이 들었다.

"전선에 신호를 보내라! 접근하는 리자드맨들을 요격한다!"

루드윈의 호령을 받아 군용 나팔이 울려 퍼졌다.

"……신호네요. 여러분, 리자드맨들이 와요!"

나팔 소리를 듣고, 야전진지 방어 울타리 근처에서 지휘를 맡고 있던 카에데는 설치된 망루 위에 서서 지팡이를 드높이 들며 말했다.

"우선은 적의 진군을 멈추죠! 여러분, 방벽을 전개하세요!"

카에데 곁에는 토 속성 마도사가 모여 있었다.

카에데의 신호로 토 속성 마도사들은 일제히 마법을 사용, 전선 부대 앞의 지면이 점점 부풀어 올랐고 1분도 안 되어 진지 앞에 긴 성채를 구축했다.

"그엑, 그……."

당장에라도 진지로 밀려들려던 리자드맨들은 갑자기 출현한 흙벽에 앞길을 가로막혔다. 흙이라서 때리거나 긁어도 자국만 남을 뿐이지 부술 수는 없었다. 두리번두리번 주위를 둘러봐도 이 벽에 끝은 찾을 수 없었다.

그럼에도 리자드맨들은 이 벽 너머에 있는 '먹을 것'에 사로잡혀, 그 흙벽을 기어오르기 시작했다. 엄청난 집념이지만 조금 전까지의 기세는 가라앉았다.

"궁병대, 사격을 시작하세요!"

카에데의 명령으로 전선 부대의 궁병대가 흙벽 너머로 일제히 화살을 쏘기 시작했다.

호를 그리도록 발사한 화살은 비록 조준하지는 않지만, 화살의 숫자가 많고 리자드맨이 밀집된 상태였기에 잇따라 명중했다. 그중에는 마법이 부여된 화살도 있어서 폭발하거나 주위를 찢어발기는 등등 리자드맨의 시체는 늘어났다.

그 광경을 망루 위에서 보던 카에데는 휴우, 한숨을 내쉬었다.

'일방적이네요. 개별적으로 돌진하는 것밖에 머릿속에 없는 리자드맨이 상대이기에 이 정도로 그치는 거겠죠. 혹시 이 안에 마족이 있어서 통솔된 움직임을 취할 가능성도 경계했는데, 괜한 걱정이었나 봐요.'

카에데의 지휘로 전선 부대는 리자드맨들의 진군을 막을 수 있었다.

다만 숫자는 많으니까 다가오는 리자드맨을 전부 맞출 수야 없었다.

화살의 비를 빠져나와 흙벽을 넘는 개체가 나타나기 시작했다. 토 속성 마도사들은 흙벽이 무너지지 않도록 의식을 집중하고 있어서 새로이 벽을 만들 여유는 없었다.

그리고 지금 상당한 숫자의 리자드맨이 흙의 벽을 넘어왔다. 이대로는 리자드맨이 무방비해진 마도사나 궁병대를 덮칠 것으로 보였다.

"…………."

하지만 성채를 넘은 리자드맨들을 기다리던 것은, 아이샤의 불합리할 만큼 압도적인 전투력이었다. 말없이 붕 휘두른 아이샤의 대검이, 흙벽을 넘어서 내려서려던 리자드맨 몇 마리를 한꺼번에 베었다.

"그기—익?!"

단말마를 내지르며 둘로 쪼개진 리자드맨들.

흙벽에 가로막히고 궁병들에게 원거리 공격을 받아 리자드맨들은 소수밖에 돌파하지 못했다. 그리고 흙벽을 넘어오는 그 소수의 리자드맨들을 확실하게 물리치고 원거리 공격 부대의 안전을 확보하기 위해, 카에데는 흙벽 안쪽에 정예 부대를 배치해 두었다. 왕국 개인 최강의 아이샤도 물론 이 장소를 맡았는데…….

"……으음."

둘로 갈린 리자드맨의 상반신과 하반신이 후드득 떨어지는 가운데, 아이샤는 대검을 아무렇게나 휘둘러서 달라붙은 피를 털었다. 무난하게 승리했음에도 그녀의 표정은 어딘가 불만스레 짜증이 어려 있었다.

그 원인은 같은 부대에 있는 지르코마와 로렌 때문이었다.

아이샤의 시선이 향한 곳에서 지르코마와 로렌은 서로를 도우며, 흙벽을 넘어오는 리자드맨과 싸우고 있었다.

"지르코마 님!"

로렌은 싸우는 지르코마를 등 뒤에서 덮치려면 리자드맨 두 마리 앞을 가로막고, 한 마리를 방패로 튕겨 내고 한 마리를 검으로 꿰뚫었다. 도움을 깨달은 지르코마는 눈앞의 리자드맨을 쿠크리로 쓰러뜨리고는 로렌과 등을 맞댔다.

"미안하군요, 덕분에 살았습니다. 로렌 님."

"무슨 말씀을. 지르코마 님의 뒤는 제가 지키겠습니다."

"그럼 저는 로렌 님의 뒤를 지키죠. 상처 하나 허락하지 않겠습니다. 당신과 제 아이는 셋 정도 원하니까요."

"에엣?"

로렌은 한순간 무슨 말을 들은 것인지 알 수 없었다. 그것이 자신의 자폭 같은 프러포즈에 대한 답변임을 마침내 이해한 순간 그녀의 얼굴이 새빨개졌다. 하지만 금세 이곳이 전장임을 떠올리고 풀어지려는 표정을 다잡았다.

"……반드시 이기죠! 지르코마 님!"

"물론이지요…… 으차."

그리고 리자드맨 한 마리가 발끈했는지 두 사람을 덮쳤다.

두 사람은 그에 대비하여 자세를 취했지만, 두 사람이 무언가를 하기도 전에 어디선가 날아온 나이프가 리자드맨의 미간을 꿰뚫었다. 벌러덩 쓰러진 리자드맨. 두 사람이 돌아보니 손가락과 손가락 사이에 투척 나이프를 든 코마인이 어이없다는 표정으로 서 있었다.

"오라버니, 그게 전장에서 할 말인가요? 얼렁뚱땅에도 정도가 있잖아요?"

코마인의 말에 지르코마는 부끄러운 듯 고개를 홱 돌렸다.

"……이런 건 서툴러서 말이지. 이런 자리라도 아니라면 말

못 할 거라고 생각했지."

"정말이지…… 로렌 님! 이런 오빠지만 잘 부탁드려요."

"아, 예! 잘 부탁받았습니다!"

"너야말로 어째서 여기에 나왔느냐. 폰초 경이랑 요새에서 기다리면 될 텐데."

지르코마는 코마인에게 리자드맨이 접근하지 않도록 행동하며 물었다.

"저도 싸울 수 있어요. 오라버니나 다른 분들이 싸우는데 가만히 있을 수는 없죠."

"그런 소리를 하다가 혹시 시집도 가기 전에 흉이라고 생기면 어쩌려는 거냐. 폰초 경이 받아 주지도 못하게 될 거라고?"

"폰초 경은 그렇게 도량이 좁지 않으세요…… 아니, 저희는 그런 게…….…."

말을 더듬는 코마인을 보고 지르코마와 로렌은 대강의 사정을 헤아렸다.

"……아무래도 이 전투 뒤에 이야기를 나눌 일이 늘어난 것 같네."

"예. 어떻게든 무사히 헤쳐 나가야겠어요."

두 명으로 늘어난 보호자들의 말에 코마인의 얼굴이 새빨갛게 물들었다.

그런 셋의 대화를 곁눈질로 보고 있었으니 아이샤는 짜증이 난 것이었다. 딱히 전장에서 불성실하다든지, 그런 생각을 하는 것은 아니었다.

아이샤가 생각하던 것은 단 하나.

'로렌 님이 부러워!'

그것뿐이었다.

'저도 폐하께서 활약을 봐 주시고 칭찬해 주셨으면 좋겠는데, 폐하께서는 나덴 님과 함께 하늘 위에 계시잖아요. 저도 저런 식으로 폐하와 등을 맞대고서 싸우고 싶어요!'

소마가 아이샤와 함께 싸워 봐야 거치적거릴 뿐이겠지만 그건 그거. 신뢰할 수 있는 파트너의 상징 같은 행위를 옆에서 봤더니 자신도 저런 걸 하고 싶다…… 그렇게 생각하고 마는 것은 어쩔 수 없는 일이리라.

아이샤는 짜증스러운 마음 그대로 대검을 휘둘렀다.

'어제는 경비를 서서 저만 폐하랑 함께 잘 수 없었고…… 이 응어리, 눈앞의 적에게 터뜨리겠어요!'

소마가 강제적으로 성룡 산맥에 혼자서 갔을 때도 그랬지만, 아이샤는 소마와 관련된 일로 감정이 격앙되면 리미터가 해제되는지 파괴력이 대폭적으로 올라간다.

소마가 자신을 두고 성룡 산맥으로 가 버렸을 때에는 그 슬픔을 발판으로 할버트, 카에데, 카를라를 압도했을 정도였다.

지금은 지르코마 일행의 사이좋은 모습에 대한 질투의 감정을 대검에 실어 싸우고 있었다.

'저도 폐하께 칭찬받고 싶어요! 귀여워해 주셨으면 좋겠어요! 그러기 위해서라도, 이런 싸움은 냉큼 끝내고 폐하께 가야 해요!'

감정 그대로 리자드맨들을 흩어 버리는 아이샤.

리자드맨들에게는 완전히 고래 싸움에 새우 등 터지는 격인 싸움이 그곳에는 존재했다.

"윽?!" (움찔)

어, 어쩐지 등줄기에 오한이 느껴지는 것 같은데…… 착각인가.

[으냐아아아아아아!!]

파직!!

나덴이 종횡무진으로 발사한 전격이, 주위를 날아다니는 몬스터들을 까맣게 태워서 떨어뜨렸다. 나와 용인 나덴 그리고 할과 레드 드래곤인 루비 콤비는, 다른 와이번 기병들과 함께 하늘을 나는 몬스터들이 지상 부대를 공격하지 않도록 제공권 확보에 애쓰고 있었다.

"죽고 싶은 놈부터 덤벼라!"

할은 루비 위에서도 투창 두 자루를 사용하여 활극을 연출했지만 다른 와이번 기병들은 대부분 마력을 두른 화살을 쏘아 공격했다.

"다들 화려하게 싸우고 있네……."

나는 어쩌냐면 석궁을 사용하여 쏘고는 화살을 장전한다. 그리고는 시위를 당기기 위해서 레버를 삐걱삐걱 당기고, 또 쏜다. 쏘고는 화살을 장전하고 레버를 삐걱삐걱, 쏘고는 삐걱삐걱, 쏘고는 삐걱삐걱…… 그런 작업을 끝없이 반복했다. 다른 이들과 비교해서 너무도 수수하지만, 그럼에도 소형 몬스터를 세 마리 정도는 격추했다.

나는 밑을 내려다보고, 시야 아래로 펼쳐진 대전의 상황을 봤다.

카에데랑 아이샤 등등이 있는 중앙 전선 부대의 분투도 있어, 중앙으로 밀려들던 리자드맨들의 기세가 멈춘 상태였다.

그것을 호기라고 본 우익과 좌익의 부대가 리자드맨 포위에 나섰다.

이번 전투는 섬멸전이다. 빠뜨리면 후환을 남기게 된다.

'다들, 힘내 줘…….'

나는 밑에서 싸우는 장병들을 위하여 승리를 기원했다.

우익 부대를 지휘하던 자는 율리우스였다.

"방패병은 간격을 비우지 마라! 창병은 방패병 뒤에서 파고드는 것만 쓰러뜨려라! 각자 튀어나가지 않도록 주의하면서 조금씩 앞으로 전진하는 것이다!"

통상적인 전투에서는 허를 찌르는 경우에는 속도를 중시하여 적을 일부러 흩뜨려서 대열과 진형을 어지럽히지만, 이번에는 적을 섬멸하는 게 목적이었다. 놓치지 않도록 최대한 촘촘하게 조금씩 적을 밀어붙였다.

그러자 붉은 리자드맨이 도약하여 방패병에게 올라탔다. 불꽃을 뿜을 수 있는 개체였다.

붉은 리자드맨은 입을 크게 벌리더니 크게 숨을 들이쉬고, 방패병 뒤에 있던 무방비한 병사들을 향해 불꽃을 뿜으려고 했다.

"안 되지!"

율리우스는 리자드맨의 입에 검 측면을 대어 들이쉬는 숨을 막으며, 복부를 걷어차 방패병에게서 떼어 놓았다. 그리고 지면에 손을 대고는 가이우스의 특기였던 마법으로 지면에서 무수한 가시를 생성, 붉은 리자드맨을 마구 꿰뚫었다.

"그……르르……."

침봉처럼 변한 붉은 리자드맨의 눈에서 생명의 불꽃이 꺼졌다.

상대의 숨통이 끊어진 것을 확인하고 율리우스는 소리를 질렀다.

"돌파를 허락하지 마라! 지금이야말로 이 귀찮은 전투에 종지부를 찍을 때다! 적을 철저하게 쳐부수어 이 전투를 우리의 승리로 끝내는 것이다!"

""""와아아아아아아!!""""

우익의 장병들이 기염을 토했다.

한편 그 무렵, 좌익 부대에는 톨기스 공화국의 주종 콤비가 섞여 있었다.

"정말이지, 방패보다 앞으로 못 나선다니 시시하네."

방패병을 넘어오려는 리자드맨을 곤으로 때려눕히며 쿠가 투덜거렸다. 그런 쿠를 레폴리나가 활에 화살을 메기며 나무랐다.

"어쩔 수 없잖아요, 도련님. 틈을 줬다가 놓칠 수는 없으니까요."

그러면서 레폴리나는 한 발에 한 마리씩 리자드맨을 처리했다. 이렇게 자신의 안전이 확보된 장소에서 저격하는 건 레폴리나의 특기 분야였다.

"적을 쓰러뜨리고 싶다면 쿠 님도 화살을 사용하시는 게 어때요? 아무리 쏴도 좀처럼 숫자가 줄어들지를 않아서 곤란한데요."

"나는 레폴리나 같은 사격 솜씨는 없다고. 게다가……."

그때 리자드맨 한 마리가 괴로운 나머지 던진 돌멩이가 레폴리나를 향해 똑바로 날아왔다. 방심하고 있던 레폴리나는 얼굴을 손으로 가렸지만, 그 돌멩이는 레폴리나에게 닿기 전에 쿠가 휘두른 곤에 산산이 부서졌다.

"레폴리나는 실력은 좋지만 사격에 너무 집중해서 다른 곳으로 빈틈이 생기니까 말이지. 어쩔 수 없으니까 내가 지켜 줄게."

놀라서 눈을 부릅뜬 레폴리나 앞에서, 쿠는 곤으로 어깨를 두드리고 웃으며 말했다. 지켜 주겠다는 말에 레폴리나는 풀어지려는 입가를 어떻게든 다잡으며 시위를 당겼다.

"본래라면 쿠 님을 지키는 게 제 일이지만요."

"우꺄꺄. 뭐, 가끔은 괜찮잖아?"

"그러네요. 조금 기분이 좋네요."

그 후로는 들뜬 레폴리나가 다수의 리자드맨을 활로 쏘아 쓰러뜨렸다. 너무도 엄청난 활약에 근처에서 보던 병사들이 '데스 바니걸'이라는 별명을 붙여, 레폴리나가 수치심에 몸부림친 것은 그 이후의 이야기였다.

우익과 좌익의 부대가 리자드맨 무리가 확산되지 않도록 막으며 서서히 간격을 좁혀서 압살하는 태세를 취했다. 중앙의 부대가 단단히 막고 있기에 리자드맨들은 앞으로 빠져나가지도 못하고 좌우로 협공을 당하는 모양새가 되었다.

후퇴하려고 해도 등 뒤에는 다비콘 강이 있고 이미 얕은 여울은 좁아졌다.

또한 얕은 여울 근처에는 수 속성 마도사가 탄 소형선이 대기하며 그곳을 건너려는 리자드맨을 수 속성 마법으로 공격하여 탈출을 막고 있었다.

'……어라?'

관찰하면서 깨달았는데, 위기 상황임에도 리자드맨들 가운데 강으로 뛰어들려고 하는 개체는 없었다. 어디까지나 얕은 여울을 건너려고 했다.

'혹시 리자드맨은 수영을 못하나?'

리자드맨은 얼굴은 파충류, 얼굴 이외의 상반신은 비늘이 있지만 마초 같은 인간형이고 하반신은 소형 육식 공룡 같은 형태였다. 그렇게 생물로서 뒤틀린 구조 탓에 제대로 수영을 못 하는 거겠지. 그러니까 강 건너편에서 큰 정체를 빚고 있었나.

'생물로서 뒤틀렸다…… 몬스터란 대체 뭘까.'

리자드맨을 보며 문득 그런 생각을 했다.

돌연변이 때문에 다른 개체와는 다른 특징을 가지고 태어나는 생물은 있다.

온몸이 새하얗거나 머리가 둘이거나 그런 식으로 말이다.

하지만 그것은 어디까지나 한 개체, 한 세대로서의 특징이다. 저렇게 신체 구조가 뒤틀린 생물이 무리를 이룰 만큼 자연발생한다니, 그런 일이 가능할까?

'……지금 생각해 봐야 어쩔 수 없는 이야긴가.'

해답이 나오지 않는 문제는 나중으로 돌리고. 지금은 눈앞의 일에 집중해야지.

"지상은 조금만 더 있으면 정리될 것 같네."

[…………]

동의를 원하여 나덴에게 말을 걸었는데 그녀에게서 대답은 없었다.

"나덴?"

[……역시, 서쪽에서 이상한 느낌이 들어.]

나덴은 싸우면서도 서쪽 방향을 신경 쓰고 있었나 보다.

나도 서쪽을 봤지만 아무것도 보이지 않았다. 하지만 용이나 드래곤은 마력에 민감하다. 나덴이 무언가를 느꼈다면 실제로 무언가가 있는 거겠지.

"그 이상한 느낌이라는 건 나쁜 쪽이야?"

[으~응…… 나쁜 쪽은 아니고, 오히려 잘 아는 느낌인데…… 하지만 뭔가 이상한 것 같은데…….]

[나덴.]

그러자 할을 태운 레드 드래곤 루비가 거리를 좁혔다.

[있지, 나덴. 이 느낌은…….]

[역시 루비도 그렇게 생각해? 하지만 조금 이상한 느낌도 들지 않아?]

[그러네. 확실히 비슷하지만 다른 것, 그런 느낌도 들어.]

흑룡과 레드 드래곤이 얼굴을 마주보고 고개를 갸웃거리는 희한한 광경이었다. 두 사람의 등에 방치된 나와 할은 영문을 알 수 없어 서로를 마주 봤다.

그때, 지상에서 상황 변했다.

우익과 좌익의 부대에 협공당하고 좁은 여울로 도망치려고 하면 수 속성 마도사에게 집중 공격을 받아, 리자드맨들은 강을 등지고 압살당하기를 기다릴 뿐인 상태였다.

하지만 그때, 지푸라기라도 잡는 심정이었을까. 죽음을 눈앞에 두고 야생의 생존본능이 작동했을 테지. 강물 속으로 뛰어드는 개체가 나타났다.

첨벙첨벙첨벙!

한 마리가 강으로 뛰어들면 그를 흉내 내는 다른 개체도 잇따른다.

몬스터를 사냥하도록 만들 때에 이용했던 학습 능력이 좋지 않은 형태로 발휘되어 버린 듯했다.

한번 흐름이 생기면 더 이상 막을 수는 없다.

강 근처에 있던 개체부터 차례차례 물속으로 들어갔다.

예상했다시피 리자드맨의 신체 구조로는 제대로 수영을 할 수가 없어서, 급류에 삼켜져서 발버둥 쳤다. 평범한 전투였다면 이것으로 승리라고 할 수 있겠지.

그러나 이 전투는 규모는 커도 전쟁이 아니라 어디까지나 해수 구제.

"저건…… 조금 위험한가."

리자드맨들은 떠내려가는 것으로만 보이지만, 살아서 하류의 뭍에 닿는다면 피해가 확대되어 성가신 일이 벌어진다.

"할, 공군 전력으로 강물 안의 리자드맨을 공격할 수 없을까!"

"불가능해! 다들 하늘을 나는 몬스터들을 상대하느라 힘에 부치는 상황이야! 여기서 와이번 기병을 쪼개면, 이번에는 하늘을 나는 몬스터들을 놓치게 될 거야!"

"큭……."

할의 말대로 와이번 기병들은 하늘을 나는 몬스터와 개싸움을 벌이는 중이었다.

원군 부대의 공군 대부분은 물자 수송용으로 사용 중이었다. 또한 정보를 숨길 필요성 때문에 [스스무 군 마크 V] 같은 중요 장비는 가져오지 않았다.

그렇게 공군 전력이 적은 탓에 틈이 생겨 버렸나 보다.

"폐하, 제가 한 번 더 마법을 쓸게요."

안겨 있던 엑셀이 그렇게 말했지만, 마법을 너무 쓴 탓이리라. 안색이 나빠서 무리를 하고 있다는 게 훤히 보였다.

"안 돼. 힘을 전부 사용했잖아?"

"하지만 이대로는……."

"엑셀이 쓰러지는 건 우리 나라의 손실이야. 무언가 다른 방법을……."

어떻게든 방법이 없을지 필사적으로 머리를 굴리던 바로 그때였다.

[소마!]

나덴이 갑자기 소리쳤다.

[서쪽 하늘을 봐!]

"어…… 뭐야?!"

나덴의 말에 서쪽 하늘을 보니 짧은 막대기 같은 것이 백 개 이상 떠 있는 게 보였다. 그 막대기가 점점 다가오며, 그것이 펼친 날개임을 알 수 있었다.

커다란 날개를 가진 생물이 편대를 이루어 이쪽으로 날아오고 있었다.

와이번인가…… 아니, 와이번보다 크고 앞다리가 있는 것 같았다. 그렇다면…… 드래곤?!

그리고 편대 비행하는 드래곤 중 한 마리가 속도를 확 높이는 가 싶더니 순식간에 우리 앞까지 다가왔다. 그것은 희고 아름다운 드래곤이었다.

그 드래곤을 보고 나와 나덴은 놀라서 소리 높였다.

"혹시 파이인가?!"

[역시, 느껴지던 기척은 너였구나.]

그 화이트 드래곤은 성룡 산맥에서 만난 나덴의 친구 파이 론이었다.

화이트 드래곤인 파이는 우리를 보더니 작게 머리를 숙였다.

[오랜만에 뵈어요, 소마 왕. 그리고 나덴도.]

정말로 오랜만의 재회였다. 나덴과 루비는 파이 곁으로 다가가서 물었다.

[파이……인 거지?]

[후후, 내가 아니면 누구로 보인다는 거니?]

[응~? 파이의 기척이 다가오는 걸 느꼈는데, 어쩐지 위화감이 있었거든. 뭐라고 할까, 내가 아는 파이랑 다르다고 할까…… 그치? 루비.]

[그러네…… 너지만 네가 아니다. 그런 마력을 느꼈어.]

[……아하하. 예리하네.]

셋이 그런 대화를 나누는 사이, 파이의 등 쪽에서 목소리가 들렸다.

"파이. 나도 소해개 줄래?"

파이는 당황한 듯 "앗, 그랬죠!"라며 머리를 숙였다. 그녀의 등에는 백은색 갑옷에 풀 페이스 투구를 쓴 기사가 타고 있었다.

"처음 뵙겠습니다. 검고 진귀한 모습의 드래곤에 타고 있다는 건, 당신이 프리도니아 왕국의 국왕이라는 뜻이겠죠."

"그렇다만, 당신은?"

그 기사가 쓰고 있던 투구를 벗자, 안에서 나타난 것은 무척 짧은 머리카락의 아름다운 '여성'이었다. 여성은 투구를 옆구리에 끼고는 나를 향해 인사했다.

"저는 노툰 용기사 왕국의 공주이자 백룡 파이의 기사, 실 문트. 맹우 라스타니아 왕국의 위기를 알고서 용기사 200을 이끌고 왔습니다."

실이라는 이름의 여기사는 그렇게 자신을 소개했다.

그 소개만으로도 놀랄 포인트는 몇 곳이나 있었던 것 같다.

우선 용기사 왕국의 용기사들이 원군으로 와 주었다는 것. 아무래도 용기사 왕국 측의 마나미는 정리가 된 모양이다. 역시 최강 병과인 용기사를 거느린 나라라고 할 수 있을까.

다음으로 원군을 이끌고 온 사람이 공주님이라는 사실인데, 이건 뭐 우리 쪽에도 전장에 나서고 싶어 하는 공주님이야 있으니까 그렇게까지 놀랍지는 않았다.

그리고 나와 나덴, 루비를 가장 놀라게 만든 것이 화이트 드래곤 파이의 기사가 '여성'이라는 사실이었다. 드래곤과 기사의 계약은 결혼해 아이를 낳는 것을 전제로 한 계약이었다고 들었다. 그리고 계약한 기사가 여성이었을 경우, 종족으로서 성별이 애매한 드래곤은 아이를 낳기 위하여 남성으로 모습을 바꾼다고 한다. 그건 다시 말해…….

[파이는, 남자가 되어 버린 거야?!]

[그래.]

나덴이 놀라며 꺼낸 말을 파이는 시원스럽게 긍정했다.

앗, 그런가. 나덴과 루비가 아는 기척일 터인데도 위화감이 있었다고 한 건, 이런 측면이 원인이었을 테지.

그렇구나……. 아니, 지금은 그런 걸 신경 쓸 때가 아니었지!

"실 님! 갑작스럽지만 손을 빌려주었으면 한다!"

"흠, 무슨 일이신가요?"

"우리는 리자드맨 무리를 몰아붙이고 있는데, 일부 리자드맨이 강으로 뛰어들어 도망치려고 해! 용기사 부대에게 그들의 섬멸을 부탁하고 싶다!"

빠른 말투로 그렇게 설명하자 실은 힘차게 고개를 끄덕였다.

"알겠습니다. 가자, 파이."

[예!]

실은 투구를 다시 쓰고는 파이를 움직여 용기사들 곁으로 돌아갔다.

"우리는 강으로 도망친 리자드맨을 섬멸한다. 나를 따르라아아!"

그리고 검을 들며 그렇게 선언하더니, 용기사 부대를 이끌고 급강하했다. 용기사들은 강 수면 근처를 날고 드래곤들은 일제히 불꽃을 뿜었다.

그오오오오오오오오오오!!

드래곤 편대가 뿜은 불꽃이 강 수면을 어루만지며 퍼져 나갔다.

그 불꽃은 떠내려가던 리자드맨들은 가차 없이 불태웠다. 드래곤의 불꽃이라니 이 어찌나 엄청난 위력일까. 뭐, 강한 루비가 200마리 있다고 생각하면 당연한가.

하늘에서 내려다보면 마치 다비콘 강이 불타는 것 같았다.

그런 광경을 보며 나덴이 툭하니 중얼거렸다.

[어쩐지, 이제는 너무 놀라서 머리가 아플 지경이야.]

나는 말없이 나덴의 등을 쓰다듬었다.

이윽고 지상 부대가 리자드맨들을 다 섬멸했을 테지.

밑에서 병사들의 함성이 들렸다. 우리의 승리였다.

마지막에 충격의 커밍아웃 등이 있었지만, 이렇게 라스타니아 왕국에서 진행된 일련의 전투는 프리도니아, 라스타니아, 노튼 연합군의 승리로 막을 내렸다.

♟ 제12장 ✦ 승리의 연회

 프리도니아 왕국, 라스타니아 왕국, 노툰 용기사 왕국의 연합 군이 마나미에서 촉발된 수만의 리자드맨과 몬스터를 섬멸한 그날 밤.

 다비콘 강 인근의 요새에서는 승리를 축하하는 연회가 열렸다.

 요새 안마당이나 야영지에는 밥을 짓는 큰 냄비가 놓였고, 병 사들은 빙 둘러앉아서 프리도니아 왕국군이 가져온 술과 라스 타니아 왕국에서 공출된 술을 마시며 떠들썩하게 주연을 벌였 다. 안주는 병량 잉여분이 제공되었지만, 그중에는 몬스터 고 기를 먹을 수 있다는 이야기를 어디선가 듣고 요새 주위에 굴러 다니는 몬스터 시체 가운데 먹을 수 있을 법한 것을 구워서 먹어 보는 용자도 등장한 모양이었다.

 그런 식으로 밖에서는 병사들이 떠들썩하게 즐기는 가운데, 우리는 요새 안에 특별히 설치된 연회장에 있었다.

 이곳에 있는 것은 나와 약혼자와 가까운 동료들 그리고 삼국 의 요인들뿐이었다.

 이미 라스타의 저택에 남아 있던 라스타니아 국왕 부부가 와 이번 곤돌라를 이용하여 도착했다. 참고로 어째선지 티아 공주는 이미 요새에 있어서, 전투를 마치고 돌아온 우리를 로로아와 함께 맞이해 줘서 깜짝 놀랐다. 율리우스만은 벌레라도 씹은 표정이었으니 그녀가 잠입한 걸 알고 있었으리라는 생각이 들었다. 휘둘리고 있는 모양이다.

그건 제쳐놓고 여기저기서 프리도니아 왕국, 라스타니아 왕국, 노툰 용기사 왕국 사람들이 이야기를 나누고 있었다. 나도 입장이 입장인 만큼 다양한 사람들이 있는 곳에 얼굴을 내미는 편이 나을 거라 생각하지만…… 지금은 아이샤에게 붙들려서 움직일 수 없는 상태였다.

"…………."

연회가 시작된 뒤로 아이샤는 내 오른팔에 꽉 매달려서 떨어지려 하지 않았다. 여러 가지로 부드러운 아이샤에게 안기는 것 자체는 싫지 않지만, 조금 과하게 힘이 들어가서 몸을 전혀 움직일 수가 없었다.

"저기, 아이샤? 조금만 힘을 풀어 주지 않을래?"

"……싫어요."

……뭐, 이런 느낌이었다.

이야기를 들어 보니 아무래도 전장에서 러브러브한 분위기를 자아내던 지르코마와 로렌 병사장과 맞닥뜨린 모양이었다. ……저 두 사람은 전장에서 대체 뭘 한 거야?

참고로 이런 아이샤를 걱정했는지(혹은 귀찮았는지) 로로아는 율리우스와 티아 공주 및 다른 사람들과, 나덴은 오랜만에 재회한 파이 일행과 이야기를 나누고 있었다.

그리고 아이샤는 버려진 강아지 같은 눈빛으로 나를 봤다.

"저기…… 안 될까요? 저, 오늘 전투에서 열심히 했다고요."

매달리는 듯한 눈빛. 그 눈을 보고 나는 아이샤의 마음을 이해했다.

'……아, 그런가. 아이샤는 칭찬을 받고 싶었나.'

'칭송'이 아니라 '칭찬'이다. 칭찬이라는 것은 윗사람이 아랫사람에게 (예를 들면 어른이 아이에게) 하는 것이다. 그리고 칭찬을 받고 싶다는 건, 윗사람에게 응석을 부리고 싶다는 감정이다. 아이샤는 응석을 부리고 싶었던 거겠지. 어젯밤에 로로 아랑 나덴과 함께 잤을 때 자기만 밖에서 경비를 섰다는 이유도 있을 테고.

나는 비어 있는 손으로 아이샤의 머리를 쓰다듬으며 말했다.

"정말로 잘해 줬어, 아이샤."

"후후후."

아이샤는 그제야 만족했다는 듯 미소 지었다. 그러자,

"두 분은 사이가 좋으시군요."

"정말로. 순수하세요."

그런 우리 모습을 티아 공주의 부모님인 라스타니아 국왕 부부가 생글생글 보고 있었다. 보, 보고 있었나……. 조금 부끄럽다고 생각하는데, 라스타니아 왕은 잔과 포도주가 든 병을 내밀었다.

"자, 소마 님, 아이샤 님."

"아, 감사합니다."

"화, 황송합니다."

나와 아이샤는 라스타니아 국왕에게 술을 받았다.

각자의 잔에 포도주를 따르고 넷이서 건배를 했다. 라스타니아 왕은 잔의 포도주를 단숨에 비우더니 내게 기분 좋게 감사의 말을 건넸다.

"이것 참, 이번 원군은 정말로 감사합니다. 프리도니아 왕국의 원군이 없었다면 우리 나라는 멸망했을지도 모르지요. 백성을 대신하여 감사드립니다. 저도 율리우스 경만큼 무용이 있다면 함께 싸울 수 있었을 텐데, 아무런 도움도 못 되어……."

"……아뇨, 겸손하신 말씀이십니다. 우리 원군이 때를 맞춘 것은 율리우스 경을 포함한 이 나라 사람들의 분투가 있었기에 가능한 일이었습니다. 우리는 제국으로부터 요청받아 아주 약간 손을 빌려드린 것에 불과합니다. 게다가 라스타니아 왕가는 이 나라 사람들에게 무척 사랑받는다고 느꼈습니다. 라스타니아 왕가가 이 나라 사람들에게 정신적인 지주라서 그런 거겠죠."

나는 비어 있는 라스타니아 왕의 잔에 포도주를 따르며 말했다.

"마왕령의 위협에는 우리 나라도 관계가 있습니다. 앞으로도 마왕령이나 동방 제국 연합 내에서 움직임이 있다면 연락을 주십시오. 조력을 아끼지 않겠습니다."

"감사합니다."

라스타니아는 미소와 함께 인사를 했다.

내가 꺼낸 말은 립 서비스 따위가 아니다.

라스타니아 왕국은 동방 제국 연합의 일원일 뿐만 아니라 서쪽 노튼 용기사 왕국과 동맹 관계이다. 우리 나라가 두 나라와 교섭할 때의 창구로 안성맞춤인 나라이니 반드시 이대로 교류를 이어가고 싶었다.

"이것 참, 그건 그렇고 굉장한 광경이군요."

라스타니아 왕은 연회 자리를 둘러보며 그렇게 말했다.

"이곳에 프리도니아 국왕이신 소마 님이 있고, 노튼 용기사 왕국의 공주인 실 님이 있고. 또한 듣자 하니 쿠 님은 남쪽 톨기스 공화국 원수의 자제분이라고 하지 않습니까. 이 대륙의 다음 세대를 짊어질 젊은이들이, 이런 동방 제국 연합 한구석에 있는 소국에 모여 있다고 하니 놀랍습니다."

……응, 뭐 확실히 너무 모였다고 할 정도구나. 하지만…….

"라스타니아 왕국도 다음 세대가 밝지 않습니까? 율리우스 경에 지르코마, 로렌 병사장도 있고…… 아, 새삼스럽지만 티아 양의 결혼, 축하드립니다."

"감사합니다. 정말 율리우스 경처럼 의지가 되는 젊은이를 사위로 맞다니 기쁘기 그지없습니다. 저희도 티아의 마음을 알고 있었고 이의도 없었지만, 아미도니아 공국의 공태자였던 분에게 아득히 작은 나라의 왕이 되어 달라고 부탁하는 것도 꺼려져서……. 하지만, 쓸데없는 걱정이었나 보군요."

라스타니아 왕이 흐뭇하게 바라보는 곳에는 평소처럼 무뚝뚝한 얼굴로 티아 공주 및 로로아와 대화하는 율리우스가 있었다.

얼굴은 무뚝뚝해도 대화가 끊어지지는 않는 것 같으니, 저건 저 것대로 잘 풀리고 있는 거겠지.

그런 생각을 하는데, 라스타니아 왕이 내 얼굴을 봤다. 그리 고.

"소마 왕. 귀공과 율리우스 경 사이에 사정이 있다는 이야기는 들었습니다. 지금도 아직 율리우스 경과 대립하고 계십니까?"

그렇게 직설적으로 물었다. 이 사람은 아무래도 솔직한 성격 인 듯했다.

순수하게 티아 공주의 남편이 될 율리우스를 염려하는 거겠 지. 프리도니아 국왕으로서 아미도니아 지방을 통치할 거라 생 각하면 율리우스라는 존재는 위험 요소가 될 수 있으니까. 내가 율리우스를 배제하려고 움직이지는 않을까 걱정하는 거겠지.

나는 조용히 고개를 가로저었다.

"확실히 율리우스 경과 저 사이에는 사정이 있습니다. 율리우 스 경의 입장에서 봐도 전 원수라 할 수 있으니까, 앞으로도 반 목이 완전히 사라지는 일은 없겠죠."

"…………."

"하지만 율리우스 경에게 무슨 일이 생긴다면 티아 양이 슬퍼하 겠죠. 티아 양이 슬퍼한다면 사이가 좋아진 로로아도 슬퍼할 겁 니다. 저는 그런 건 바라지 않습니다. 율리우스 경도 티아 양이나 로로아를 슬프게 만들면서까지 저와 대립하고 싶지는 않겠죠."

소중한 사람이 슬퍼하는 모습을 보고 싶지 않다. 그 마음은 나 와 율리우스 둘 다 같은 생각이었다.

"혹시 앞으로 저와 율리우스 경이 대립하는 상황이 오더라도, 저도 율리우스 경도 전쟁이 벌어질 법한 최악의 사태는 회피하고자 움직이겠죠."

사이좋게 지내지는 못할지도 모르겠지만, 가능하다면 싸우고 싶지는 않다.

우리는 어느샌가 그런 기묘한 관계가 되었다. 내 말에 안심했는지 라스타니아 왕은 내 손을 붙잡고 눈에 눈물을 글썽이며 미소 지었다.

"양국이 함께 번영하기를, 간절히 바라겠습니다."

라스타니아 국왕 부부와의 자리를 뒤로하고, 나와 아이샤는 나덴이 있는 곳을 향했다. 나덴은 파이랑 실과 이야기를 나누는 모양이었는데, 곁에는 할과 카에데, 루비도 보였다. 그곳에 다가가자 실이 가장 먼저 알아차린 듯했다.

"아, 소마 님. 이번 활약은 나덴 님에게 들었습니다."

그러면서 실은 오른손을 내밀었다.

실은 다크 엘프만큼은 아니지만 갈색 피부에 짧은 금발이 특징적인 보이시한 여성이었다. 아마도 20세 전후겠지. 드러난 팔은 가늘면서도 근육이 붙어서 육상 선수 같은 체형이었다.

나는 실의 손을 잡고 단단히 악수를 나누었다.

"아뇨, 저는 활약한 게 없습니다. 이번 승리는 이 나라 사람들의 분투와, 각자의 건투에 따른 것이죠."

"겸손하시게도. 이 나라에 원군 파견을 결단하신 건 귀공이겠죠. 감사한 일입니다. 본래 이 나라의 원군은 맹우인 저희 책무였는데, 우리 나라도 마나미에 영향을 받아 이를 해결하느라 시간이 걸렸습니다. 그 때문에 도착이 늦어지고 말았죠."

마나미는 광범위한 현상이니까. 서쪽에서는 마리아 측에서 대처에 나섰고.

"노툰 용기사 왕국을 덮친 마나미는 어땠습니까?"

"다양한 종류의 몬스터가 동시에 습격했다는 느낌이었어요. 하나하나는 크게 강하지 않아서 간단히 태워 버릴 수 있는 상대였지만, 아무래도 숫자가 많아서…… 상당히 힘들었습니다. 위에서 보면 몬스터의 무리로 땅이 보이지 않을 정도였죠."

"……듣는 것만으로 무섭군요."

그런 숫자가 단번에 습격했다면 이 나라는 잠시도 버티지 못했겠지. 몬스터 대부분이 리자드맨이었기에 강에서 발이 묶였던 거니까.

"그런데 실 님은 파이와……."

"어ㅡ. 소마 님. 소마 님은 파이와 지인이시고, 파이와는 평범하게 대화하신다지 않나요. 저는 파이의 반려가 된 사람이니, 편안한 말투를 사용해 주시길 부탁드려요."

"……알았어. 그쪽도 편하게 이야기해도 상관없어."

"고맙네. 존댓말은 서툴거든. 아무래도 딱딱해서 말이지."

그러더니 실은 오른쪽 어깨를 빙글빙글 돌렸다.

보이시한 외모 그대로 남자 말투가 디폴트인 듯했다.

"오랜만이네요. 소마 씨."

그리고 하얀 점프 수트 같은 옷을 입은, 보는 것만으로는 미소녀인지 미소년인지 알 수 없는 동글동글한 외모의 사람이 말을 건넸다.

아마도 사람의 모습이 된 파이일 테지만 전과는 인상이 크게 달랐다.

드래곤은 계약할 때까지는 중성적인 스타일이었다가 남자 기사와 계약을 맺으면 여성스러워지고 여자 기사와 계약을 맺으면 남성스러워진다고는 들었지만, 지금의 파이는 완전히 '낭자애'라는 느낌이었다.

놀라서 눈을 크게 뜨자 나덴이 고개를 갸웃거렸다.

"왜 그래? 소마."

"어, 아니…… 파이가 정말로 남자가 되었구나 해서. 용기사 계약 하나로 이렇게까지 확 변하는구나. 깜짝 놀랐어."

"후후후, 드래곤은 그런 존재니까요."

파이가 쓴웃음을 띠며 그렇게 말했다.

"나덴이랑 루비도, 계약을 한 뒤로 여자다워지지 않았어?"

"응―? 나덴은 그렇게 변한 것처럼 보이진 않지만…… 저기, 할. 루비는 변했어?"

근처에 있었기에 물어 보자 할은 "으~음." 하며 고개를 갸웃거렸다.

"듣고 보니 계약했을 때랑 비교해서 나올 곳이 나온 것 같은, 아얏!"

루비가 할의 발을 짓밟고 카에데가 지팡이로 퍽 때렸다.

응, 내가 물어 본 게 원인이지만, 지금 그건 섬세함이 너무 결여된 말이었지.

그리고 나덴이 찰딱찰딱 자신의 가슴에 손을 대고 있다는 걸 깨달았다. 그리고 무표정 그대로 루비 곁으로 다가가더니 그녀의 가슴에 찰딱 손을 대고 물컹 주물렀다.

"앙…… 아니, 잠깐?!"

"…………."

색기 어린 목소리를 낸 루비를 상대로 나덴은 여전히 말없이 그 자리에서 털썩 무너졌다.

"어느새 이런 차이가……."

"어…… 그게…… 어쩐지 미안하네……."

발단이 된 파이가 면목 없다는 표정을 띠었다. 침울한 나덴을 아이샤가 "지금부터예요, 지금부터."라며 달랬지만, 약혼자 가운데 가장 나올 곳이 나온 아이샤가 그래 봐야 상처에 소금을 뿌리는 것뿐이겠지.

지금은 억지로라도 화제를 바꾸어야겠네.

"저기…… 파이가 남성이 된 모양인데, 그런 경우에 아이를 낳는 건……."

"그래. 내가 아이를 낳겠지."

실이 가슴을 펴며 가벼운 느낌으로 그렇게 대답했다.

"용기사의 계약은 자손 번영을 대가로 하는 것이야. 나는 인간족이라서 태어나는 아이는 인간이나 드래고뉴트 중 하나이니 드래곤은 못 낳겠지만."

전에 나덴에게서 들은 이야기로는, 드래곤은 큰 알 상태로 태어나지만 언제 부화하는지는 부모도 알 수 없다고 한다. 인간의 몸 안에서는 당연히 드래곤의 알을 만들 수 없으니까 드래곤을 낳지 못하는 것은 당연하겠지. 실은 깔깔 웃었다.

"뭐, 드래곤이 드래곤을 낳는 경우에도, 알은 성룡 산맥으로 맡겨야만 해서 품속에서 기르지는 못한다니까 말이야. 파이는 불만일지도 모르겠지만, 나는 파이와 나 사이의 자식을 확실하게 스스로 기를 수 있다는 걸 기쁘게 생각해."

"불만이라니 무슨…… 저도 실 님과 아이를 기를 수 있어서 기쁩니다."

그렇게 말하며 파이도 기쁜 듯 미소 지었다. 말투도 묘하게 남자다워졌다.

남자처럼 씩씩한 여성과 여자 같은 낭자아이라는 뒤죽박죽인 콤비지만, 본인들은 잘 지내는 것 같으니까 괜찮겠지. 그런 두 사람을 보고,

"이상한 용기사도 있는 법이군요."

무심코 그렇게 말하자 옆에서 듣고 있던 나덴, 할, 카에데, 루비가,

""""소마/너/폐하/당신이 그런 소릴?!""""

총공세 태클을 먹었다. ……그도 그러네.

나덴 일행과 헤어진 나와 아이샤는 토모에, 이누가미, 쿠, 레폴리나의 수인족 팀이 즐겁게 담소를 나누는 모습을 보며, 이번에는 폰초, 세리나, 코마인, 지르코마, 로렌이 모여 있는 곳에 얼굴을 내밀었다.

"폰초 님. 코마인 님과의 만남은 어떤 느낌이었습니까?"

"동생이 당신 곁에서 제대로 일하고 있습니까?"

"어, 아, 예. 무척 든든합니다, 예."

아무래도 폰초는 로렌과 지르코마 사이에 껴서 질문 공세를 당하는 모양이었다. 그런 폰초의 모습을 코마인은 안절부절, 세리나는 어이없다는 듯 보고 있었다.

"……이건 대체 무슨 상황이야?"

"아, 폐하. 보시다시피 그런 상황입니다만."

세리나가 새초롬한 표정으로 그렇게 말했다. 보시다시피, 라고 그래도 말이지…….

"그럼 폰초 님? 정말로 사귀시는 분은 안 계신 겁니까?"

"귀족이 되셨으니까 혼담은 잔뜩 들어오지 않습니까?"

"아, 예, 지르코마 님, 로렌 님. 확실히 이야기는 많이 받았습니다만, 아무래도 인연이 없어서 그런 분은 안 계십니다, 예."

지르코마와 로렌이 폰초의 연애 사정을 캐내려는 것으로밖에 안 보였다. 그보다도 폰초는 아직 약혼자를 찾지 못했나.

폰초는 내가 직접 등용한 가신이기도 해서 장래는 무척 유망하다고 여겨질 터.

그래서 귀족, 기사 계급의 가문부터 유력 상인 가문까지 폭 넓게 맞선 이야기가 들어올 텐데…… 정말 누구와도 약혼하지 못했던 걸까?

"하지만, 지르코마 님의 이야기로는 왕국에선 엄청 인기가 있다고 그러던데요."

그런 내 의문을 로렌이 대신해서 건네주었다.

지르코마를 부르는 로렌의 말투가 부드러워진 건 그냥 넘어갈까. 아이샤가 맞닥뜨렸다는 상황도 어찌어찌 예상이 되고.

"엘프리덴 왕국와 아미도니아 공국의 식량 문제를 해결로 이끌었다며 사람들로부터 연모받고, 또한 장래가 유망한 것으로 여겨진다고 들었습니다. 그런 분을 세간의 여성들이 그냥 놔 둘 리는 없다고 생각합니다만?"

로렌의 말처럼 프리도니아 왕국에서 폰초의 인기는 엄청났다. 특히 아미도니아 지방의 일부에서는 음식의 신으로 신격화되고 있다. 이런 움직임은 루나리아 정교황국을 자극할 수도 있으니 적당히 해 줬으면 좋겠지만.

그러자 폰초는 절레절레 고개를 내저었다.

"그, 그건 과대평가입니다, 예. 이런 외모니까 그럴까요. 맞선 자리에 와도 제 얼굴을 보자마자 총총히 돌아가 버리는 사람뿐입니다, 예."

"어, 그렇습니까?"

응? 폰초의 얼굴을 본 것만으로 돌아간다고?

확실히 폰초는 뚱뚱하지만 애교 있는 얼굴이라 보는 것만으로 불쾌하게 여길 일은 없을 터. 애당초 폰초의 뚱뚱한 모습은 방송 프로그램 등으로 봤을 테니 견디지 못할 만큼 불쾌하다면 애초에 맞선자리를 차리지 않으면 그만이다.

게다가 아까도 말했지만 폰초는 장래가 유망하다고 여겨진다.

정략결혼이 당연한 귀족이 보내는 여성이라면 결점에는 어느 정도 눈을 감고 조금이라도 폰초의 마음에 들도록 행동할 터.

다만 그런 야심가가 폰초의 아내가 되지는 않았으면 했기에, 일단 세리나를 보좌로 붙여서 감시하도록 했지만.

"그래서 실제로, 폰초의 맞선 이야기는 어떻게 되는 거지?"

세리나에게 묻자 그녀는 검지를 턱에 대며 고개를 갸웃거렸다.

"대략 폰초 님이 이야기한 그대로군요. 폰초 님을 농락하겠노라 마음을 먹고 들어온 분도 폰초 님의 얼굴을 보자마자 물러나 버렸어요. ……실례되는 이야기죠."

세리나는 여전히 쿨한 표정을 무너뜨리지 않았지만 어쩐지 분개하는 모습이었다. 그럼 더더욱 약혼이 정리되지 않는 이유를 모르겠는데.

그런 생각을 하는데 갑자기 누가 소매를 잡아당겼다. 돌아보니 코마인이 소매를 잡아당기고 있었다. 코마인은 나를 조금 떨어진 장소로 끌고 가더니 작게 말했다.

("저기…… 그 건에 대해서 드릴 말씀이 있는데요…….")

코마인은 시선을 헤매며 쭈뼛쭈뼛 말했다.

("그게…… 폰초 님의 맞선 이야기가 정리되지 않는 이유에

대해서예요.")

그리고 코마인은 베네티노바에 있었을 때에 본, 폰초의 맞선 상황을 이야기해 주었다. 확실히 폰초에게는 많은 맞선 이야기가 들어오고, 폰초라면 자신의 미모로 농락할 수 있다고 얕잡아 본 여성도 많았다고 한다.

하지만 막상 맞선의 단계가 되면 폰초 옆에는 세리나가 서 있었다.

세리나는 성격에 문제가 있기는 하지만 외모는 단아한 미인이다. 그런 그녀의 미모 앞에서, 자만하던 여성들은 총총히 물러났다고.

또한 그것을 견디더라도 세리나는 폰초에게 다가오려는 여성들을 향해, 의식을 하고서 그러는지는 모르겠지만 터무니없는 위압감을 드러내어 순수하게 호의로 접근하는 여성마저도 물리치고 만다나.

그 위압감을 체험한 코마인의 이야기로는 야생의 늑대에 필적했다고…….

("세리나…….")

나는 머리를 부여잡았다. 이상한 여성에게 걸리지 않도록 붙여 둔 세리나가 설마 폰초의 맞선에 지장을 주게 되었다니. 그리고,

("그리고…… 죄송해요. 최근에는 저도 세리나 경과 함께 위압감을 드러냈을지도 모르겠어요.")

코마인이 그렇게 고백했다.

("어?! 그건 또 왜⋯⋯.")

("그건⋯⋯ 그게⋯⋯ 죄송해요.")

코마인은 얼굴을 새빨갛게 물들이며 꺼질 듯한 목소리로 말했다. 수치스러운 나머지 구멍이 있다면 들어갈 것 같은 그녀의 표정을 보고⋯⋯ 대략적인 사정이 이해가 됐다. 나는 머리를 벅벅 긁었다.

("⋯⋯뭐, 코마인이라면 괜찮나. 책임은 제대로 지라고?")

("책임을 져도⋯⋯ 그래도 될까요?")

불안해하는 표정을 띤 코마인의 어깨에 나는 툭 손을 얹었다.

("일단 제대로 마음을 전하고서 대화를 나눠. 폰초는 유약해서 자신감이 없으니까, 누군가가 자신을 연모한다고는 상상도 못 하겠지. 하지만 다정한 녀석이니까 자신에게 드러낸 호의에는 성실하게 응할 거야.")

("아, 예. 그렇게 할게요.")

꾹 주먹을 쥐며 코마인은 고개를 끄덕였다.

이런 상황이라면 괜찮으려나. 혼담이 전부 백지로 돌아가도 착실한 코마인이 폰초의 아내가 되어 준다면 안심할 수 있다.

'문제가 있다면⋯⋯ 코마인이 평민 출신이라는 건가.'

결혼 자체는 문제없겠지만 유력 귀족이 혈연인 자녀를 정실로 밀어붙이고자 끼어들지도 모른다. 지금의 코마인에게는 그것을 차단할 힘이 없다.

일단 대책으로, 일단 코마인을 어느 유력 귀족의 양녀로 들이는 방법도 있겠지만⋯⋯ 그 경우에는 코마인 본인이 전면에 나서게 되어 그녀에게 부담을 강요하게 되어 버린다. 그렇다면 현재 상황에서 고려할 수 있는 수단은 하나밖에 없다.

("세리나는 어때? 위압감을 드러낸다는 면에서는 가망이 있나?")

세리나네 가문은 대대로 왕가를 메이드나 재상으로 섬긴 명문이다.

가문의 격을 따지자면 유력 귀족에도 필적한다. 그런 세리나를 정실로 들이면 다른 가문의 개입을 차단할 수 있겠지. 하지만 코마인은 "으~음……." 하며 고개를 갸웃거렸다.

("가망이 있다고는 생각하지만, 본인은 그렇다는 자각이 없는 느낌이에요. 저한테도 그런 면이 있었다는 건 부정할 수 없지만, 세리나 님이 폰초 님에게 흥미를 가진 건 폰초 경이 만드는 맛있는 요리가 계기예요. 그러니까 세리나 님은 자신의 마음이 연애 감정인지, 단순히 식욕에 따른 것인지 모를 거라고 생각해요.")

("그건 또 참 성가시게 꼬였네…….")

하지만 생각해 보면 항상 쿨한 세리나가 흥미를 드러내는 상대는 리시아나 카를라처럼 괴롭히고 싶어지는 귀여운 여자애뿐이었다.

그런 세리나가 처음으로 흥미를 드러낸 남성이 폰초였던 것이다. 무슨 일이든 세리나는 실수 없이 해내지만, 이 분야에 대해서는 경험치가 부족하다고 할 수 있다.

("코마인이 보기에 세리나가 정실이 되는 건 어때?")

("저, 저는…… 나중에 끼어든 입장이니까 불만 따윈 없어요. 함께 있으면서 속마음도 알게 되었고, 무엇보다 저는 귀족 가문의 관계 같은 건 모르니까 세리나 경이 정리해 준다면 든든해요.")

코마인 쪽은 문제없나. 그렇다면 남은 건 세리나의 마음에 달렸구나.

("……미안하지만 세리나 쪽도 부탁할 수 있을까? 가망이 있을 것 같다면 어떻게든 자각하게 해 줘.")

("아, 알겠어요. 해 볼게요!")

코마인이 힘차게 받아들여 주었다. 그녀에게 맡겨 두면 괜찮겠지. 그건 그렇고 정말로 남녀의 사이는 복잡하고 기이하구나. 어설픈 교섭보다도 머리를 쓰게 만드는 느낌이었다.

일단 폰초 건은 코마인한테 맡기기로 하고 로로아, 율리우스, 티아 공주가 이야기를 나누는 모습이 보였기에 나와 아이샤는 그쪽으로 향했다.

로로아와 티아는 완전히 사이가 좋아진 모양이라 마치 자매처럼 (앞으로 올케와 시누이 사이가 될 테지만) 꺄아꺄아 우후후 이야기로 꽃을 피웠다.

그런 두 사람을 율리우스가 온화한 표정으로 지켜보고 있었다.

"앗, 달링!"

로로아는 우리가 온 것을 깨닫고는 붕붕 손을 흔들더니, 아이샤와는 반대쪽 팔에 스르륵 안겨들었다.

"이것 참~. 달링. 우리 언니야가 너무 귀엽다."

"언니야?"

"그러니까, 언니야라고 부르지 마세요! 로로아 씨가 연상이잖아요! 과분해요."

티아 공주가 그렇게 항의의 목소리를 높였다. 아, 오빠의 약혼자니까 언니야인가.

뾰로통하게 화내는 티아를 보고 로로아는 깔깔 웃었다.

"이것 참~. 연하의 올케라니 어쩐지 신선해가."

"그러고 보니 로로아는 리시아를 시아 언니라든지 그렇게 부르지?"

"그래. 시아 언니, 아이 언니, 주나 언니는 그대로 우리 '언니'라는 느낌이이까. 나넷찌만큼은 친구 같은 느낌이지만."

"그렇다면 차라리 '티앗찌' 같은 쪽이 낫다고요."

티아 공주는 그렇게 말했지만 로로아는 당치도 않다며 고개를 가로저었다.

"부끄러워하는 언니야가 귀여우이까, 앞으로도 언니야라고 부를게."

"정말이지!"

"로로아. 티아를 너무 놀리면 못써."

보다 못한 율리우스가 사이로 들어와서 로로아에게 딱밤을 날리자, 로로아는 "아얏." 하고 과장스럽게 몸을 젖혔다. 티아 공주는 "유, 율리우스 님~." 하며 부끄러워서 빨개진 얼굴을 율리우스의 소매로 가리듯 찰싹 달라붙었다.

로로아는 아픈 이마를 누르며 율리우스에게 혀를 내밀었다.

"뭔데? 오빠. 이 정도는 올케랑 시누이가 해도 되는 거 아이가?"

"너는 금세 까불어서 안 돼. 그런 과장스러운 명랑함은 미덕이라고는 생각하지만, 때와 장소와 상대를 생각하지 않으면 거북하게 여길 거라고."

"으~…… 달링, 아이 언니~, 오빠가 괴롭힌다~."

로로아가 응석 부리는 목소리로 다가왔다. 하지만…….

"아니, 율리우스의 말이 전적으로 맞잖아?"

"폐하께 동의해요."

"배신당했다?!"

만화라면 '두두~웅!' 하는 의성어가 머리 위에 떠오를 것 같은 표정으로 로로아가 몸을 젖혔다. 그런 로로아의 과장스러운 리액션을 보고 티아 공주도 쿡쿡 웃고, 그런 티아 공주의 미소를 보고 율리우스의 표정도 조금 부드러워졌다.

역시 로로아는 굉장하네. 아까까지만 해도 율리우스에게 동조했지만, 로로아의 명랑함은 절대 상대를 거북하게 만들지 않고 제대로 주위를 웃게 만들어 준다.

잠시 다섯이서 평온하게 대화를 나누는데,

"소마. 잠깐 이야기할 게 있는데."

율리우스가 그런 말을 꺼냈다. 티아 공주가 한순간 걱정하는 표정을 띠었지만, 로로아가 어깨에 툭 손을 얹고 미소를 띠자 고개를 끄덕이고 물러났다.

"여기면 되겠지."

나와 아이샤와 율리우스는 연회장이 된 방을 나와서 다른 작은 방으로 이동했다. 방으로 들어오자 경호 역할인 아이샤는 분위기를 파악하고 문을 등지고서 대기했다.

누군가가 엿듣지는 않는지 감시하며, 율리우스가 묘한 짓을 꾸민다면 즉각 제압할 수 있도록 위치를 잡았을 테지.

율리우스는 내가 손에 들고 있던 유리잔에, 연회장에서 한 병 가져온 포도주를 따랐다. 내 잔이 찬 후, 이번에는 내가 율리우스의 잔에 포도주를 따랐다.

그리고 둘이서 잔을 들고, 소리 맞추어 말했다.

""이번 승리를 축하하며.""

잔을 쨍 울리며 건배했다.

유리잔 안의 술을 비우자 율리우스는 훗, 웃음을 띠었다.

"설마 너와 술을 나누는 날이 올 줄이야."

"내가 할 말이야. 그것도 승리의 축하주라니."

새로 술을 따르며 나는 그렇게 말했다. 율리우스와 술……인가.

"그러고 보니 반에서 다투었을 때는 세리나가 얼른 취하게 만들었던가?"

"그때는…… 괴로웠다. 게다가 그 메이드가 연회장에 있었지? 그 녀석을 본 순간, 당장 그때 그 나쁜 기억이 되살아났다고."

"하하하, 그 메이드장은 일국의 공주도 전직 공군대장의 딸도 두려워하는 존재니까 말이야."

"……정말로 메이드 맞나?"

"……나도 가끔은 모르겠더라고."

온화하게 두서없는 대화를 나누는데, 율리우스가 진지한 표정을 띠었다.

"……이번 원군, 정말로 감사한다."

"많은 사람들한테 몇 번이나 들었어. 인사는 이미 충분해."

"그래도 말이야. 너와 로로아가 원군을 파견해 주지 않았다면 티아를 지켜 내지 못했을지도 몰라. 그러니까, 감사하마."

그러더니 율리우스는 깊이 머리를 숙였다.

이전과는 명백하게 다른 율리우스의 태도에 나는 쓴웃음을 지으며 어깨를 두드렸다.

"마치 모든 게 해결된 것 같은 말투인데, 이 나라는 앞으로가 큰일이겠지. 이제까지의 싸움으로 적지 않은 남자를 잃었잖아? 다시 세울 수 있겠어?"

"다시 세우겠어. 여자들은 지켰지. 사람은 또 늘고, 미래를 이어 나갈 수 있을 거야. 전후에는 사람도 영지도 늘어날 테니."

"영지도?"

"동방 제국 연합에서는 각국의 합의에 따라 영지 증감이 결정돼. 이번 마나미로 영주를 잃은 토지도 많을 테니까 그것을 재분배해야만 하겠지. 그때, 국력에 비례한 숫자의 원군을 보내지 않는 등등 제대로 일을 하지 않았던 나라는 국토를 잃고, 반대로 전공이 많았던 나라는 국토가 늘어나게 되지."

흐~응…… 동방 제국 연합은 그런 시스템인가. 여러 국가의 연합체이면서 하나의 봉건 국가 같기도 한 것이다. 율리우스는 히죽 웃었다.

"우리는 원군이 도착할 때까지 수만의 리자드맨 무리를 자국 만으로 막았다는 실적이 있어. 전후의 논공행상에서는 충분히 잘난 체할 수 있겠지."

"이봐—. 옛날 같은 표정이 됐다고. 티아 공주가 본다면 불안해하지 않을까?"

"……이런. 안 되지."

율리우스는 자신의 뺨을 찰싹찰싹 때렸다.

"뭐, 다행히도 몬스터의 소재는 비싸게 팔 수 있어. 리자드맨 이나 몬스터 시체는 사방에 굴러다니니까. 거래하려는 상인도 모여들 테니 재원으로 곤란하진 않을 거야."

"하하하, 로로아 같은 소리를 하네."

"일단은 오빠니까 말이야."

"그야 그렇지……. 아, 그래. 리자드맨이나 몬스터의 시체 말 인데, 우리도 좀 회수해 가도 될까? 연구 소재로 쓰고 싶은데."

"부흥 재원으로 삼고 싶으니 너무 많이 가져가지만 않는다면."

"어디까지나 연구용이니까 대략적인 종류별로 두 마리 정도 씩이면 돼."

"그 정도라면 괜찮겠지. 마음대로 회수하도록 해."

느긋한 시간이 흘러갔다. 율리우스는 유리잔의 술을 바라보 며 말했다.

"노툰 용기사 왕국에서 원군이 왔으니 이 나라는 이제 괜찮겠지. 소마, 너는 어떻게 하겠나? 이대로 프리도니아 왕국으로 돌아가나?"

"그러고 싶은 마음은 굴뚝같지만……."

"읏! 누구냐!"

율리우스가 잔을 내려놓고 문 쪽을 노려봤다.

누군가의 기척을 느낀 걸까. 하지만 문 근처에 서 있는 아이샤는 신경 쓰는 기색을 보이지 않았다. 그리고 문 아래의 틈새로 접힌 흰 종이가 들어왔다.

사정을 헤아린 나는 율리우스의 어깨에 손을 얹었다.

"진정해, 율리우스. 아이샤가 임전 태세를 취하지 않았다는 건, '이쪽' 사람이라는 의미야. 그렇지?"

그렇게 묻자 아이샤는 "예."라며 고개를 끄덕였다.

그리고 문 아래로 들어온 종이를 주워 내게 건넸다.

"폐하, 카게토라 경의 보고인 것 같아요."

국왕 직속의 비밀 첩보 공작 부대 [검은 고양이]의 리더인 카게토라가 보낸 편지였다. 검은 고양이 부대한테는 동방 제국 연합 각국의 상황을 파악토록 했다.

나는 그 종이를 받아들어 내용을 확인하고는…… 천장을 올려다보며 한숨을 내쉬었다.

"……당분간은 왕국으로 돌아가지 못할 것 같네."

리시아의 출산에 함께 하지 못할 수도 있겠다는 예감에 기가 꺾일 것만 같았다.

♛ 에필로그 ✦ 프리도니아 왕국군, 동쪽으로

카게토라의 보고는 이번 마나미에서 또 하나의 격전지인 [치마 공국]의 전황 알림이었다. 치마 공국은 중소 규모 국가가 난립한 지역의 소국이면서도 교묘한 외교 공작으로 살아남은 노련한 나라였다.

그리고 이번 마나미에서도 치마 공은 현재 어떤 의미에서 자식들을 미끼로 삼는 듯한 방식으로 동방 제국 연합 내의 각국으로부터 원군을 그러모았다.

'원군을 보내 주신 나라에는 활약에 따라서 후세인 장남을 제외한 여섯의 자식을 한 명씩 가신으로 보내겠습니다.'

치마 공은 각자 재주가 뛰어난 일곱 남매가 있고, 그들은 모두 미남미녀라고 들었다.

특히 장녀인 무츠미 치마는 지략, 무예 모두 뛰어난 미녀라며 원하는 목소리가 많았다. 그런 무츠미를 포함하여 평소부터 다른 나라가 반려라느니 가신이라느니 그렇게 원하던 일곱 남매 중 여섯을 제공하겠다는 이야기에 많은 나라가 원군을 보냈다고 한다.

참고로 이 이야기는 마리아를 통해서 나도 알고 있었다. 하지만 율리우스나 지르코마가 있는 라스타니아 왕국이 위기 상황이었던 것, 치마 공국에는 이미 많은 나라가 원군을 보내어 당장에 함락되지는 않으리라는 것, 유능한 인재는 하나라도 더 원하지만 무예에 뛰어난 미인이라면 약혼자만으로도 셋이나 있어서 탐이 나지 않았던 것 등등 다양한 이유로 원군을 파견하지는 않았다.

한편으로 무언가 일이 벌어졌을 때를 대비하여 카게토라를 비롯한 검은 고양이 부대를 다수 파견하여 정보 수집에 애썼다.

그런 치마 공국 측의 전황 말인데, 카게토라의 보고에 따르면 좋지 않다고 한다.

라스타니아 왕국처럼 한 종의 몬스터(리자드맨 등)가 월등히 많은 것이 아니라 다종다양한 몬스터가 대거 밀려들고 있다나.

치마 공국의 국경이기도 한 다비콘 강의 도하 지점인 얕은 여울은 라스타니아 왕국에 있는 여울보다도 폭이 넓어서 몬스터의 침략을 막지는 못했다고 한다.

압도적인 숫자의 몬스터가 힘으로 밀고 들어온다나.

혹시 그런 상황이 라스타니아 왕국에서 벌어졌다면 잠시도 못 버텼겠지.

하지만 조금 전에도 말했듯이 치마 공국은 기발한 외교 공작을 통하여 동방 제국 연합 안의 나라들로부터 원군을 그러모으고 있었다. 몬스터도 많지만 수비하는 병력도 많아서 어떻게든 방어선을 유지할 수 있는 상황이라나.

전황은 밀어내지도 밀리지도 않는 교착 상태에 빠졌다고 한다.

그렇지만 혹시 사태가 악화되어 방어선이 무너지는 일이 벌어지진다면, 남하한 몬스터 때문에 붕괴되는 나라나 촌락이 나오겠지.

　토모에 일가나 지르코마, 코마인 남매 같은 난민이 새로이 발생하고 만다. 그렇게 되면 우리 나라도 영향이 미치는 것은 피할 수 없을 것이다.

　그런 사태를 피하기 위해서라도 '치마 공국으로 원군을 보내 현지의 군대와 연계하여 몬스터를 단숨에 섬멸해야 한다.' 라는 것이 카게토라가 보고에서 이야기한 견해였다. 나는 그 제안을 채용, 프리도니아 왕국의 원군을 동쪽으로 진출시켜 치마 공국으로 향하기로 했다.

　연회 다음 날. 왕국군이 서둘러 출발 준비를 진행하는 가운데, 나는 노툰 용기사 왕국의 공주 실과 작별의 인사를 나눴다.

　"그럼 실 님. 저희는 이만 실례하겠습니다. 뒷일은 잘 부탁드립니다."

　"예. 얼마 안 되는 시간이지만 함께 싸울 수 있었던 것, 또 이렇게 지인을 얻게 된 것을 기쁘게 생각합니다. 혹시 아직 리자드맨 잔당 따위가 남아 있어서 이 나라를 덮치려고 한다면, 이번에야말로 맹약에 따라 저희가 대처하겠습니다."

　"부탁드립니다. 언젠가 우리 나라에도 놀러 오시길. 환영하겠습니다."

　"기회가 있다면 반드시. 소마 님과 할버트 님도 나덴 님과 루비 님을 타고 와 주십시오. 드래곤을 반려로 삼은 동포를 저희도 환대하겠습니다."

"예. 언젠가 훗날."

우리는 단단히 악수를 나누었다.

프리도니아 왕국과 노툰 용기사 왕국은 국경선을 접하지는 않았기에 우호 관계를 맺는 것은 간단했다. 내 아내인 나덴과 실의 남편인 파이도 사이가 좋고.

그런 우리 옆에서는 나덴과 루비와 파이가 작별 인사를 나누고 있었다.

"그럼 나덴, 루비. 둘 다 건강히 잘 지내."

"파이도. 남편……이 아니었지, 아내를 소중하게 대해 줘."

"사피랑 에메라다한테도 인사 전해 주고."

"응. 전해 줄게. 그럼."

손을 흔드는 파이의 배웅을 받으며, 나는 두 사람을 데리고 동료들이 기다리는 야영지로 돌아갔다. 야영지에는 주요 동료들에 더하여 율리우스와 티아 공주의 모습도 있었다.

배웅하러 와 준 두 사람에게 가볍게 인사를 한 뒤, 나는 동료들에게 말했다.

"이제부터 우리는 치마 공국으로 갈 텐데, 몇 명은 이대로 왕국으로 귀환해 줘야겠어. 로로아, 폰초, 세리나, 코마인까지 네 사람은 여기까지만 동행해 줘도 돼."

이 네 명은 이곳 라스타니아 왕국에 인연이 있기에 데려온 이들이었다.

로로아는 율리우스가 있었으니까, 코마인은 오빠 지르코마가 있었으니까 데려왔을 뿐이다.

병량 관리를 맡고 있는 폰초와 보좌인 세리나도 본래는 후방 지원 요원이라 전선에 나올 필요는 없었다. 그들을 억지로 전선까지 데려온 이유는, 폰초를 따르는 코마인이 지르코마와 만나기 편하도록 배려해 줬던 탓이다.

가족과 만나고 율리우스와 지르코마의 안전도 확보된 지금, 넷을 데려갈 필요성은 희박했다.

"로로아는 엑셀과 함께 귀환해 줘."

"응. 뭐, 내는 따라가도 도움이 안 될 테이까."

로로아는 조금 아쉬운 모양이었지만 왕국으로 귀환을 승낙했다.

"폰초와 세리나는 후방에서 계속 병참을 관리해 줘. 코마인은 한동안 이 나라에 머물러도 되는데⋯⋯."

"아뇨, 저는 폰초 님을 모시는 몸이에요. 폰초 님과 함께 갈게요."

코마인은 아무런 망설임도 없다는 듯 그렇게 말했다.

"괜찮겠어? 오랜만에 만났으니까 한동안 남매가 함께 지내도⋯⋯."

"아하하⋯⋯ 괜찮아요. 지금은 오라버니와 로렌 님이 함께 있어야 하니까요. 제가 있어 봐야 방해만 될 거예요."

"⋯⋯그도 그런가."

뭐, 본인이 괜찮다고 하면 괜찮겠지.

"그리고 엑셀."

"여기 대령했습니다."

이름을 부르자 엑셀이 차분하게 앞으로 나와 경례했다.

"다비콘 강 전투에서는 많은 도움이 됐어. 엑셀이 와 주지 않았다면 토벌에는 좀 더 고생했을 테지. 고마워."

"후후, 부하로서 당연한 일이에요. 게다가 폐하께 안기기도 한다든지 그런 이득도 있었으니까, 공주님이랑 주나에게는 좋은 이야깃거리가 생겼어요."

싱긋 멋들어진 미소로 말하는 엑셀을 보고 나는 두통을 느꼈다.

"……이야깃거리도 좋지만 이상하게 부풀리지는 말라고?"

"우후후후후."

"어쨌든, 수고했어. 왕국으로 돌아가서 내 빈자리를 지키는 임무로 복귀해."

"저는 이대로 폐하와 동행하고 싶은데 말이죠."

그러면서 엑셀은 곁눈질을 보냈다. 그러자 오른팔에 아이샤, 왼팔에 로로아가 안기고 등으로 나덴이 타서는 엑셀을 위협했다.

"어머 어머, 괜찮잖아요. 국방군 총대장이라고 해도 어차피 중앙에서 빈 집을 지키는 것뿐이니까요. 이대로 폐하와 동행해도……."

"거기까지예요. 대모님."

갑자기 목소리가 들려 돌아보니, 왕국에 있을 터인 주나 씨가 서 있었다.

어라, 어째서 주나 씨가?! 엑셀도 눈을 동그랗게 떴다.

"주나? 당신, 어째서 이곳에?"

"어쩌면 대모님께서 귀환하기 싫어할지도 모르니까, 그러면서 하쿠야 님이 모시고 오라며 부탁했어요. 예상대로였네요."

"어머, 당신이 날 막을 수 있을 거라고 생각해?"

엑셀이 도발적인 시선을 보냈다. 하지만 주나 씨는 한 걸음도 물러서지 않았다.

"예. 본가로 돌아가서 대모님을 상대할 최종 병기를 가져 왔으니까요."

"……날 상대할 최종병기라고요?"

엑셀의 미간이 꿈틀 움직였다. 그러자 주나 씨는 품속에서 무언가를 꺼냈다. 아무래도 봉투에 든 편지인 것 같았다. 봉랍에는 월터 가의 문장이 찍혀 있었다.

"그, 그건!"

엑셀이 명백하게 동요했다. 항상 시원시원한 엑셀이 이렇게까지 흐트러지는 모습을 보는 건 처음이었다. 주나 씨는 미소를 띠며 엑셀에게 말했다.

"계속 그렇게 알아듣지 못하시겠다면, 이 편지 내용을 공개할 거라고요?"

"으…… 알았어요. 따를게요."

그러더니 엑셀은 내 앞에 무릎을 꿇고 머리를 숙였다.

"그럼 폐하, 저는 한발 앞서 왕국으로 돌아가도록 하겠습니다."

"어, 어어……."

이야기의 전개를 따라가지 못한 내가 건성으로 대답하자 엑셀은 조금 전까지의 집착이 거짓말처럼 홱 그 자리를 뒤로했다. 다른 사람들도 어안이 벙벙한 가운데, 홀로 만족스러운 미소인 주나 씨에게 작은 목소리로 물었다.

"저기, 주나 씨? 그 편지는 대체……."

"우후후, 대모님이 할아버님께 보낸 연애편지예요."

"여, 연애편지?!"

"예. 무척 달콤~한 말이 적혀 있거든요. 바르가스 가문 같은 곳에서도 이런 걸 보관하고 있지 않을까요? 대모님을 상대하려고."

어—. 그건 공개되지 않았으면 좋겠는데. 어쩐지 납득이 갔다.

'허어…… 어쩌 벌써 피곤하네…….'

엑셀은 정말로 폭풍 같은 여성이었다. 풍파를 일으킬 만큼 일으키고 떠나가니까.

뭐, 일단 이걸로 왕국으로 돌아갈 사람은 정해졌다.

사실은 토모에도 돌려보내고 싶었지만 치마 공국에서도 상황에 따라서는 그녀의 능력이 필요해질지도 모르니까, 호위인 이누가미와 함께 이대로 데려가기로 했다.

지시를 모두 내리고 나는 로로아와 함께 율리우스와 티아 공주 앞에 섰다.

그러자 율리우스가 손을 내밀었기에 나는 단단히 악수를 했다.

"소마. 이번 일로는 정말로 신세를 졌다. 지금 이 나라에는 왕국에 증여할 수 있을 법한 건 없으니 말뿐인 사례라는 게 면목 없지만."

"신경 쓸 것 없어. 원군 파견은 제국의 요청에 따른 것이니까. 게다가 동방 제국 연합 내의 나라들이나 노툰 용기사 왕국에 연줄을 가진 이 나라와 인연을 맺었어. 아주 성과가 없는 것도 아니야."

"그건 우리도 마찬가지야. 프리도니아 왕국과 인연을 맺었으니까."

율리우스는 작게 웃었다. 마치 썬 게 떨어진 것 같은 표정이었다.

과거의 굴레를 끊고 앞으로 이 나라의 미래를 생각하는 율리우스의 표정에서, 그가 인간적으로 크게 성장한 증거 같은 것을 본 느낌이었다.

"지금의 율리우스와는 싸우고 싶지 않네. 이전보다 훨씬 버거울 것 같아."

"그건 피차일반이야. 지금의 너희 나라와 분쟁을 벌일 생각이라면, 너와 로로아 양쪽을 상대해야만 할 테니까. 굉장히 성가신 일이 될 것 같아."

"다음에 대립할 때는 원만한 방법으로 승부하고 싶네. 주량 대결 같은 건 어때?"

"술은 이제 지긋지긋해. 무술로는…… 차이가 있을 것 같고, 달리기 같은 방법은 어때?"

"나덴을 써도 되나?"

"그건 너무 비겁하잖아."

그렇게 두서없는 대화를 나누는데, 옆에 있던 로로아가 어쩐지 안절부절못하고 있다는 것을 깨달았다. 어제 연회에서는 율리우스, 티아 공주와 무척 허물없는 것처럼 느꼈는데. 맨 정신으로는 아직 딱딱한 느낌이 남아 있는 모양이었다.

나는 그런 로로아의 속마음을 헤아리고 그녀의 허리를 툭 밀었다.

"햐웃?!"

"자, 로로아도 작별 인사를 해야지."

"으, 응……."

살짝 어색한 움직임으로 앞에 나선 로로아는, 율리우스와 티아 공주를 향해 '경례' 했다.

……아니, 왜 거기서 경례를 하는데. 엄청 긴장한 건가?

"자, 내는 돌아갈게. 오빠도 언니야도 건강히 잘 지내라."

"아, 예! 로로아 씨도 잘 지내세요!"

그 분위기에 이끌렸는지 순수한 건지, 티아 공주도 경례로 답했다.

사랑스러운 공주님 두 사람이 경례를 나누는 진귀한 광경. 그런 두 사람의 모습을, 나와 율리우스는 나란히 쓴웃음을 지으며 지켜봤다.

◇　◇　◇

―――――같은 날, 같은 시각.

치마 공국의 중심 도시 [웨던].

중소 국가가 난립하는 지역에서, 외교 교섭을 통하여 유력 세력에 가담하는 식으로 가문을 지켜 낸 치마 공의 거처가 있는 만큼 이 도시는 견고한 구조로 되어 있었다.

남쪽의 산에 인접하고, 북으로는 다비콘 강으로 이어지는 하천이 흐른다. 역대 치마 공은 적대 세력에 침공당하면 이 도시에 틀어박혀 농성전으로 적을 상대하며 원군을 기다려 난국을 타개했다.

이 도시는 산을 등지고 건설되어 있기도 하여, 치마 공의 성인 [웨던 성]은 산 중턱의 도시와 성벽 밖을 내려다볼 수 있는 위치에 있었다. 프리도니아 왕국으로 비유하면 전 공군 대장 카스토르의 성이었던 [붉은 용 성읍]의 구조와 무척 닮았다.

그런 웨던 성의 성벽 위에 아이 하나가 있었다.

"…………."

열 살 정도로 보이는 그 아이는 성벽 가장자리에 앉아 나무판자 위에 종이를 놓고 열심히 목탄을 움직이는 중이었다. 그 아이가 바라보는 곳, 도시를 둘러싼 성벽 너머에는 밀려드는 몬스터와 싸우고 있는 동방 제국 연합군의 모습이 있었다.

대지를 완전히 메우는 것이 아닐까, 그렇게 생각할 정도로 몬스

터는 많았다. 하지만 치마 공의 기발한 외교 공작을 통해 원군도 많이 집결하여, 몬스터의 공격을 어떻게든 견뎌 내고 있었다.

금속과 금속이 맞부딪치는 것 같은 소리, 마법이 작렬하는 소리, 몬스터의 포효, 병사들의 함성…… 그런 전장의 소리는 이 성벽까지 닿았다.

그런 소리가 들리는 가운데 그 아이는 과묵하게 목탄을 움직였다.

"또 그림을 그리는 거야? 이치하."

갑자기 들린 목소리에 돌아보니 긴 흑발을 허리춤에서 묶은 스무 살 정도의 아름다운 여성이 서 있었다. 그 여성은 하카마 같은 복장이라 겉모습은 단아한 여성이라는 인상이었지만, 그 복장 위에는 가죽 갑옷을 걸치고 등에는 장검을 차고 있었다.

아이는 그 모습을 보고 눈을 가늘게 뜨며 대답했다.

"무츠미 누나?"

아름답고 의연한 여성은 현 치마 공의 장녀인 무츠미 치마, 그리고 그림을 그리던 아이는 무츠미의 막내인 5남, 이치하 치마였다. 이치하는 고개를 갸웃거렸다.

"누나는 오늘은 전장에 가시지 않은 건가요?"

"그래. 아버님께서 제후들에게 너무 말괄량이 같은 모습을 보이지 말라고 못을 박으셨거든. 어쩔 수 없으니까 오늘은 성을 지키고 있어."

불만스러운 무츠미의 모습을 보고 이치하는 쿡쿡 웃었다.

"그건 그러네요. 저기서 싸우는 제후들은 누나를 아내로 삼고 싶다며 열심히 싸우고 있으니까요."

치마 공은 이번에 동방 제국 연합 내의 각국에 '원군을 보내주신 나라에는 활약에 따라서 후세인 장남을 제외한 여섯의 자식을 한 명씩 가신으로 보내겠다.'고 연락을 보냈다. 이것은 자국을 궁지에서 구하는 것과 동시에 전장에서 활약할 수 있을 법한 유력한 세력에 자신의 아들딸을 팔아치우겠다는, 노련한 치마 공의 범상치 않은 전략이었다.

가신으로 보내겠다고는 했지만 치마 가문의 남매들은 미남미녀로 평판이 자자했다.

받을 수 있다면 금세 그 나라에서 사위라느니 며느리라느니, 그런 혼담이 맺어질 것이다.

그렇게 되면 치마 공은 많은 유력 세력의 외척이 될 수 있으니, 치마 공으로서도 바라 마지않는 일이었다. 그런 치마 가문의 남매 가운데도 특히 인기인 사람이 무츠미였다.

무용, 지략으로 뛰어나며 아름다운 무츠미를 자신이나 아들의 처로 맞이하기 위하여 제후들은 전장에서 공적을 겨루고 있었다.

그런 전장을 바라보며 이치하는 무츠미에게 물었다.

"저 사람들 가운데 가장 활약한 사람은 틀림없이 누나를 아내로 맞이하겠다고 그러겠죠. 그걸 언니는 어떻게 생각하세요?"

"그러더라도 상관없어. 나, 강한 사람이 좋으니까."

무츠미의 해답은 더없이 시원스러웠다.

"개인의 무용이 강한 사람도 좋아. 지략으로 전황을 뒤집을 수 있는 사람도 좋아. 권력이 있어서 많은 병사를 움직일 수 있는 사람도 좋아. 어쨌든 세상에 이름을 떨칠 수 있을 법한 사람을 가장 가까이서 보고 싶은걸. 그런 사람의 아내가 될 수 있다면 최고야."

희희낙락해서 이야기하는 무츠미. 아무래도 진심으로 하는 말이라고 느낀 이치하는 "그런가요……."라며 쓴웃음을 지었다. 그런 동생의 머리를 무츠미는 꾹꾹 쓰다듬었다.

"너도 그런 좋은 남자가 되렴. 이런 곳에서 혼자 그림만 그리지 말고, 몸을 좀 단련하는 건 어떠니?"

"……억지스러운 말씀 마세요. 저는 몸이 약하니까요."

이치하는 선천적으로 몸이 건강하지 않았다.

환절기 등 일교차가 큰 시기에는 자주 감기에 걸려 몸져누웠다. 그래서 다른 남매들처럼 무술은 익히지 못하고, 방에 틀어박혀서 책을 읽거나 취미인 그림을 그리는 등등 내향적인 성격이 되었다.

"게다가 세간의 평가에서도 저는 잊혔으니까요."

"…………."

치마 가문에는 우수한 일곱 남매가 있다고 일컬어진다.

하심(25세) 장남…… 정략에 뛰어나다.

나타(22세) 차남…… 거대한 도끼를 사용하는 완력의 소유자.

무츠미(20세) 장녀…… 특히 아름답고 지략, 무용으로 뛰어나다.

고슈(18세) 3남…… 활 솜씨는 천하일품.

요미(17세) 차녀……쌍둥이 중 언니, 뛰어난 마도사.

사미(17세) 3녀…… 쌍둥이 중 동생, 언니와 마찬가지로 뛰어난 마도사.

니케(16세) 4남…… 미소년. 눈으로 좇을 수 없을 정도의 창 솜씨를 지녔다.

이렇듯 일곱 남매는 널리 알려졌지만, 이치하 치마는 올해로 막 10살이 된 5남으로 이들 우수한 남매 가운데는 포함되지 않는 것이었다.

외모는 다른 남매들과 닮아서 단정하지만, 아직 어리고 선이 가늘면서 병약하여 그림만 그리는 내성적인 아이였기에 세상에 알려지지 않은 것이었다.

당연히 치마 공이 제시한 보상에도 포함되지 않았다.

무츠미는 잠깐 말문이 막혔지만, 애써 밝은 미소를 띠더니 이치하의 등을 찰싹 때렸다. 갑자기 맞은 이치하는 등줄기를 쫙 폈다.

"떠, 떨어지면 어쩌려고요?!"

"그렇게 세게 때리지 않았잖니. 이치하가 시무룩하니까 활기를 넣어 준 거야."

"으으……."

그리고 무츠미는 이치하를 뒤에서 끌어안고 귓가에 속삭였다.

"걱정할 필요 없어. 이치하는 언젠가 굉장한 사람이 될 거야."

"……그 근거는 뭔가요?"

"여자의 감이야. 그게, 우리 남매 가운데 이치하만은 뭔가 다른 것을 보는 느낌이 드는걸. 지금 '그리고 있는 것' 도 그래. 이치하는 아마도 우리가 생각도 할 수 없을 무언가를 가진 게 아닐까."

"글쎄요……. 저는 아무것도 없다고 생각하는데요."

토라진 것 같은 표정의 이치하를 보고 무츠미는 웃었다.

"그건 그거야. 자기 일은 자신이 가장 평가하기 어려운 법이야. 그러니까…… 이치하는 좀 더 다른 사람들이랑 어울리렴. 그중에 누군가가, 틀림없이 네 진가를 알아줄 거야."

이치하는 더더욱 토라진 표정을 짓고 있었지만, '다른 사람들이랑 어울리렴.' 이라는 무츠미의 말은 가슴속에 새겨졌다.

후기

현국 8권을 구입해 주셔서 감사합니다. 간신히 후기를 후기다운 위치에 쓴다는 사실에 안도하는 도조마루입니다.

이번 편에서는 동방 제국 연합편의 전반 부분인 라스타니아 왕국에서의 전투가 메인입니다. 그리고 과거의 적, 율리우스가 재등장합니다. 이전에 소마&하쿠야&로로아에게 잔뜩 당했던 그는 인간적으로 크게 성장하였습니다.

이것은 취미나 기호 문제입니다만, 같은 캐릭터를 몇 번이고 무너뜨리는 전개는 거북하거든요. 패배하거나 큰 실패를 경험한 사람은 그것을 양식으로 크게 성장하기를 바랍니다. 인간이란 실패에서 배우는 게 더 많으니까요. 저도 어지간히도 저질렀고……. 그래서 할, 카스토르, 루비, 그리고 율리우스까지 뭔가를 저지른 멤버는 크게 성장하는 이야기 구조가 되고 있습니다.

그들이 사랑받는 캐릭터가 된다면 좋겠다고 생각합니다.

그리고 자주 '이곳 동방 제국 연합에서의 전투는 소마에게 전쟁입니까?' 라는 질문을 받습니다만, 대답은 NO입니다. 어디까지나 해수 퇴치이지 전쟁으로는 카운트하지 않습니다.

그럼 일러스트 후유유키 님, 만화판 우에다 사토시 선생님, 담당 분, 디자이너 분, 교정 분, 그리고 이 책을 손에 들어 주신 여러분께 감사를. 도조마루였습니다.

현실주의 용사의 왕국 재건기 8

2019년 11월 25일 제1판 인쇄
2019년 12월 01일 제1판 발행

지음 도조마루
일러스트 후유유키
옮김 손종근

발행 영상출판미디어(주)
등록번호 제 2002-000003호
주소 21311 인천광역시 부평구 평천로 132 (청천동)
전화 032-505-2973(代) | FAX 032-505-2982

ISBN 979-11-6466-919-6
ISBN 979-11-319-7219-9 (세트)

Genjitsusyugi yuusha no oukoku saikenki by Dojyomaru
©2018 by Dojyomaru
First published in Japan in 2018 by OVERLAP, Inc.
Korean translation rights reserved by YOUNGSANG PUBLISHING MEDIA, INC.
Under the license from OVERLAP, Inc., Tokyo JAPAN

구매 시 파손된 도서는 구매처에서 교환하실 수 있습니다.
기타 불편사항, 문의사항이 있으신 독자님께서는 노블엔진 홈페이지
[http://novelengine.com] 에서 Q&A 게시판을 이용해 주시기 바랍니다.

노블엔진(NOVEL ENGINE)은 영상출판미디어(주)의 라이트노벨 및 관련서적 브랜드입니다.